10|18

12, avenue d'Italie – Paris XIIIe

Du même auteur
dans la collection 10/18

LES MERS DU SUD, n° 1907
LA SOLITUDE DU MANAGER, n° 1908
LA ROSE D'ALEXANDRIE, n° 2134
LES OISEAUX DE BANGKOK, n° 2163
LES THERMES, n° 2198
TATOUAGE, n° 2243
HORS JEU, n° 2281
HISTOIRES DE POLITIQUE FICTION, n° 2298
LE LABYRINTHE GREC, n° 2551
HISTOIRES DE FAMILLE, n° 2646
HISTOIRES DE FANTÔMES, n° 2648
J'AI TUÉ KENNEDY, n° 2692

MEURTRE AU COMITÉ CENTRAL

PAR

MANUEL VÁZQUEZ MONTALBÁN

Traduit de l'espagnol
par Michèle GAZIER

10|18

« *Grands détectives* »
dirigé par Jean-Claude Zylberstein

ÉDITIONS DU SEUIL

Né à Barcelone en 1939, c'est en prison, sous Franco, que Manuel Vázquez Montalbán a fait ses premiers pas d'écrivain. Poèmes, essais, romans ont été, depuis, écrasés par la gloire de Pepe Carvalho, son détective privé philosophe, sceptique, cynique et gourmet dont il tient la chronique depuis vingt ans. «J'ai vite compis que ce genre (de roman policier), en particulier le personnage du détective privé, observateur détaché, cynique, presque voyeur, me permettait de développer une chronique de la société. Mes romans pouvaient devenir des témoins du réel.» (Entretien avec L. Vidal, *Le Figaro*, 23 août 1990).
Montalbán, journaliste à *El Pais*, vit actuellement à Barcelone. Il a reçu en 1981 le "Grand prix de la littérature policière".

Titre original:
Asesinato en el Comité central.

Éditeur original : Editorial Planeta, Barcelone.

La première édition de cet ouvrage en française a paru aux Éditions Le Sycomore en 1982.

ISBN 2-264-01650-7

Préface
(1987)

Manuel Vázquez Montalbán, né à Barcelone en 1939, a fait des études de littérature et de journalisme. En 1963, il publiait Informe sobre la informacion *(information sur l'information), un ouvrage sur la presse qui devait faire de lui une personnalité :* Informe sobre la informacion *s'est imposé très vite comme le manuel de base des écoles de journalisme espagnoles. Dès lors sa biographie se transforme en bibliographie, les publications se succèdent, denses, et on est frappé par la diversité des sujets et la diversité des réponses. Montalbán passe sans transition de la poésie :* Una educacion sentimental *(1967), au roman :* Recordando a Dardé *(1969), du roman à l'essai :* Manifiesto subnormal *(1970). Parallèlement, le rythme de ses articles de presse s'accélère ; en 1971, les éditions Lumen font paraître un volume composé d'une de ses plus célèbres séries d'articles :* Cronica sentimental de España, *des variations sur la chanson et la mémoire, roman d'amour des générations espagnoles d'après-guerre, avec leurs chanteurs et leurs mélodies.*

Poésie, roman, chansons, journalisme théorique et pratique, essais, traités de cuisine, réflexions politiques, plus de vingt-cinq titres et des centaines de colonnes dans les plus grands journaux de la péninsule ibérique.

Dans cette explosion créatrice on peut cependant, dégager certains mouvements. Toute l'œuvre de Montalbán, aussi diverse soit-elle, exprime une grande curiosité devant la vie : une vie qui va des goûts d'un peuple pour sa musique, sa cuisine, aux efforts de ce même peuple pour subsister face à une situation politique répressive. La poésie, qu'il écrit sans arrêt, et l'humour sont, entre autres, deux moyens d'aller au-delà, d'échapper au schématisme didactique qu'impliquerait une dénonciation brutale. Chez Montalbán il n'y a jamais ni bons ni méchants, il y a des salauds qui peuvent sourire et des gentils qui peuvent trahir. La subtilité de cet entre-deux nuancé est particulièrement remarquable dans la série de ses romans (quatre à ce jour) composant les aventures du détective gourmet Pepe Carvalho.

En effet, dans l'œuvre romanesque de notre auteur, deux périodes se dégagent : les romans de recherche, *textes d'accès plus difficile (*Recordando a Dardé, *1969;* Yo maté a Kennedy, *1972;* Happy End, *1974) et* les romans « policiers » : Tatuaje, *1974, qui doit être traduit prochainement en français,* la Solitude du manager, *1977,* Marquises, si vos rivages..., *1979, et* Meurtre au comité central, *1981, tous trois disponibles dans notre langue aux Éditions le Sycomore*. Il y a bien entendu des liens entre ces deux groupes : c'est ainsi que Pepe Carvalho naît à la littérature dans* Yo maté a Kennedy, *sous les traits encore mal dégrossis d'un garde du corps responsable du meurtre du président américain. Ces derniers romans s'adressent à un public plus large, dans une Espagne bientôt libérée de son vieux dictateur :* Tatuaje *est ainsi le seul des quatre récits à avoir vu le jour sous le franquisme. Son écriture même en témoigne : il n'y a pas un seul policier espagnol; supercherie de Montalbán pour rendre crédible son premier roman policier, il envoie Pepe Carvalho en Hollande où il pourra se mesurer à des représentants d'un ordre extra-ibérique.*

La Solitude du manager *porte aussi à sa manière la marque du franquisme : il exprime avec une certaine violence la libération de l'écriture, la suspension d'une censure primaire; les scènes érotiques sont, par exemple, des réponses goguenardes à l'interdit qui pesait en Espagne sur ce genre de littérature depuis quarante ans.*

Marquises, si vos rivages... *est sans conteste l'œuvre de M. V. Montalbán la plus couronnée : elle s'est vue décerner le prix Planeta en 1979 (le Goncourt espagnol), qui revint des années durant à des ouvrages dans la ligne politique requise, avant d'échoir, signe des temps, à l'*Autobiographie de Federico Sánchez *de Jorge Semprun (1977) et à* la Fille à la culotte d'or *de Juan Marsé (1978) : les lauriers ont changé de camp !* Marquises, si vos rivages... *a aussi été élu, en France, Grand Prix de littérature policière 1981. Derrière l'intrigue et le suspense, il s'agit d'un peuple en quête de son identité dans l'Espagne postfranquiste et prédémocratique. Montalbán livre une méditation douce-amère, humoristique et noire, et son désespoir devant les petites batailles, celles du quotidien dans ce déjà plus, ce pas encore : la reconstruction sur ruines solides. Le personnage de Carvalho y prend quelques rides, quelques kilos et une profondeur que l'on retrouve dans la dernière de ses enquêtes :* Meurtre au comité central.

Ici, le détective — transfuge du PC et de la CIA ! — vit le tourbillon d'une aventure politico-policière avec le tendre cynisme d'un aventurier gastronome et sentimental. Imaginez le plus typé des privés, un Bogart qui se mettrait à ressembler à Jean-Louis Trintignant, pas à celui qui, poumons d'acier, cavalait il y a dix ans sur tous nos écrans, ni celui qui arbore parfois une combinaison de pilote de course automobile, non, un Trintignant — la cinquantaine, aux tempes grises (c'est ainsi que le voit Montalbán), un baroudeur ignorant la sagesse des pantoufles mais prêt à convoler en justes noces dans un trou de son emploi du temps. Ce privé-là, plongez-le hors de chez lui, en plein Madrid (autant dire l'étranger, et même pire pour un amoureux de Barcelone), face à un assassinat politique et non des moindres ; rassemblez contre lui toutes les polices, toutes les traîtrises. Que fera-t-il ?

Courageux, pas téméraire, intelligent comme Poirot, stylé comme Marlowe, désinvolte comme Rainer, il choisira de ressembler tout simplement à Carvalho : dans sa recherche de l'assassin, il n'oubliera jamais que, s'il faut manger pour vivre, il faut aussi cuisiner pour survivre, surtout lorsque l'Espagne romanesque de Montalbán, secouée par le meurtre du secrétaire général du PCE, se met trop à ressembler à l'Espagne tout court.

Michèle Gazier.

*Voir la page du même auteur au début de cet ouvrage

« ... Nous nous sommes libérés de la foi qui exclut la science, alors s'est renforcée en nous cette foi à laquelle Marx faisait référence lorsqu'il disait que les communistes sont capables de " prendre le ciel d'assaut ". Lorsque cette foi tiédit, lorsqu'on commence à douter, lorsqu'on devient incrédule, on cesse d'être communiste. Voilà la vérité. »

Irène Falcon (citée par Jorge Semprun dans *Autobiographie de Federico Sánchez*).

« Mais la mort montre soudain que la société réelle mentait. »

Georges Bataille, *Théorie de la religion*.

COMISIONES OBRERAS : commissions ouvrières, syndicat à tendance communiste.

FUE OU SYNDICAT DÉMOCRATIQUE : syndicat étudiant de résistance au franquisme.

FUERZA NUEVA groupement d'extrême droite.

GENERALITAT embryon d'État autonome catalan.

MOVIMIENTO OBRERO : voir COMISIONES OBRERAS.

PCE parti communiste d'Espagne.

PSOE parti socialiste ouvrier espagnol.

PSUC parti communiste catalan (parti socialiste unifié catalan).

UCD parti du centre donc de droite actuellement au pouvoir en Espagne.

UGT syndicat à tendance socialiste.

NOTE DE L'AUTEUR

Pour répondre à l'intention prévisible et perverse d'identifier les personnages de ce roman à des personnages réels, l'auteur déclare qu'il s'est limité à utiliser des archétypes ; il reconnaît toutefois que souvent les personnages réels se comportent comme des archétypes.

Archétype : Type souverain et éternel qui sert d'exemple et de modèle à l'entendement et à la volonté des hommes.

(Définition du *Dictionnaire de l'Académie royale*.)

A Josefina Sallés parce que c'est comme ça et à Javier Alfaya comme promis.

Santos brassa distraitement les chemises. Il faisait semblant d'avoir une activité quelconque, ce qui le dispensait de saluer un à un tous ceux qui arrivaient.

— En voilà des toutes belles qui ont fait tapisserie lors de la dernière réunion.

La secrétaire lui montrait un tas de chemises, des dossiers à la dérive, entassés sur un coin du présentoir couvert de fichiers et de sous-main tout neufs ou les membres du comité central du parti communiste espagnol allaient trouver l'ordre du jour, le squelette du rapport du secrétaire général et l'intervention complète du responsable de *Movimiento obrero*.

— De mon temps, on donnait sa vie pour être membre du comité central et maintenant on mégote sur les week-ends.

Santos adressa un sourire à Julian Mir, responsable du service d'ordre.

— Je n'échangerais pas ce temps-là contre maintenant.

— Non, Santos, moi non plus, mais le manque de considération de certains de nos camarades m'énerve. Il y en a qui se tapent sept cents kilomètres en train pour venir à la réunion et il s'en trouve d'autres pour rester à Argüelles, à une demi-heure de taxi.

— Alors, qu'est-ce que je fais des dossiers de ceux qui ne sont pas venus à la dernière réunion ?

— Mets-les avec ceux d'aujourd'hui.

La fille obéit à Santos, et Julian Mir retourna à sa

fonction de responsable du service d'ordre. Il examina d'un regard expert les entrées et sorties de ses subordonnés, porteurs d'un brassard rouge :

— Un de ces jours, il va nous arriver un malheur. Je n'aime pas cet endroit.

Santos souligna la mauvaise humeur critique de Mir d'un hochement de tête ambigu, tout aussi susceptible de marquer son accord que son désaccord. Ce hochement de tête, il le réservait à Mir depuis l'époque du 5e régiment. Julian n'aimait pas les ombres du soir qu'on eût dites grosses de soldats franquistes. Il n'aimait pas non plus les lumières du levant ouvrant la voie à l'avant-garde des troupes. Tout comme plus tard, il ne devait pas aimer du tout, mais vraiment pas du tout, les haies du Tarn taillées depuis le pléistocène à la mesure des patrouilles allemandes. Ensuite, il n'aima pas les missions dont il fut chargé à l'intérieur, il les réalisait cependant avec la dédaigneuse assurance d'un héros de Far West.

— Beaucoup de problèmes ?

— Quatre fachos morts de peur, répondait invariablement Mir au retour de chacune de ses expéditions en Espagne franquiste.

Il avait toujours été comme ça. Sans doute était-il né comme ça, pensa Santos, soudain surpris devant l'évi dence que Julian Mir était né un jour, il y a longtemps, trop longtemps ; ce temps passé, il l'avait accumulé dans ses cheveux aussi drus que blancs, dans sa musculature de vieil athlète à jamais responsable de son allure de poulet bagarreur.

— Je n'aime pas cet endroit.

— Ça recommence, mais où veux-tu réunir le comité central ?

— Un peu moins de locaux dans tous les coins, bande de rigolos. Voilà ce dont je me plains. Et un bon local central comme en ont tous les partis communistes en chair et en os. Tu trouves ça convenable ? Ici même, on célébrait hier une convention des anabaptistes de

Trifouillis-les-Oies. Et regarde ce panneau. Qu'est-ce qu'il y a dessus ?

— Il faudrait que je mette mes lunettes pour voir.

— Allez va, depuis que tu es devenu gratte-papier du Parti, tu perds tes facultés. Moi je peux parfaitement le lire : conférence « Le sentier de l'esprit dans le chemin du corps » par le yogi Sundra Bashuarti. Ça s'est passé ici hier. Je ne sais plus si c'est une réunion du comité central ou un rendez-vous de fakirs. Les communistes dans un hôtel, comme si nous étions des touristes ou des vendeurs de petites culottes.

— C'est ta journée.

— Et, un de ces quatre matins, un commando de fachos va s'infiltrer, déguisé en orchestre tropical parce que, de temps à autre, on entend la musique du dancing.

— C'est de la musique d'ambiance.

Santos abandonna Mir à son mauvais sort pour recevoir une frénétique accolade du camarade maire de Liñan de la Frontera. Il n'avait pas perdu ses facultés. La mémoire de Santos restait toujours cette argile fraîche dans laquelle étaient gravés tous les visages du Parti, et ses bras continuaient à répondre avec la force désespérée d'un Hercule aux accolades soviétiques que les camarades les plus distants s'obstinaient à lui donner pour mettre à l'épreuve la résistance de son squelette déjà bien vieux.

— Pourquoi une telle accolade ? demanda-t-il un jour à Fernando Garrido.

Ce dernier haussa les épaules :

— Ça date probablement de la guerre. Séparations ou rencontres avaient quelque chose de miraculeux.

— Moi, je crois que c'est l'influence soviétique. Les Soviétiques saluent toujours comme ça. Et encore heureux qu'on n'ait pas hérité de leur manière de s'embrasser.

— Ne m'en parle pas, mon pauvre. Chaque fois qu'ils m'embrassaient sur la bouche, je ne savais que faire : ou leur envoyer un coup de pied dans les couilles ou me laisser baiser.

C'était évident, Garrido était en retard. Les camarades formaient des cercles dans l'antichambre du salon où devait avoir lieu la réunion, cercles qui devaient subsister jusqu'à ce que la porte s'ouvre pour laisser entrer le courant d'air qui annonçait toujours l'arrivée de Garrido. Les cercles s'ouvriraient alors comme des yeux pour contempler une fois encore l'éternel miracle de l'incarnation de la classe ouvrière, son avant-garde, en la personne du secrétaire général. Santos décida de passer une dernière fois en revue la salle de réunion avant que ne se produise l'entrée de Garrido sous le dais invisible de l'Histoire. Sur le seuil, dans son dos, le ronron confortable des conversations semblable à une digestion et, devant lui, la solitude de la salle de réunion de l'hôtel Continental, la prophylactique concentration symétrique des tables et des chaises entourant, sans la chaleur du cuir ou du tissu, la petite estrade sur laquelle trônait la table de Garrido avec, de part et d'autre, les places réservées au comité exécutif.

— Et le son, ça va ? Vous avez essayé le magnéto ?

Hochement de tête affirmatif des responsables.

— Qui s'assied près de Garrido, aujourd'hui ?

— Martialay, Bouza, Helena Subirats et moi.

— L'union des hommes et des terres d'Espagne.

— Martialay n'est pas là parce qu'il est basque, mais en sa qualité de responsable du *Movimiento obrero*.

— Je sais, je sais. C'était une plaisanterie.

— Oui, mais à présent on ne parle plus que de ça.

Santos répondait au jeune homme ironique tout en revoyant mentalement sa filiation : Paco Leveder, professeur de droit public issu du Syndicat démocratique. « Ce sera un bon parlementaire », avait commencé Garrido en l'entendant lors d'une intervention dans ce fameux collège d'Ivry cédé par le parti communiste français pour une réunion clandestine avec les cadres universitaires de l'intérieur.

— Garrido est en retard.

— Il n'y a pas que Garrido. Il manque environ quarante pour cent du comité central. Le sens de la ponctualité est la première chose qui se perd dans la légalité. Bien entendu, tu n'es pas venu à la dernière réunion et tu ne t'es pas excusé de ton absence.

— Je l'ai dit à Paloma au téléphone. J'avais une réunion.

— Tu sais bien que les réunions du comité central passent par-dessus tout le reste, même par-dessus les meetings du Parti.

— Alors, tu vas me dire que le comité central est l'organe suprême de direction du Parti ?

— Je ne crois pas que ce soit nécessaire.

— Ça te dit quelque chose à toi « la terre à celui qui la travaille » ou « tout le pouvoir aux soviets » ?

— Ça me disait quelque chose avant même que tu sois né.

— Alors, c'est que tu te conserves assez bien, Santos.

Il quitta Leveder sur un sourire, répondit à des saluts et à des bourrades qui lui parvenaient des différents groupes lorsqu'il passait, toujours plus léger, et se dirigea vers l'entrée où Julian Mir lui faisait signe que Garrido était arrivé. Et, comme si tout avait été réglé par un tout-puissant chronomètre, Julian quitta la porte et Santos la gagna au moment précis où Fernando Garrido s'y encadrait. Il souriait et avançait. Il avançait et saluait. Il saluait de la main et parlait aux uns et aux autres, on aurait dit qu'il récitait un discours parfaitement calculé pour la durée du trajet entre la porte de l'antichambre et celle de la salle de réunion. Les cercles s'ouvraient, se brisaient à cause de ceux qui s'obstinaient à serrer la main de Garrido, pour recueillir une confidence ou en faire une devant la tête bienveillante, offerte, inclinée d'un secrétaire général vierge de tout secret et prêt à les recevoir tous sans s'arrêter toutefois, encadré par Santos et Julian, talonné par deux garçons du service d'ordre qui laissaient à peine la place à Martialay dans l'étroit couloir humain. Garrido marqua un temps d'arrêt pour affronter l'accolade mortelle d'Harguindey, vingt ans et un jour de prison et une satanée obstination. Garrido survécut aux tapes des mains d'Harguindey sur son dos et adressa une blague à Helena Subirats, déclenchant un éclat de rire général qui ressemblait plutôt à une ovation. Nous n'arrivons pas complètement à comprendre qu'il nous soit possible d'être ensemble. Que Fernando soit ici. Qu'il y ait un fourgon plein de policiers pour protéger l'entrée latérale de l'hôtel. Santos continuait à penser. Il respectait les stations du chemin de croix tout en s'efforçant de faire presser le pas. Il s'arrêta pour vérifier que Martialay restait bien à sa hauteur.

— Nous n'avons pas pu donner les photocopies de ton intervention à l'avance. Nous les avons distribuées aujourd'hui même.

— Comme toujours.

— Comme presque toujours.

Garrido s'était fait couper les cheveux ; son dos dégageait des effluves de douche récente et d'after-shave. Qui aurait pu l'imaginer ainsi ? Santos eut l'impression, un instant, de suivre un Fernando Garrido rajeuni de quarante ans, leader né qui, lors des réunions préparatoires d'octobre 1934, lui avait dit : « Laisse tout tomber et suis-moi. » Et Santos l'avait suivi pendant quarante ans de guerre, exil, prisons, faux papiers, et même au cours de certaines vacances en Crimée et de certaines parties de poker stratégique avec les Soviétiques.

— Santos.

— Oui, Fernando.

— Je voudrais parler avec toi et Martialay avant la réunion.

Ils entrèrent tous trois au salon. Julian Mir ferma les portes derrière eux.

— Je continue à ne pas comprendre pourquoi on recule encore la rencontre avec les socialistes.

— J'insiste, à quinze jours des élections syndicales, il faut marquer les distances. Ça va chauffer et le PSOE va se jeter dans la campagne de l'UGT.

— Quoi qu'il en soit, toute intervention ou question au cours de la réunion devra recevoir une réponse assez ambiguë. Les positions claires et tranchées cachent souvent obscurité et hésitation.

— Je croyais que tout était clair.

— C'est peut-être pour ça que ça risque d'être obscur. Comment tu vois la chose, toi, Santos ?

— Il n'est pas nécessaire de remettre en question la réunion avec les socialistes. Il paraîtra aussi logique de la faire que de ne pas la faire.

— C'est exact.

— Ça m'a l'air byzantin comme problème.

— Vous passez votre temps à dire que vous ne voulez pas être une courroie de transmission du Parti, mais le Parti non plus ne peut pas être une courroie de transmission pour vous.

Martialay haussa les épaules et alla prendre sa place autour de la table, il se plongea dans les eaux dactylographiées de sa future intervention.

— Il est nerveux.

— Il a ses raisons.

Garrido sortit de la poche de sa veste une cigarette, et l'on eût dit que toute sa poche était un paquet de cigarettes. « On croirait qu'il les sort déjà allumées », avait écrit un journaliste.

— On ne va pas te laisser fumer.

— Après ça, vous direz que je suis un dictateur.

Il remit la cigarette dans sa poche :

— Commençons.

Santos ouvrit la porte et gagna son siège à la droite de Garrido. De là, il vit entrer les membres bavards et bruyants du comité central.

— Presque le plénum. On voit bien qu'on est dans l'expectative. Tu as vu dans *el País* ?

— Ceux-là, ils nous emmerdent avec leur politesse. Mais *Cambio 16* a repris son titre « Le chantage syndical ».

Garrido se leva pour saluer Helena Subirats.

— Très bonne ton interview dans *la Calle*.

— Je suis ravie qu'elle t'ait plu : le schématisme des journalistes continue à m'énerver.

Santos fit entendre le premier « chut », aidé par le chœur de « chut » des membres les plus vieux et disciplinés du comité central. Santos frappa le micro d'un doigt, et sa toux tuberculeuse, électronique et amplifiée fut plus efficace que les exhortations.

— Dans les chemises devant vous, il y a l'ordre du jour.

Soixante pour cent des participants jugea indispensable de le vérifier. Julian Mir fit entrer dans la salle un quatuor de cameramen de la télévision espagnole. Ils inondèrent de lumière la présidence et les premiers rangs des tables tandis que la caméra avalait la réalité dans un bruit continu, tel un animal incapable de modulation.

— Vous pouvez rester si vous voulez, répondit Garrido à l'au revoir des techniciens de la télévision.

— Ce serait très intéressant, mais nous devons aller filmer le début de la réunion du comité exécutif du PSOE.

— Allez, filez, mais ici vous apprendriez plus de choses.

— Je n'en doute pas.

— Les réunions des communistes sont toujours plus palpitantes.

Santos appuyait de son sourire les plaisanteries de Garrido. Martialay continuait à se battre avec les papiers de son intervention. Les gens de la télé s'en furent, on ferma les portes, le silence se fit.

— Ce ne sera pas très long parce que vous savez bien que je ne peux pas tenir sans fumer.

Rires.

Et, comme si les rires avaient déplu aux dieux de l'électricité, les lumières s'éteignirent, et une obscurité épaisse et incontestable s'installa dans la salle.

— Les types des commissions ouvrières sont toujours en grève, commenta Garrido.

Cependant les micros ne décuplèrent pas sa blague.

Il voulut la répéter à haute voix, mais il ne le put pas. Une douleur glacée traversa son gilet de laine anglaise et lui ôta la vie sans qu'il puisse la retenir dans ses mains.

La lumière revint, et Santos fut le premier à comprendre que la scène avait changé : il n'était pas normal que Fernando Garrido ait la tête posée sur ses papiers, une tête penchée, la bouche ouverte et des yeux plus vitreux que les verres épais de ses lunettes qui avaient glissé sur son front. Santos se leva comme si quelque chose avait douloureusement éclaboussé ses jambes, et les autres communistes se levèrent à leur tour un à un, stupéfaits, interrogatifs, juste avant de renverser leurs chaises et de se précipiter en avant pour rencontrer l'évidence de la mort.

C'est la volonté de se réveiller qui le réveilla. Il mit la radio en pleine symphonie de *l'Espagne à huit heures.* « Profondes répercussions nationales et internationales de l'assassinat du secrétaire du parti communiste espagnol, Fernando Garrido. » Condoléances et douleur nationales et internationales. Mais où sont les profondes répercussions ? « Le gouvernement espagnol a démenti que les troupes aient été mobilisées et que la division blindée Brunete se soit livrée à des manœuvres spéciales. Le chef du gouvernement s'est réuni avec le secrétaire général du PSOE et avec José Santos

Pacheco, du comité exécutif du parti communiste espagnol. Le commissaire Fonseca a été désigné par le gouvernement pour diriger l'enquête sur l'assassinat de Fernando Garrido. »

« Ce satané Fonseca attaque de nouveau », se dit Carvalho et il arrêta la radio. Les yeux mouillés, privés de paupières, de Fonseca, ce petit lapin doux et sanguinaire. Et en surimpression, un Fernando Garrido vingt-cinq ans auparavant, faisant les cent pas sur les graviers d'une résidence au bord de la Marne, entouré de jeunes étudiants venus de « l'intérieur » comme on disait, d'Espagne, pour le stage de l'été 1956.

— Si la bourgeoisie espagnole n'est pas prête à aider notre projet de réconciliation, nous n'hésiterons pas à reprendre le fusil et à partir dans la montagne.

— Laquelle ?

Garrido le regarda le sourire aux lèvres, mais avec la froideur et la dureté de son regard vitré :

— Qu'est-ce que tu étudies, toi ? Tu n'as pas encore appris que l'Espagne est un des pays les plus montagneux d'Europe ?

Les rires des autres détendirent l'atmosphère ; cependant, Carvalho remarquait de temps en temps les yeux de Garrido posés sur lui, tentant, semblait-il, de l'avertir à distance. Attention, mon garçon. Ne fais pas trop le malin. C'est un sujet sérieux. Pendant la récréation, tandis qu'il cherchait la solitude et la fraîcheur sous les frênes, Carvalho eut à ses côtés la compagnie d'un vieux dirigeant dont la vie et l'histoire étaient bien couturées. Une vie aussi exemplaire ridiculisait implicitement la petite ironie que l'étudiant s'était permise juste avant, dédramatisant quelque chose d'aussi dramatique qu'être ou ne pas être de la révolution espagnole.

— Toi, ça te paraît bizarre que Garrido propose de partir dans les montagnes, mais pense qu'il y a seulement sept ou huit ans nous y étions encore poursuivis comme des bêtes. Et un communiste, en Espagne, on le torture et on le condamne à cent ans de prison.

Carvalho était encore trop jeune pour s'excuser et trop admiratif pour s'indigner. Il laissa parler le vieux camarade et, dès lors, il suivit les réunions sans le moindre sarcasme. Le régime allait tomber en octobre, et une camarade les informa que la puissance du Parti était telle qu'à Barcelone les communistes étaient prêts à mettre la ville en état de siège. L'influence de Camus, pensa le jeune Carvalho, mais il ne le dit pas et il examina la femme avec l'intérêt que méritent les espèces en voie de disparition.

— Je l'ai moi-même vérifié, et les camarades de Barcelone pourront le certifier.

Comme si elles ne pouvaient faire autrement, les camarades de Barcelone ratifièrent, avec un certain manque de passion, mais elles ratifièrent, se prenant les pieds dans les conditions objectives et subjectives, vu les doses de subjectivité nécessaires pour croire à ce qu'elles disaient. Ensuite, ce furent les saluts, les adieux, les chansons :

Je dois descendre vers le port
Et monter au Tibidabo
Pour crier avec mon peuple
Dehors les Amerlos ! Mort à Franco !
Le sang espagnol n'est pas un sang d'esclaves !

Chansons mal chantées parce que seuls les organisateurs des cours les savaient, eux les vétérans qui devaient avoir recours à un volontarisme juvénile notoire lorsqu'ils entonnaient :

Jeune Garde, Jeune Garde
ne leur laissez ni la paix ni la caserne

Carvalho faisait la preuve qu'on ne pouvait aller à un tel stage l'esprit marqué par la consigne de Machado : « Doute, mon fils, de ton propre doute. »

Le printemps est venu
Sur les ailes d'une colombe.
Les voix du peuple s'élèvent
Sur la terre espagnole.
Vive les grèves de Barcelone !
Je dois descendre vers le port
et monter vers le Tibidabo.

C'est exactement ce qu'il faisait maintenant. Descendre vers le port dans l'espoir de se détendre entre d'ennuyeuses attentes et d'ennuyeuses enquêtes paracriminelles, ou monter au Tibidabo pour regagner sa tanière de Vallvidrera d'où il contemplait une ville plus vieille, plus sage, plus cynique, n'ayant rien à offrir à la jeunesse, pas plus aujourd'hui que demain. En tant que militant, c'est la seule fois qu'il avait vu Garrido. Vingt-cinq ans plus tard, il alla le voir dans un meeting juste pour découvrir que les années ne passaient pas impunément. « Il domine l'art de toréer ni trop loin ni trop près », dit à ses côtés un minet sorti tout droit d'un poème gitan de Garcia Lorca et déguisé en premier communiant. « Où donc étais-tu, bordel, ce fameux été de 1956 ? » lui demanda Carvalho du regard sans le moindre espoir de réponse. Les centaines et les milliers de personnes qui assistaient au meeting étaient peut-être le fruit d'années et d'années d'exercices spirituels en France ou dans les catacombes de notre pays ; cependant, le discours de Garrido restait le même, toujours le même appel à la bourgeoisie pour qu'elle signe un contrat de progrès si elle ne voulait pas retourner au fascisme ou courir le risque du chaos prérévolutionnaire. Là, oui, il y avait assez de communistes pour assiéger la ville, mais que fait-on après avoir mis la ville en état de siège ? Près de Garrido était assise la camarade qui, vingt ans plus tôt, assiégeait des villes grâce aux vertus de son imagination ou de son désir. Elle s'appelait alors Irène, à présent elle s'appelle

Helena Subirats, la rigueur d'un député jointe à des déclarations lénifiantes.

— En fait de dictature, pas même celle du prolétariat.

Il chercha une autre station de radio pour voir si l'on amplifiait ou si l'on complétait l'information de la radio nationale. Un poste local essayait d'interviewer José Santos Pacheco qui venait d'arriver à Barcelone de manière inattendue par le premier avion en provenance de Madrid. Santos tentait d'éviter les questions, il parvenait seulement à éviter les réponses.

— C'est le crime d'un fanatique ou le début d'un vaste plan de déstabilisation de la démocratie ?

— Comprenez-moi. Personne ne sait encore rien. Interrogez le gouvernement. C'est un acte contre la démocratie.

— Pourquoi êtes-vous venu à Barcelone ?

— J'y viens fréquemment.

— Comment interprétez-vous la désignation officielle du commissaire Fonseca pour enquêter sur l'assassinat ?

— Comme une plaisanterie de mauvais goût. Fonseca reste dans la mémoire des communistes un des bourreaux privilégiés du franquisme.

Fonseca offrait les cigarettes à demi sorties de leur paquet, le bras à demi tendu, à mi-voix, dans un demi-regard de ses petits yeux blessés par la réalité, des petits yeux pleins d'eau et de menaces. Carvalho le revoyait arpentant le couloir, regardant capricieusement les victimes du dernier coup de filet, réclamant des explications à ses lieutenants barcelonais.

— Et celui-là ?

— José Carvalho. Un rouge dangereux.

Fonseca parvint à fermer les yeux de dégoût lorsque son lieutenant envoya un coup de poing inattendu dans l'estomac de Carvalho.

— Vous et moi, nous allons parler longuement et calmement, dit-il tandis qu'il continuait à examiner son tableau de chasse. Nous avons toute la nuit devant nous.

— C'est la guerre, chef.

Biscuter avait mis le transistor en marche, il écoutait un reportage en direct de la chapelle ardente du parti communiste espagnol à Madrid. Des milliers de Madrilènes avaient défilé devant la dépouille mortelle de Fernando Garrido, au milieu d'un impressionnant déploiement policier auquel s'ajoutait un déploiement de forces militaires que l'on pouvait observer à la périphérie de Madrid.

— S'il vous plaît, monsieur. Un sondage pour la radio nationale. A quoi attribuez-vous cet assassinat ?

— Au fascisme international. A quoi d'autre ?

— Mais comment expliquez-vous le fait qu'il ait été assassiné dans un lieu clos où il n'y avait que des communistes, tous membres du comité central ?

— Je l'explique comme le fait tout bon communiste. C'est un coup du fascisme international.

— Vous êtes militant ?

— Oui et depuis longtemps, monsieur.

— Connaissiez-vous personnellement Fernando Garrido ?

— J'ai eu l'honneur de lui serrer la main en de nombreuses occasions et j'ai été délégué par son groupe au congrès de 1978.

— La lutte, lors de ce congrès, entre léninistes et non-léninistes a-t-elle pu avoir des répercussions sur le crime ?

— Vous nous connaissez très mal, monsieur. Nous ne passons pas notre temps à nous entretuer. Vous regardez trop la télévision ou alors vous avez trop vu de films américains. De quelle radio avez-vous dit que vous étiez ?

— Radio nationale.

— Alors, ça ne m'étonne pas.

— Voilà qui est bien envoyé, *collons* [1] ! s'écria Biscuter.

— Et toi, qu'est-ce que ça peut te faire, Biscuter ?

— Mais c'est une saloperie, chef. Il faut bien reconnaître que, Garrido, c'était un mec.

Biscuter n'avait pas même eu le temps de se laver les yeux ni de mettre un peu d'ordre sur la table du bureau.

— Vous déjeunez ici, chef ? J'ai une saucisse de Perol de nom de Dieu et un reste de fayots cuits d'hier.

— Soit je pense soit je déjeune, au choix.

— La radio vous gêne pour penser ?

— Je vais y penser.

Carvalho prit le téléphone, fit un numéro en fronçant le nez comme si ledit numéro sentait mauvais.

— Monsieur Dostras ? J'attendrai.

« Je ne suis pas communiste, avouait une autre personne interrogée à la radio, mais je suis venu dire adieu à Garrido parce que je suis démocrate et ce qu'on lui a fait là n'a pas de nom. C'est une agression contre la démocratie. Qui a fait ça ? La CIA ? Les Russes ? Allez savoir, vu toute la merde qu'il y a en politique, sauf votre respect. »

— Monsieur Dostras ? Je suis Carvalho, le détective. Votre fille est dans une troupe de théâtre qui joue *le Cercle de craie caucasien* à Riudellots de la Selva. Elle va bien. Ils ne donnent qu'une représentation par jour. Pas question. Moi, je ne vais pas la chercher, c'est votre affaire. De rien. Je vous enverrai la facture. La pièce ? Décente. Un peu subversive, mais il n'y a pas de nu. Ne vous en faites pas. Ça pourrait être bien pire. Lors de la dernière affaire du même genre, la fille était à Goa avec une diarrhée du diable. Il a fallu la rapatrier en avion sanitaire. A votre service.

— Écoutez ce que dit ce facho, écoutez ça !

« ... Il faut en finir avec ce cauchemar politique. Moi,

1. En catalan dans le texte : couillon *(N.d.T.)*.

je n'ai rien contre les politiciens en tant que personnes, mais je suis tout à fait opposé aux politiciens en tant que politiciens. Depuis la mort de Franco, la politique nous est tombée dessus comme une plaie. »

— Je veux déjeuner, Biscuter. Mais pas ce pavé que tu m'as proposé. Du pain à la tomate, de la saucisse catalane bien truffée, quelques olives en morceaux, un rosé frais à la régalade. Des choses douces. Je suis plein de toxines.

Biscuter s'engouffra dans sa petite cuisine située dans le couloir conduisant aux toilettes. Il sifflait, content, ou se répétait la commande sur l'air d'une chanson populaire. Carvalho arrêta la radio et se mit à ranger des papiers sur sa table de bureau des années quarante dont les couches de vernis s'efforçaient de faire ressortir la couleur du bois et finissaient par constituer une sorte de brillantine pour meubles perdus entre le néo-classicisme et le fonctionnalisme de l'entre-deux-guerres. Il mit de côté un papier sur lequel Biscuter avait écrit : « Importante visite à onze heures. »

— Pourquoi est-ce qu'elle est importante, cette visite ?

— Parce qu'on me l'a dit.

— On t'a dit qu'elle était importante ?

— On m'a dit qu'il s'agissait d'un sujet très confidentiel et très important. On m'a même demandé si vous seriez tout à fait seul.

Du vacarme montait des Ramblas. Carvalho se pencha à la fenêtre. Deux cents ou trois cents personnes avançaient en rang, se tenant par le bras : « C'est vous les fascistes qui êtes les terroristes ! » « Garrido, frère, nous ne t'oublierons pas ! »

— Tiens, Biscuter.

— Vingt mille pesetas ! Et qu'est-ce que je vais en faire ?

— Achète des vivres pour deux semaines. Au cas où...

— Ça va barder. Je me le disais bien.

— Peut-être que rien ne va se passer, mais regarde les queues qui se forment devant les épiceries.

Une petite queue de femmes à paniers sortait de la boutique du coin.

— Applique la même consigne que pour la mort de Franco en ce qui concerne les achats. Seul plat cuisiné : les fèves. C'est l'unique chose qui supporte la conserve.

Biscuter passa ses doigts dans ses petits cheveux roux qui résistaient sur les pariétaux, il se frotta les mains, arqua les jambes, prépara son corps au dynamisme qu'exigeait la situation, sa maigre poitrine creusée afin de souligner la résolution de ses épaules d'enfant affecté de ganglions. Il avait laissé le déjeuner de Carvalho sur la table et, avant de sortir, il posa la bouteille d'eau-de-vie glacée près du pichet :

— J'ai l'impression que vous allez en avoir besoin, chef.

Il fit un clin d'œil moyennant un téméraire effort musculaire qui faillit lui paralyser la moitié du visage et il s'élança dans la jungle urbaine avec son parachute mental et le désir d'exploit qui devait animer tout collaborateur d'un homme tel que Carvalho. Le détective déjeuna sans penser à ce qu'il mangeait. Il avait choisi un déjeuner qui ne demandait pas de réflexion, pas même la moindre disponibilité. Un déjeuner pour accompagner discrètement une méditation transcendantale. Même le jambon n'aurait pas pu être ce compagnon idéal. Le jambon exige un palais critique, sentencieux. En revanche, la saucisse catalane est la salaison cuite qui s'ajuste le mieux à la mécanique de la dégustation, à la mastication sans grandes ambitions. L'avoir exigée truffée était le minimum de rigueur indispensable pour que la saveur le surprenne de temps à autre, lorsque les morceaux de truffes, semblables à des grains de beauté, aromatisaient brusquement sa cavité buccale et lui piquaient le bout du nez. Quelle que soit la nourriture consommée, il fallait toujours réserver un temps à la dialectique, en prenant appui indifféremment sur la saveur ou sur la texture de ce que l'on mangeait. En y réfléchissant beaucoup moins, Brillat-Savarin écrivit sa *Physiologie du goût,* Brillat-Savarin, cet homme à la fois célèbre et sot selon Baudelaire : « choses qui vont très bien ensemble... », apostillait le chétif poète mangeur de drogues, ce petit homme qui ne buvait et fumait que pour inquiéter sa mère et pour la punir de s'être mariée avec un autre. « Écris une thèse de doctorat sur un sujet tellement arbitraire qu'il empêche toute thèse et toute synthèse, puis change de métier », se dit Carvalho tandis qu'il retenait dans sa bouche un petit morceau de truffe pour en absorber toute la saveur et le transformer en un simple élément que la langue laissa tomber dans les profondeurs sans doute horribles de l'estomac. Il but à la régalade jusqu'à ce qu'il sentît tout son appareil digestif bien lubrifié, ensuite il remplit un verre d'eau-de-vie qui se tint devant lui comme un animal mordant, attirant et menaçant.

— Tu vas me faire mal, salaud.

Cependant, il but son verre cul sec, et un froid brûlant lui remonta de l'estomac vers les narines, contradiction tout compte fait semblable à celle d'un quelconque *soufflé*[1] glacé à la vanille.

— Si vous voulez, nous reviendrons plus tard.

L'un des hommes désigna d'un signe de tête les restes de nourriture sur la table.

— J'avais déjà terminé.

— C'est la meilleure heure pour le déjeuner.

Il ne l'avait jamais entendu dire quelque chose d'aussi banal. Carvalho le revoyait vingt-deux ans plus tôt face au tribunal militaire qui le faisait comparaître pour délit de rébellion. Salvatella avait déclaré ne pas

1. En français dans le texte *(N.d.T.)*.

reconnaître le tribunal qui le jugeait. Il ne reconnaissait que les tribunaux de la République. Sans doute agacés par son mépris, les juges militaires aggravèrent la peine requise par le procureur. Salvatella sortit du tribunal militaire en essayant de faire le salut, les poings joints par les menottes, tandis que Carvalho et d'autres personnes présentes étaient chassés par des policiers en civil. Salvatella se tourna vers son compagnon et le présenta à Carvalho :

— José Santos Pacheco, membre du comité exécutif du parti communiste espagnol. Moi, je suis Floréal Salvatella, j'appartiens au comité exécutif du PSUC et au comité central du PCE.

— Mon nom est indiqué chez la concierge.

— Pour nous, il n'avait pas besoin d'y être. C'est Marcos Nuñez[1], un camarade qui vous connaît bien, qui nous envoie.

— Nous nous sommes connus à l'occasion, en essayant de tirer au clair le mystérieux assassinat d'un manager.

— Une affaire difficile ?

— Tellement difficile qu'ils l'ont tué à eux tous et que lui seul est mort.

Santos Pacheco avait l'air sorti d'une photo de presse ou d'une fugace image télé. Au second plan derrière Garrido, maintenant au second plan derrière Salvatella. Grand, sculpté par la vie sur le modèle du vieux loup de mer à cheveux blancs, hâlé, un peu penché pour entendre, pour entendre ce que disaient les Espagnols condamnés au mètre soixante-cinq de taille moyenne. Salvatella, en revanche, n'était encore que cet homme presque jeune que Carvalho avait vu juger et condamner à cent douze ans de prison. « Tu as grossi, Floréal, et tu n'as pas l'air d'avoir attrapé ça en prison, mais avec l'âge et la légalité. » Ils ne s'assirent que lorsque Carvalho le leur suggéra et, même alors, ils

1. Cf. *la Solitude du manager*, du même auteur *(N.d.T.)*.

le firent avec la prudente réserve qui caractérise tout bon communiste dans la vie, essayant de montrer qu'il n'a rien à voir avec l'image du sauvage inhumain et inculte que lui a fabriquée le capitalisme. Salvatella arrêta son regard sur Santos, lui offrant d'entrée de jeu le rôle de soliste, rôle que Santos assuma sur le ton même qu'il aurait utilisé pour ouvrir une réunion du Parti. Une voix ferme, coupante, essayant, semble-t-il, d'être la voix de n'importe lequel des hommes réunis là :

— Je ne pense pas qu'il vous soit très difficile de deviner la raison qui nous conduit chez vous. Avant tout, je vous prierai, quel que soit le résultat de cette entrevue, de garder là-dessus la plus grande discrétion. J'aurai, s'il le faut, recours au secret professionnel.

— C'est un secret presque forcé. Je ne parle jamais avec personne.

— Par mesure préventive ?

— Non. Je pars du principe évident que si ce que vont dire les autres ne m'intéresse pas, ce que je peux leur dire ne les intéressera pas non plus.

— Vous, vous iriez loin en politique. Ce sont les plus silencieux qui font les carrières les plus solides.

— En politique, au lit, partout, n'en doutez pas.

— Je viens avec une mission presque officielle. Nous voudrions que vous nous aidiez à enquêter sur le meurtre de notre secrétaire général. Le gouvernement a désigné un enquêteur peu satisfaisant, en dépit de nos propositions ; nous avons obtenu d'avoir notre propre enquêteur et toute la liberté de mouvement possible garantie tant par notre Parti que par le gouvernement. Si l'on n'avait pas chargé le commissaire Fonseca de l'affaire, peut-être n'aurions-nous pas franchi le pas, mais la désignation de Fonseca prouve à elle seule que le gouvernement veut utiliser l'enquête pour nous porter un coup. Je ne sais pas si vous êtes au courant du curriculum de Fonseca.

— Je suis au courant, et vous savez que je le suis.

— C'est vrai, je sais que vous l'êtes. Je sais que vous avez fait partie à l'époque des nombreuses victimes de Fonseca.

— C'est sans importance. J'ai à peine été une punaise dans le zoo de Fonseca.

— Tout effort pour renverser la dictature a été méritoire. Quoi qu'il en soit, vous savez déjà qui est Fonseca et vous savez qu'il a commencé sa carrière dans notre Parti comme infiltré franquiste. Son infiltration nous a valu un très grave coup de filet dans les années quarante et quatre exécutions. J'irai droit au but. Notre mission est d'ordre professionnel et nous nous plierons à vos tarifs sans les discuter.

Salvatella avait l'air de digérer mentalement ce que venait de dire Santos ; ce dernier regardait Carvalho, un sourire engageant sur les lèvres comme s'il lui avait déjà donné son accord.

— Qu'est-ce que vous voulez ? Que je découvre l'assassin ou que je vous aide à étouffer l'assassinat ?

— Peut-être sommes-nous mal informés, mais on nous a dit que vous élucidiez les assassinats, pas que vous les étouffiez.

— Cette affaire est au-dessus de mes forces. D'habitude, je joue dans des films en noir et blanc. Et vous, vous m'offrez une superproduction en technicolor, avec gouvernement et appareils policiers par-dessus le marché. Et en plus à Madrid. Je suis fatigué de voyager. Je connais Barcelone comme ma poche et malgré tout, parfois, je ne la supporte plus. Imaginez ce que ça va être à Madrid, une ville pleine de gratte-ciel, de fonctionnaires de l'ancien régime, d'anciens fonctionnaires du régime. Je suis apolitique, c'est clair, je pense. Cependant, je ne supporte pas les petites moustaches des fonctionnaires de l'ancien régime ni celles du nouveau.

Le regard de Santos Pacheco consultait celui de Salvatella. Le sourire de ce dernier indiqua à Carvalho que Santos n'avait pas le sens de l'humour et que l'autre le savait. Réconforté et averti par son camarade, Santos échangea avec Carvalho un regard complice et souriant.

— Madrid n'est pas une abstraction, et on ne peut pas généraliser à propos des fonctionnaires. Je vois que vous partagez tous les poncifs de la province.

— Il n'est pas question de partager ou de ne pas partager, mais Madrid n'est plus ce qu'elle était.

— En 1936 ?

— Non, en 1959, lorsque j'y habitais. Les gambas de *la Casa del Abuelo,* par exemple. Excellentes et pour rien. Allez donc les chercher à présent !

— Ah ! Il s'agit des gambas.

Le regard de Santos errait à droite et à gauche, on aurait dit qu'il était à la recherche du lieu exact que méritaient les gambas perdues de *la Casa del Abuelo* dans une conversation sur le meurtre du secrétaire général du parti communiste.

— Il y a d'excellents restaurants de fruits de mer, dit-il soudain avec un certain soulagement.

— Mais à quel prix !

— Évidemment les fruits de mer sont chers.

— Il y a de tout, coupa Salvatella, puis il ajouta : quand je vais aux réunions du comité central, je dors chez Togores, tu sais celui de la Perkins. Il habite près du palais des Sports, rue Duque de Sesto. Eh bien, dans ce coin, il y a un endroit où on en sert d'excellents pas trop chers. C'est toujours plein. En se baladant un peu, on trouve des bistrots géniaux. Près de chez Togores, il y en a un de fantastique, ça s'appelle *la Maria de Cebreros.* Vous avez déjà goûté les rognons que prépare cette femme ? Délicieux. C'est la chose la plus simple du monde. Du sel, du poivre, au gril, un peu d'huile et de citron. Bien sûr, il faut que ce soient des rognons de mouton et bien frais.

« Toi, ou tu fais semblant ou tu es de ma clique. » Carvalho remarqua qu'à l'évidence Santos était désorienté ; il tentait d'assumer en souriant la complicité gastronomique qui s'était établie entre Salvatella et Carvalho.

— Je ne vous contredirai pas, car il y a longtemps que je ne vais plus à Madrid, mais la dernière fois je suis passé par le quartier des Austrias. Là où avant il y avait un bistrot, il y a maintenant une cafétéria et on vous sert des tripes à la madrilène faites avec du bouillon Kub et du chorizo de cheval.

— Les tripes, c'est une autre histoire. Pour ça, il faut bien reconnaître que ce n'est pas un poncif de province...

Santos Pacheco haussa les épaules à l'allusion de Salvatella.

— ... Elles ont beaucoup perdu. Il en va des tripes à la madrilène comme des fèves à l'asturienne. Ce sont des conserves. Des conserves.

Salvatella assenait durement à Santos Pacheco cette vérité objective tout comme il lui aurait montré la vraie blessure causée par le pic à glace de Mercader sur le crâne de Trotski.

— Je n'aime pas les tripes, se défendit Santos Pacheco.

« Je l'aurais juré », pensa Carvalho.

Santos bougeait, mal à l'aise, mais il ne se risquait pas à réorienter la conversation vers son but premier afin de ne pas déplaire à Carvalho. Son irritation progressive s'adressait à Salvatella, ce traître de Salvatella, qui, malgré le cadavre encore chaud de Garrido, se lançait dans une conversation banale sur les gambas, les gras-doubles et les rognons de mouton au gril. Il partit donc à la recherche de Salvatella. Il l'attendit avec un regard froid, de rappel à l'ordre, regard que Salvatella rencontra alors qu'il disait :

— Les meilleures tripes sont celles de... Enfin. Nous aurons bien le temps de parler tripes et d'en manger si vous allez à Madrid. Ne nous éloignons pas du sujet de notre visite. De plus, nous vous ennuyons. Vous aussi, vous avez votre travail. Nous nous en tenons à votre prix. Nous vous réservons le meilleur hôtel à Madrid. Tout ce que vous voulez.

— Et pourquoi moi ?

— Parce que vous êtes un ancien communiste. Parce que vous savez qui nous sommes, comment nous sommes, d'où nous venons, où nous allons.

Santos avait parlé avec passion et même, eût-on dit, avec une chaleur humide dans les yeux, ces yeux où reposait au premier plan la dépouille immortelle de son camarade et ami Fernando Garrido.

— Tout ancien communiste est soit un apostat, soit un renégat.

— Le fait qu'il soit un apostat nous suffit.

« Ta conduite a été reconnue comme inadéquate. La direction nous a demandé de former un tribunal de cellule et de décider en premier lieu si tu dois ou non continuer à militer. » Carvalho revit la scène. Il écrivit à moitié le mot « amnistie » et se retourna vers cet économiste larvaire et glabre :

— Vous avez fait de sacrés progrès si vous êtes prêt à accepter l'aide d'un apostat. Mais je ne suis même pas ça. J'avais presque oublié qu'à l'occasion j'avais été communiste. Tout comme j'avais oublié que j'avais travaillé pour la CIA pendant quatre ans. Vous le saviez ?

— Nous le savions, dirent-ils presque en chœur.

Carvalho laissa tomber son dos contre le dossier à barreaux de son fauteuil tournant :

— Je vous préviens, je ne fais pas de réduction pour des questions de nostalgie.

— Nous paierons ce qu'il faudra.

Et Carvalho eut l'impression que Salvatella réprimait le geste spontané de porter sa main au portefeuille.

— Vous resterez longtemps à Madrid, chef ?

— Ce qu'il faudra.

— Qu'est-ce que je vais faire de toute cette nourriture ?

La moitié du bureau était occupée par des boîtes de conserve, des saucissons, des morues séchées.

— Tu gardes ici ce qui peut tenir. Le reste, tu le montes chez moi à Vallvidrera.

— Et s'il y a du grabuge ? Un frère de ma mère était voyageur. La guerre civile l'a arrêté à Aranjuez, on n'a plus rien su de lui.

— C'était une autre époque, d'autres gens.

— Quand j'étais petit et que ma mère vivait encore, elle pleurait souvent en pensant à son frère.

— Avant, les gens pleuraient beaucoup plus que maintenant.

— Ça, c'est vraiment vrai, chef.

Il ne lui restait plus qu'à dire au revoir à Charo.

— Je m'en vais.

— Où ça ?

— Je quitte Barcelone. Pour quinze jours environ.

— Et tu me le dis comme ça, par téléphone ?

— Tout est allé très vite.

— Alors, ne perds surtout plus de temps, mon cher.

Et elle raccrocha.

— Si la guerre éclate et que je ne reviens pas, tu partages la nourriture avec Charo.

— J'y avais déjà pensé, chef. Si vous avez besoin de moi, appelez-moi.

— Je regretterai ta cuisine, Biscuter. Je vais dans une ville qui n'a donné qu'un pot-au-feu, une omelette et des tripes au patrimoine de la culture gastronomique de ce pays.

— Quelle omelette ?

— Celle du Père Lucas. Si les frères Lorenzo appellent, à propos du vol de patente, dis-leur de rappeler dans quinze jours.

Les Ramblas s'apprêtaient à canaliser les chercheurs de restaurants et de cafétérias. Les passants au pas léger et le chœur des retraités disparaissaient devant les kiosques à journaux. A leur place, une masse lente, bavarde, plus heureuse, se préparait à la perspective des mystères gastronomiques enfouis dans les ruelles sombres qui voyaient surgir tous les jours de nouveaux restaurants, preuve supplémentaire du pluralisme démocratique offert à la libération du paternalisme gastronomique domestique. En pleine crise de la société patriarcale, les chefs de famille cherchaient de nouveaux restaurants, frisant la tachycardie à la perspective de l'aventure galante, de la sauce interdite à la crème de lait et truffes d'Olot, autant de plats en jarretelles et dentelle noire et transparente, plats orauxgénitaux à consommer à quatre pattes, la langue prête à la polysémie des herbes aromatiques et aux roux enrichis de hachis garnis de pignons.

— Étonnez-moi avec quelque chose qui m'aide à quitter de manière mémorable cette ville pour un certain temps.

Le patron de la charcuterie de la rue Fernando lui indiqua un rosé.

— Il vient d'arriver. Il est de Valladolid, c'est un rosé naturel.

— Je le boirai avec un riz aux fruits de mer.

Carvalho essaya de manger au *Quatre Barres*, sollicité par « la baudroie à l'ail brûlé », mais la rue était pleine de petites putains au chômage et les quatre tables du restaurant allaient être occupées par la queue des fonctionnaires de la mairie, de la *Generalitat*, qui commençaient la reconstruction de la Catalogne à partir de la reconstruction de leurs propres palais. Il était tout aussi inutile d'attendre à l'*Agut d'Avignon* où il fallait réserver les tables avec autant d'avance que Jane Fonda retenant une place dans un vol civil vers la Lune. En outre, Carvalho ne voulait pas accorder au patron le plaisir de refuser la clientèle, plaisir d'Iranien donnant son pétrole, le refusant ou augmentant son prix. Il préféra donc marcher jusqu'à la Boqueria pour y acheter deux kilos de fruits de mer et de poissons et de quoi préparer un bouillon. Ensuite, il récupéra sa voiture au parking de la Guarduña et s'en alla manger un plat de morue à la gargote *Pa i Trago*, une maison située près du marché San Antonio, où les êtres humains civilisés peuvent avoir de la ratatouille et du pâté de tête au petit déjeuner et ce à partir de neuf heures du matin.

Entre la jolie morue, vestige de ces morues mythiques qui arrivaient de Terre-Neuve jusqu'aux restaurants barcelonais d'avant la guerre civile, et un plat de tripes à la catalane et haricots, Carvalho appela le local du comité central du PSUC en demandant Salvatella.

— Demain matin de bonne heure, je pars pour Madrid, mais j'aimerais parler avec vous calmement. Je vous invite à dîner chez moi.

L'autre avait sa soirée très prise. Il devait expliquer les décisions du dernier comité central à un groupe de banlieue, puis préparer une intervention sur le projet de loi électorale qui allait être débattu dans deux jours au *Parlament de Catalunya*.

— Imaginez en plus la réunion du groupe après le meurtre de Garrido.

— Je crois qu'il y a un ordre de priorité et parler de mon intervention est prioritaire à présent.

— Bien sûr.

— De plus, je pensais préparer un riz aux fruits de mer, très proche du riz d'Arzac.

— Arzac le fait avec des *kokochas*.

— Et aussi avec des coques.

— Ça peut être un riz très intéressant. J'irai à la réunion des différents groupes, ensuite j'accepte votre invitation.

— Nous sommes condamnés à nous entendre.

Il guida Salvatella pour qu'il trouve sa maison à Vallvidrera. Sans céder le téléphone à la femme qui le pressait des seins et des yeux, des yeux durcis par le Rimmel, Carvalho appela Enric Fuster, son gérant et voisin.

— Ça t'intéresse de dîner avec un communiste ?

— Ça dépend de ce qu'on mangera. De plus, tu sais que je ne vote pas communiste.

— Du riz aux fruits de mer.

— Comme vin ?

— Du *viña Esmeralda* ou du *watrau,* selon que tu te sens adolescent ou mûr.

— Adolescent jusqu'à la mort.

— Alors du *viña Esmeralda.*

— Le communiste en question, il est de la tendance machin ou de la tendance nostalgique ?

— De la tendance gastronomique.

— Ils ne savent plus que faire pour gagner des voix. Je viendrai. Smoking ?

— Costume sombre.

A l'encontre de toutes les règles du bon goût, Carvalho voulut quitter le quartier en prenant une *horchata* chez le glacier de la rue Parlamento ; on y trouve la meilleure de tout Barcelone. Mai plus rien, les bacs étaient vides, elle était déserte comme une pissotière, la pièce ornée de carreaux de faïence illuminés par le néon des après-midi obscurs. Il s'engagea dans la rue de la Cera parmi les gitans qui avaient transporté leurs tabourets et leurs cafés arrosés jusqu'aux bars de la Ronda et au coin de la rue Salvadors. C'étaient les mêmes que ceux qu'il avait vu danser pour survivre aux portes du bar *Moderno* ou de l'*Arujas,* ou bien leurs fils, dans les années quarante, du balcon d'une maison construite en 1846, deux ans avant la publication du *Manifeste communiste,* preuve d'optimisme historique de la part du constructeur. La rue de la Cera bifurquait vers celle de la Botella et de la petite Cera, là où le cinéma *Padro* avait cessé d'être un cinéma de vieux, de gitans et de gosses frondeurs pour devenir une cinémathèque. Ah ! tu as bien changé, quartier du Padro, repeuplé d'immigrants cosmopolites, Guinéens, Chiliens, Uruguayens, jeunes garçons et jeunes filles en fleur et marijuana à la recherche de relations postmatrimoniales, prématrimoniales, antimatrimoniales, librairies contre-culturelles où ce nazi de Hermann Hesse coexistait avec le manuel écrit par un quelconque yogi de Trifouillis-les-Oies ; quartier nu depuis la disparition des marchandes au noir et de Pepa la reine de la loterie ; il ne restait plus pour toute héroïque survivance que la fontaine du Padro, la chapelle romane à demi cachée entre une école de quartier et une échope de tailleur, et dont l'abside était jadis partagée entre un bureau de tabac et un maréchal-ferrant, et la non moins survivante boutique de préservatifs *la Pajarita,* qui sera reconnue d'intérêt national ou monument historique à condition que Jordi Pujol, président de la *Generalitat* de Catalogne, satisfasse à la requête que Carvalho pensait lui adresser un de ces jours à ce sujet.

On remarquait la proximité de l'hiver à la rapidité des crépuscules sur le Vallés, tandis que, de l'autre côté de la maison de Carvalho, Barcelone accueillait la nuit sur la mer, la pollution et la répartition inégale des premières lumières de la ville. Les villes s'acceptent parce qu'elles sont un refuge comme les patries ou les souvenirs. Carvalho pressentait un voyage froid, un séjour d'étranger dans une ville où il n'avait jamais été ni heureux ni malheureux, et qui lui apparaissait soudain dans un paysage désert, comme un miracle de carton-pâte à Las Vegas ou à Brasilia. Tandis que les poissons cuisaient sur le feu afin de se départir de leur arôme et le livrer au bouillon, Carvalho lavait et relavait les coquillages dans une lutte forcenée contre le sable qu'ils recelaient. Ils ressemblaient plus à des fruits de terre qu'à des fruits de mer ; de plus, lorsqu'ils s'ouvrirent à la vapeur, ils montrèrent leur dureté de clovisses pauvres bien éloignée de la finesse maladive des clovisses riches à la couleur tout aussi délicate que leur santé. En revanche, la palourde exigeait des dents, une vraie mastication avant de révéler sa saveur profonde et cachée au fond de ses tissus durs. Il fit revenir le riz dans le roux d'oignons qu'il avait préalablement préparé dans une casserole. Il passa le bouillon de poisson et jeta le reste. Il filtra le bouillon laiteux laissé par les clovisses et attendit que les coquilles refroidissent pour en extraire les corps cuits et réduits à une taille humaine. Les fruits de mer sont des êtres inachevés lorsqu'ils sont crus, seule la chaleur de la mort leur donne des limites, des volumes définis. Il hacha une bonne quantité de persil et d'ail. Un coup d'œil sur l'ensemble, pour vérifier, le plat était fin prêt à être réalisé dès l'arrivée des invités, puis il alla dans sa chambre et extirpa une valise arrachée à son rêve d'armoire profonde et la garnit de cinq tenues, d'affaires de toilette et d'un coffret de cigares canariens, cadeau de l'avant-dernier client. Il vérifia son pistolet et testa le ressort du cran d'arrêt quatre ou cinq fois. Ensuite, il s'allongea, eut un regard pour la cheminée éteinte, un autre pour les lumières de la ville qui s'intensifiaient. Il mit à l'épreuve sa détente musculaire pour se relever d'un coup. Il dut s'y reprendre à deux fois, alors il se recoucha afin de retenter la chose. Il y parvint et se dirigea vers sa bibliothèque pleine de brèches, d'effondrements et de livres déformés par leurs mauvaises positions ou par l'asphyxie qu'imposaient les gros volumes. Il choisit *la Question du logement* d'Engels. La seule lecture de : « Troisième partie : observations complémentaires à propos de Proudhon et du problème du logement » lui suffit pour décider qu'il avait bien mérité le feu. Il déchira le livre en trois morceaux, froissa les pages afin de les aérer et de permettre la combustion et commença à ordonner l'édifice de torches et de branches sur les ruines de l'un des ouvrages les plus insuffisants d'Engels. Le feu monta, telle une langue persuasive, et il fut soudain évident pour Carvalho qu'il mettrait bien du temps avant de retrouver cette même cérémonie, un temps qui jouerait en faveur de la passive résistance de sa bibliothèque à se laisser incendier à la vitesse voulue, juste châtiment de tant de vérités inutiles et incomplètes qu'elle réunissait. Il décida donc de se permettre un acte gratuit et de brûler un livre dans la flambée sans appel. Il ne choisit pas au hasard, il rechercha dans les rayonnages de critique littéraire pour y traquer une anthologie de prétendue poésie érotique des citoyens Bernatan et Garcia, coupables d'avoir sélectionné des vers châtiés, castrateurs de tout coin de peau prêt ne fût-ce qu'à un minimum d'érotisme. Le feu avala l'ouvrage en se pourléchant et Carvalho se recoucha, satisfait d'épargner aux hommes futurs cette information perturbatrice sur les us et abus érotiques de l'Espagne au XXe siècle. Le téléphone retentit :

— José Carvalho ?

— Oui.

— Nous vous conseillons pour votre bien de ne pas faire de bêtises.

— Vous dites ça à propos des livres brûlés ? Qui êtes-vous ? Bernatan ou Garcia ? Ou peut-être Engels ?

— Ne faites pas le malin. Laissez les morts en paix et surtout laissez en paix le mort que vous savez. Il l'avait mérité. Vous ne recevrez plus d'avertissement.

C'était une voix de policier dans un film de Bardem, si tant est que l'on ait laissé Bardem tourner des films avec de vrais policiers. Carvalho se servit un plein verre d'eau-de-vie glacée et reçut ainsi Enric Fuster.

— Je t'apporte des truffes de Villores conservées dans du cognac.

— Qu'est-ce qu'elles ont donc de plus, les truffes de Villores ?

— L'arôme.

Fuster se frotta les mains en voyant le feu allumé, ensuite il porta un doigt à sa tempe devant l'âme carbonisée du livre livré aux flammes.

— Tu en as déjà parlé avec un psychiatre ?

Le gérant lui tendit une facture de taxe immobilière.

— Tu ne t'es pas trompé de client ? Tu es sûr que ce n'est pas la facture de Pujol !

— *Vertumnis, quotquot sunt natus iniquis,* disait le grand Horace.

— Si tu veux être payé, il te faudra assister en tant que témoin à ma rencontre avec un gros bonnet du parti communiste. Quoi qu'il en soit, il te faudra jouer le rôle de témoin, puis être silencieux comme une tombe. Je ne dis pas ça en l'air. On vient juste de me menacer par téléphone.

— Dans quoi tu t'es fourré ?

— L'assassinat de Garrido. J'enquête sur ordre du Parti.

— Tu prospères, Pepe. Tu finiras comme extra dans un roman de Le Carré.

— Qu'est-ce que tu penses de l'affaire ?

— Il peut y avoir cinq ou six cents raisons de tuer et deux millions de candidats meurtriers.

— Une pièce fermée. Des accès gardés par le service d'ordre. Dans la pièce, cent quarante membres du comité central dont cent trente-neuf peuvent être des assassins. Voilà toutes les données du problème, sauf si quelqu'un a trompé la surveillance, est entré, a tué et est ressorti. Le plus vraisemblable reste que le meurtrier se soit trouvé à l'intérieur et qu'il ait utilisé un complice pour éteindre les lumières.

— Qu'en dit le Parti ?

— Il se refuse à admettre que l'assassin ait pu se trouver à l'intérieur.

— On se croirait dans un roman anglais.

Salvatella appuya sur la sonnette avec la même courtoisie qu'il offrit son présent, selon lui modeste mais intéressant, la reproduction en fac-similé des premiers numéros de *Horitzons,* une revue culturelle clandestine née sous le franquisme. Carvalho se promit de la brûler vers 1984 en même temps que l'œuvre d'Orwell. Tandis qu'ils gagnaient la porte par le jardin recouvert de gravillons, il le prévint de la présence de Fuster.

— Ne vous en faites pas. C'est mon associé. Je n'ai pas de secrets pour lui. Je parle des secrets professionnels, bien entendu.

Il insista sur le mot associé lors des présentations et les blonds sourcils de Fuster firent un angle méphistophélique derrière les lunettes tombantes qui lui permettaient de garder un air d'étudiant sorbonnard maltraité par une calvitie couventine. Il ignora tout de la conversation de Fuster et Salvatella tandis qu'il réchauffait le riz juste revenu dans l'oignon, qu'il ajoutait le jus des clovisses et assez de bouillon de poisson pour que le riz soit recouvert d'un doigt de liquide. Il attendit que le tout commence à bouillir, maintint le feu dix minutes, puis le baissa, après quoi il répartit les fruits de mer sur la surface du riz et finit par couronner le plat d'ail et de persil hachés. Pendant ce temps, Fuster faisait à Salvatella les honneurs de la maison à base de *Jerez* et d'olives farcies aux amandes. La conversation s'enfonçait dans les profondeurs de la limite entre Castellón et l'Aragon, recoin privilégié du monde où était né Enric Fuster et qu'il avait quitté pour aller étudier à Barcelone, à Paris et à Londres dans un voyage qu'il souhaitait sans aller ni retour. Salvatella posait des questions très intéressées sur le valencianisme anticatalaniste. On aurait dit qu'il prenait des notes s'il n'avait pas eu les mains occupées à tenir un verre que Fuster alimentait avec un zèle de serveur d'opérette et à poursuivre les fuyantes olives et leur dent d'amande. Il loua ensuite le choix du *viña Esmeralda,* fit montre de son érudition sur le sujet en mentionnant le livre des vins écrit par le producteur et demeura en extase après avoir goûté la première bouchée d'un riz que clovisses, ail et persil avaient relevé.

— C'est l'antithèse du riz à la valencienne. Simplicité face au baroque, conclut Salvatella.

Et les hochements de tête de Fuster prouvaient qu'il souscrivait définitivement à ces conclusions.

— Vous, les communistes, vous êtes toujours communistes ? Maintenant, par exemple, en pleine digestion après un dîner que je suppose agréable, vous êtes communiste ?

— Oui, probablement, mais pas comme vous l'imaginez. Je suis ici parce que je suis communiste. C'est parce que je le suis que je suis venu. Je me sens bien avec vous. Nous sommes unis par une agréable expérience partagée. La possibilité de discuter. Mais, dès que vous commencerez à me poser des questions sur le Parti, je réagirai en fonction de mes engagements, en homme de parti.

— Et vous me répondrez ce qui, vous semble-t-il, intéresse le Parti.

— Ce qui intéresse le Parti, c'est de découvrir l'assassin de Garrido. C'est un assassinat contre le Parti, contre la classe ouvrière, contre la démocratie. Mais il n'y a pas pour autant d'antagonisme entre ce que vous voulez savoir et ce que je dois vous dire, bien que, je vous préviens, je ne pourrai pas vous être aussi utile que mes camarades du PCE. C'est un parti frère, mais c'est un autre parti. Il correspond à d'autres réalités.

— Supposons que ça n'ait pas été un crime passionnel. Une vengeance personnelle, par exemple. Supposons un crime politique. Alors, pourquoi ? Dans quel but ?

— Discréditer le Parti. Le laisser sans ce chef historique qui l'a dirigé presque trente ans. Ça vous paraît négligeable ?

— Ça me semble insuffisant, à moins qu'il ne s'agisse là d'un processus de déstabilisation, comme vous dites, pour changer de système politique. Et ce, à condition que l'assassinat soit l'œuvre de la droite. Sans quoi, ce me semble un acte démesuré. Dépourvu de sens. Vous n'êtes pas aujourd'hui une menace pour la droite, vous êtes une menace potentielle, latente, mais on n'a pas besoin de vous exterminer. Vous n'êtes même pas une alternative de pouvoir.

— Ne nous sous-estimez pas. Même si quantitativement nous ne représentons pas un poids décisif, il est certain que notre présence est qualitativement importante. Lorsqu'on sort d'une dictature quelle qu'elle soit, les seules personnes réellement organisées sont celles qui ont systématiquement combattu contre cette dictature. En ce qui concerne l'Espagne, ces gens-là, c'étaient nous, les communistes. Ceci nous rend indispensables dans toute stratégie de gauche et dans tout processus de consolidation démocratique. En toute logique, les socialistes se gonflent de votes correspondant à des tendances sociales invertébrées, nos votes correspondant, eux, à des tendances vertébrées. C'est un vote difficile, peu rentable à court terme, il implique un haut niveau de conscience politique et par conséquent une capacité d'action politique supérieure à celle du vote socialiste, même si ce dernier lui est quantitativement supérieur. Ça, c'est le premier point. Le second étant que nous nous appuyons sur la première force syndicale du pays et que nous l'influençons.

— Pour le moment.

Salvatella accepta aimablement la pique de Fuster.

— En effet, pour le moment. On a convoqué les élections syndicales, et la bataille entre les commissions ouvrières et l'UGT va être sanglante.

— On pouvait attenter à la vie de Garrido dans la rue, on pouvait essayer de le discréditer en orchestrant une campagne ou en créant des problèmes internes. Ça n'aurait pas été la première fois. Pourquoi un assassinat qui met tout le pays au bord de l'abîme ? Pourquoi en un lieu qui discrédite tout le Parti dans son ensemble ?

— Avez-vous lu la presse aujourd'hui ?

— Je l'ai feuilletée.

— Lisez la presse madrilène. Elle est directement en rapport avec les groupes de pression politiques et économiques. Elle considère comme acquise la culpabilité des communistes dans ce parricide ; plus exactement « parricide communiste », selon le titre de *Ya*, journal de la droite démocrate chrétienne et de l'Église. *ABC*, journal lié aux milieux financiers et à la famille royale elle-même écrit : « Règlement de compte au comité central. » *Cambio 16,* revue très influente en rapport avec des secteurs déterminant les modes politiques du palais royal, titre : « La lutte pour le pouvoir. » *El País* essaie de rationaliser la chose, ce n'est pas pour rien que l'un de ses éditorialistes est un ancien communiste très connu, cependant il ne fait pas l'économie d'une certaine malignité dans ses lignes : « L'opposition à Garrido croissait à l'intérieur du Parti. »

— Et elle croissait vraiment, cette opposition ?

— Garrido était aussi discuté qu'indiscutable.

— Comme un pape de Rome.

— Ou comme un secrétaire général du PSOE ou un président de l'UCD ou du SPD ou du parti conservateur britannique. Les leaders ne sont pas des caprices arbitraires imposés par la mode ou la chance. Ils sont le résultat d'une sélection naturelle en accord avec les nécessités de chaque parti.

— Vous assistiez à la réunion du comité central ?

— Oui.

— Tout était normal jusqu'au moment du meurtre ?

— Oui, normal.

— Et ensuite ? Qu'avez-vous pensé en voyant le cadavre de Garrido sur la table ?

— J'ai pensé à tout sauf à la possibilité qu'on l'ait assassiné. Après, j'ai monté la garde avec d'autres afin que personne ne sorte de la salle ou n'y entre. Nous avons vérifié que tous ceux qui étaient actuellement présents faisaient bien partie du comité central.

— Et alors ?

— Là, ça devient votre problème.

— Vous avez été jugé à Barcelone vers la fin des années cinquante, n'est-ce pas ? Condamné à plus d'un siècle de prison. Vous avez retrouvé la rue à la fin des années soixante. Après ça ?

— Je suis passé dans la clandestinité et j'y suis resté jusqu'à la légalisation, en 1977. C'est une histoire éculée dans notre Parti. Lorsque le comité central se réunit, à nous tous nous regroupons plus de cinq siècles de condamnations.

— Vous avez toujours été un professionnel ?

— Non, pas toujours. Je le suis depuis 1941, lorsque j'ai organisé les maquis du Roussillon. Je suis un professionnel au sens léniniste du mot. Mon travail consiste à faire la révolution. D'abord dans les montagnes, ensuite en prison, après au coin des rues, le col de l'imper relevé. Et à présent assis derrière une table, en train de préparer un amendement général à un projet de loi électorale.

— Est-ce que vous accumulez des griefs contre le Parti ?

— Contre moi-même ?

— Il y en a qui ont plus de pouvoir que vous.

— Le comité central a plus de pouvoir que moi, il décide démocratiquement. L'exécutif tout comme le secrétaire général se contentent d'interpréter les décisions du comité central.

— Ça ressemble à un conte de fées.

— Vous savez bien que les contes de fées sont parfois des contes de sorcières.

Salvatella riait de sa plaisanterie de manière irrépressible, comme s'il se libérait d'un langage collectif, comme s'il retrouvait sa propre capacité de parler.

— La communion des saints, le pardon des péchés, la rédemption de la chair, la vie éternelle... récita Fuster.

— Amen, conclut Salvatella.

Il était évident qu'il considérait la réunion comme

terminée car il tendait la main, remerciait pour le repas, informait que « les camarades » iraient attendre Carvalho à l'aéroport, quelle que soit l'heure de son arrivée.

— Comment est-ce que je vais les reconnaître ? Santos viendra ?

— Moins on vous verra en compagnie de Santos et mieux ça ira. On montera la garde devant le pont aérien Barcelone-Madrid.

Carvalho garda pour la fin le coup d'éclat :

— On m'a menacé par téléphone. On m'a dit que soit je laissais tomber l'affaire soit on me tuerait. Que je sache notre rencontre n'était connue que de Santos, vous et moi.

Salvatella ne répondit pas tout de suite.

— On peut nous avoir suivis.

— Vous étiez plus efficaces, dans la clandestinité.

— Parfois. Pas toujours.

Il avait lu des choses sur le sujet tel un malade qui dévore des livres de médecine sur sa maladie ou un condamné à mort qui en arrive à connaître le Code pénal mieux que son avocat. Rien de plus semblable à un ancien communiste qu'un ancien curé. Pécher contre l'Histoire ou pécher contre Dieu, quelle différence ? La littérature s'était appliquée à faire un inventaire des cas possibles. Koestler ou le renégat. Orwell ou l'apostat. Boukharine ou le don de soi. Carvalho ne serait jamais étudié en tant que cas, peut-être parce qu'il était un cas normal en ces temps où l'Histoire est vécue sans dramatisation excessive et où, en plus, chacun rompt avec un monde et oriente sa vie en fonction de perspectives diverses. Quitter le Parti pour être lecteur d'espagnol dans une université médiocre du Middle West, entrer comme traducteur dans un bureau d'information du Département d'État, recevoir un beau jour l'offre de travailler dans des missions spéciales d'information et se contempler soudain devant son miroir pour y découvrir un agent de la CIA qui va voyager à travers le monde, empiler les engagements de cinq ans et peut-être rentrer chez soi un de ces jours pour y vivre une vie de retraité. Lors des interrogatoires de la brigade sociale, il n'eut jamais l'impression d'être le héros de sa propre histoire, mais une pièce de l'engrenage qui devait résister et accomplir sa mission : faire en sorte que l'engrenage ne se casse pas. Lorsqu'il recevait des coups et qu'on le penchait à la fenêtre en le menaçant du vide tandis que Fonseca susurrait depuis le fond de la pièce : « Tu mériterais qu'on te jette en bas », il agissait avec le sentiment de sécurité que lui conférait le peu d'importance de sa propre vie. Les cris sortis d'autres bureaux au hasard d'une porte ouverte le plongeaient dans la fatalité d'une situation qui échappait à une quelconque possibilité de choix de sa part. Ensuite, quand on le conduisait en prison en fourgon cellulaire, il accepta la cigarette que lui offrit Cerdan et c'est en voyant ses mains enchaînées qu'il se rendit compte que les siennes l'étaient aussi. Alors une angoisse de guillotine lui sectionna les poignets. Cerdan était un leader. Un leader prometteur qui avait assimilé le langage du Parti et permettait à ce dernier de se reconnaître en lui.

— J'ai au moins échappé au jugement pour indiscipline, dit Carvalho lorsqu'il put s'affaler sur la paillasse de la cellule qu'il partageait avec Cerdan et un ouvrier de l'usine Maquinista à qui on avait brisé la clavicule durant l'interrogatoire.

— Oublie tout ça. C'est un malentendu.

— A quoi m'auriez-vous condamné ?

— Les temps sont durs, Pepe. Si tu juges durement l'incompréhension des autres, tu dois aussi juger durement ta propre incompréhension.

Va te faire foutre. Il avait toujours réponse à tout. Six semaines avant la condamnation de Staline au

XXe congrès, il avait démoli point par point toutes les critiques que Carvalho faisait au stalinisme. Ensuite, il oublia son proche passé stalinien aussi vite que les enfants oublient leurs petits péchés. Que mille fleurs s'épanouissent et vive le réalisme sans frontières. Tandis que Carvalho voyait dans le toit de la cellule le prolongement du ciel encadré par les murs et dans ce morceau de ciel pris entre les murs le prolongement du toit de la cellule, Cerdan organisait une réflexion ayant pour thème l'influence de Ricardo sur Marx et expliquait aux ouvriers le rôle joué par « la grève nationale pacifique de vingt-quatre heures » dans la chute du franquisme, dans « l'assaut à la contradiction principale », comme on disait alors. Cerdan parlait du nez lorsqu'il s'adressait à d'autres prêtres de l'Esprit et, lorsqu'il parlait à la classe ouvrière, il ressemblait à une maîtresse d'école expliquant que les tables ont quatre pieds et que les ballons sont ronds.

— Quand je sortirai de prison, je demanderai à être « libéré » et peut-être que j'irai travailler dans une usine. Marx dit que l'on ne peut pas comprendre les problèmes des gens si l'on ne mange pas leur pain et l'on ne boit pas leur vin. Et toi, qu'est-ce que tu feras ? Une carrière universitaire me semble une preuve d'égoïsme individualiste, une manifestation d'égotisme évasif. Et toi, qu'est-ce que tu vas faire ?

Carvalho détachait ses yeux du toit ou du ciel pour contempler Cerdan faisant sa gymnastique fidèlement tous les matins dans le petit espace laissé par les paillasses et le grabat où dormait l'ouvrier de la Maquinista. Il faisait sa gymnastique, demandait des livres d'algèbre moderne et de logique mathématique, étudiait l'allemand, ne mangeait rien qui ne lui apporte les vitamines et les protéines suffisantes pour sortir de là et ne pas rater la « grève nationale pacifique de vingt-quatre heures ».

— Imagine qu'elle soit de douze heures. Ou de trente-six.

L'ouvrier de Maquinista riait en se tenant l'estomac d'une main et la clavicule de l'autre, Cerdan, lui, se contentait de serrer les dents aimablement, geste digne d'être salué, beaucoup plus agréable que lorsqu'il serrait les dents sans amabilité ou qu'il voulait prendre suffisamment conscience de lui-même, semblait-il, pour se lancer dans un long discours sur l'identité entre la morale individuelle, la morale de classe et la morale historique.

— Ça n'est pas bien d'introduire le défaitisme chez les ouvriers. Et encore moins ici, lui dit Cerdan dans un aparté ou peut-être à la douche, lorsque le leader s'exposait au jet glacé avec la précision d'un horloger.

Ensuite, il séchait son petit corps blanc, musclé, terminé par une tête d'oiseau triste aux cheveux coupés à l'allemande, il le séchait à la poursuite d'un reste d'humidité, d'un dérèglement du thermostat intérieur susceptible de détraquer sa machine à penser et à faire la révolution. Il devait avoir une influence mystérieuse sur son propre corps car lorsqu'il chiait dans le pot que partageaient les trois occupants de la cellule, sa merde était la moins odorante, seul gênait un bouquet final de réglisse que Carvalho attribua à l'huile de foie de morue que sa famille lui envoyait pour que Cerdan conserve sa condition de jeune animal, malade de sa plénitude mentale.

— La prison n'est pas souhaitable. Elle ne donne pas de certificat de valeur au combat. Mais c'est une expérience nécessaire dans la vie d'un révolutionnaire. Toi, ça t'a rendu un fier service.

— Pourquoi ?

— Ta conduite en liberté avait éveillé des soupçons. On t'a même vu sortir un jour de la rue Layetana et, là-haut, on m'a dit de te surveiller, tu pouvais être un donneur.

Les verrous sans appel résonnaient derrière la bouffée de souvenirs. Ils blessaient la peau de l'esprit telles des haches décapitant de tout petits oiseaux. Dans la position réglementaire pour attendre l'inspection du fonctionnaire qui fermerait ensuite la porte, Carvalho susurra :

— Continue.

— Je t'ai mis en quarantaine. J'ai parlé avec plusieurs camarades afin qu'ils prennent garde, tout en les prévenant qu'il pouvait s'agir d'une erreur. A présent, il n'y a plus de doute.

Ça faisait cinq ans qu'ils se connaissaient. Cinq ans qu'ils partageaient les angoisses de la clandestinité. La malheureuse sensation de sortir de chez soi un paquet de tracts à la main et la possibilité de ne pas y revenir d'ici cinq ou six ans. Cinq ans passés à échanger des valises à double fond, à recevoir des contacts avec l'extérieur, gens rentrant en Espagne pour en ressortir par le même tunnel, se méfiant de tout ce qu'ils n'avaient pu apprendre de *Mundo obrero* ou de Radio Espagne indépendante. Cinq ans passés à découvrir Sartre, Marx, Brassens, Chostakovitch, Maïakovski, Lefebvre, Pratolini, Ostrovski, Cholokhov... Quand il eut terminé son bilan et qu'ils refermèrent la cellule, Carvalho attendit que Cerdan se retourne pour lui dire :

— Tu es un vrai enfant de salaud.

Cerdan lui répondit d'un sourire condescendant. Le sourire que l'on adresse à ceux qui ne seront jamais à votre hauteur malgré tous leurs efforts pour y parvenir. Un mois plus tard, on transféra Cerdan à Burgos, et Carvalho n'échappa pas à l'étreinte de fin de film soviétique. Cerdan avança dans la galerie, il parvint à atteindre une certaine et méritoire dignité en dépit de l'énorme costume en toile grise, un costume de prisonnier cousu à l'agrafeuse qu'on l'avait obligé à porter.

Dans le journal que lui avait donné l'hôtesse de l'avion pour Madrid, on disait que Justo Cerdan avait été interrogé à propos de l'assassinat de Fernando Garrido. Le journal résumait la biographie du dissident du PCE, maintenant dirigeant des mouvements radicaux extraparlementaires et féroce critique du réformisme de Garrido. Bien qu'on ne le supposât point directement impliqué dans l'affaire, on soupçonnait que l'influence du jadis fameux dauphin de Garrido continuait à s'exercer sur de larges secteurs du Parti. En bref, le meurtre pouvait être le fruit d'une conspiration interne pour en finir avec le long mandat d'un dirigeant considéré comme funeste par les secteurs les plus gauchistes de l'organisation.

Il attendait un comité d'accueil mené par un vieil ouvrier reconverti en fonctionnaire du Parti, il fut reçu par deux garçons en provenance directe d'une comédie de mœurs punk. Et s'ils ne l'appelèrent ni « zigue » ni « mec », ça n'est pas par manque d'envie, ils se continrent prudemment, fidèles aux instructions données par la direction. « Ils doivent les utiliser pour détourner l'attention et faire appréhender le nouveau venu par la brigade antinarcotique et non par la brigade antiterroriste. » Les jeunes gens essayaient de bien se comporter à son égard, ils lui proposèrent même un « casse-dalle » dans un bar de l'aéroport au cas où il n'aurait pas déjeuné.

— J'aime mieux les poisons plus violents. Plus rapides.

Ils avaient un sens de l'humour tout à fait différent. Ils étaient séparés par vingt ans de dégénérescence linguistique. Carvalho s'abstint de recourir à l'école des dialoguistes américains style Hollywood des années trente-quarante, il préféra le langage du cadre japonais :

— Où peut-on manger convenablement dans cette ville ?

— C'est Fermin qui sait ça.

— Il faudra que vous posiez la question au cousin de Fede.

— Mais non, le cousin de Fede n'est plus à Castelló.

— Demandez-le après, quand nous changerons de voiture.

L'autoroute de Barajas offrait au voyageur son étalage architectural, en résumé dix ans d'une confiance absolue du pays à l'égard de ses architectes, témoignage de confiance que ledit pays n'a jamais accordée à aucun autre groupe sacerdotal. A la hauteur de Torres Blancas, la voiture vira à droite brusquement et zigzagua parmi les petits véhicules pleins de mères teintes en blond pour justifier la blondeur de leurs enfants.

— Tous les enfants de Madrid sont blonds ?

— Je ne sais pas ce qui se passe, mais maintenant ils sortent tous sur le même modèle.

— C'est contagieux.

— Ça doit être ça.

La voiture s'arrêta.

— Entrez dans cette cafétéria là-bas et vous y verrez une fille assise en train de lire *Diario 16*. Présentez-vous, elle vous accompagnera.

La fille combinait bouchée de beignet et petite gorgée de café crème, sans se troubler devant la masse des clients prenant leur petit déjeuner debout : elle était le seul être humain assis dans toute la cafétéria.

— Vous avez fait bon voyage ?

Ensuite, le trajet dans la Seat 850 fut propice à une agréable conversation sur la pluie qui tombait bien peu ces derniers temps à Madrid, ça n'était pas comme avant, par exemple lorsqu'elle était petite. Elle avait les jambes jolies bien qu'un peu maigres et sa frange lui permettait de commencer son visage sur deux magnifiques yeux cernés, pathétiques comme sa minceur à la Audrey Hepburn soulignée par une tenue noire et lilas.

— Dans quel hôtel avez-vous réservé ?

— A l'*Opéra*, mais ça n'est pas là que je dois vous conduire. Santos nous attend à son domicile.

Sur les façades, l'inscription dominante était : *Communistes, assassins.*

— Les types de *Fuerza nueva* ont passé la nuit à bomber, lui dit Carmela. Oui, appelez-moi Carmela. A Barcelone, la circulation est aussi mauvaise qu'ici ? Vous autres, Catalans, vous avez la réputation de conduire mieux. (Ça faisait très longtemps que personne ne l'avait qualifié de Catalan.) Barcelone, c'est différent. C'est l'Europe. C'est ce qu'on dit, n'est-ce pas ?

— Je croyais qu'on ne le disait plus.

— Eh bien si. Surtout quand on parle à un Catalan. Je ne sais pas pourquoi, mais on le dit.

Carmela arrêta la voiture devant un petit pavillon de la rue Jarama. Elle descendit de voiture, regarda à droite et à gauche, l'invita à la suivre au-delà de la grille d'un jardin entièrement occupé par le tronc et les branches dénudées d'un saule. Elle salua vaguement un homme chevalin qui arpentait le couloir d'entrée, les mains derrière le dos, puis elle grimpa un escalier de granit avec une telle légèreté que Carvalho dut monter les marches deux à deux. Derrière la porte tendue de toile et piquée de clous dorés, l'attendaient Santos et un vieux costaud qui examina Carvalho avec l'air soupçonneux et expert d'un sergent.

— Monsieur Carvalho, Julian Mir, responsable de la sécurité. Nous allons avoir un bref entretien pour fixer le programme à court terme. Ensuite, Carmela vous accompagnera à l'hôtel et dès que vous le voudrez nous commencerons à agir en fonction de ce que vous nous direz.

Carvalho voulait voir les lieux du meurtre, le plan des locaux et l'emplacement des membres du comité central à leurs tables, tous les renseignements possibles sur les gens réunis ce jour-là.

— C'est tout ?

— Pour le moment, oui.

— Avant la fin de la matinée, je dois vous présenter

au délégué que le gouvernement a nommé pour assurer la liaison entre vous et Fonseca. Une rencontre avec Fonseca sera inévitable. Vous vous déplacerez dans Madrid en voiture avec Carmela, avec elle seule pour compagne, du moins en apparence. Je dis bien en apparence, car vous serez toujours suivi par une autre voiture avec deux camarades. Ce sont les deux qui sont allés vous chercher à l'aéroport. De la fenêtre, on ne les voit pas, mais ils sont garés au coin, là-haut. Vous pourrez vous mettre en relation avec moi ou avec Julian par Carmela chaque fois que vous le voudrez.

Santos lui tendit une enveloppe et Julian Mir un reçu pour qu'il certifie avoir reçu cinquante mille pesetas.

— Nous vous garderons loin du siège central du Parti.

— Il y a au moins deux ou trois services parallèles qui furètent partout, outre les types de Fonseca. Nous le savons, c'est le délégué gouvernemental lui-même qui nous l'a révélé. Ils ne peuvent rien faire pour les en empêcher.

— Ceux-là, ils sont juste bons à empêcher les piquets de grève. C'est ça leur travail.

Carvalho se demanda si la mauvaise humeur de Mir était conjoncturelle ou si elle appartenait à sa manière habituelle de voir la réalité qui lui échappait.

— On m'a menacé par téléphone. On ne m'a pas dit pourquoi, mais la raison en est évidente.

Mir hocha la tête, comme si les mots de Carvalho confirmaient ses vieilles présomptions. Santos ferma les paupières en signe d'assentiment ; c'est alors que le détective remarqua qu'il avait les cils aussi blancs que les cheveux.

— Salvatella m'en a dit deux mots au téléphone.

— Non, pas deux mots. Tout. Qui est au courant du travail que je vais faire ?

— Le secrétariat du comité exécutif. Soit six personnes à Madrid plus Salvatella à Barcelone. Nos camarades de la direction catalane ne sont même pas prévenus, excepté Salvatella qui a servi d'intermédiaire.

— Alors ?

— Tous nos téléphones sont en général sur table d'écoute. Maintenant plus que jamais.

Mir se plaignit :

— Le gouvernement ?

— Qui sait ? Le gouvernement est plus nerveux que nous. Ou du moins, il en a l'air. J'ai l'impression qu'ils ont renforcé les mesures de sécurité et qu'ils ont mis en place un dispositif anti-coup d'État. L'assassinat de Fernando peut être un signal d'alarme. Quoi qu'il en soit, nous n'avons pas parlé de votre affaire par téléphone. Ils nous ont suivis, il n'y a pas d'autre explication et, en voyant que nous prenions contact avec vous, ils se sont rendu compte de notre projet.

— Qui ils ?

— Si j'avais la réponse, peut-être aurais-je aussi l'explication du meurtre de Fernando.

— Je t'avais prévenu, dit Mir, en l'accusant du doigt.

— Nous avons pris toutes les précautions. Les mêmes que pendant la clandestinité. Non pas parce que nous croyions que notre mission allait rester longtemps secrète, mais afin de gagner au minimum le temps suffisant pour que vous puissiez vous déplacer à votre aise dans Madrid. Faites-vous le moins de soucis possible. Votre escorte est assurée. Nous avons même reçu une autorisation gouvernementale.

— Cet incident va compliquer la question économique.

Mir le regarda comme s'il avait devant lui un exploiteur de la classe ouvrière. Santos, en revanche, le regardait de travers, tentant de calculer combien valait la vie de Carvalho.

— Nous vous demanderons le montant du supplément lorsque vous nous passerez la facture. C'est la preuve que nous pourrons vous payer et que vous vivrez jusque-là pour encaisser.

— Il y a des années, j'ai lu, je ne sais plus où, que vous étiez des optimistes.

Santos ne lui laissa pas le dernier mot et dit dans le dos du détective sur le point de quitter la pièce :

— De toute façon, sachez bien que charité bien ordonnée...

— Et d'après toi, qui a tué le vieux ?

Carmela accueillit le tutoiement de son passager avec un sourire de soulagement.

— Eh bien, je ne sais pas ; ces derniers temps, nous n'avons pas beaucoup tué. C'était un peu fade. Très casse-pieds, enfin des trucs parlementaires. Tu comprends ?

La voiture avançait dans la rue Serrano parmi les chauffeurs de taxi bavardant avec leurs clients ; ils aidaient leur voiture à avancer en leur envoyant des claques sur le volant d'une main ou de l'autre, la main libre accompagnant la conversation. La fille conduisait, écrasée par le poids excessif de ses missions : démontrer que les femmes conduisent bien, conduire Carvalho au plus vite à son hôtel et vérifier que la voiture d'escorte n'était pas retenue à un feu rouge.

— Cette ville, c'est coton pour se faire suivre. J'aimerais bien voir un film de gangsters américains tourné à Madrid.

— Tu es une « pro » ?

— Du taxi ? J'ai une tête de chauffeur de taxi ?

— Non. Du Parti.

— Oui. Gagner trente-six mille pesetas pour des journées entières et parfois des nuits, sans vacances tranquilles, sans augmentation et jusqu'à maintenant sans sécurité sociale, si tu appelles ça être une « pro », alors oui, je suis une « pro ». Et en plus, je colle des affiches gratis dans mon quartier et je leur prête le petit à l'œil.

— Quel petit ?

— Mon fils. Il est portatif, et je le prends dans toutes les manifs en faveur du divorce et de l'avortement. Pour qu'à la télé ils voient bien que lorsqu'il s'agit de pondre, nous aussi nous pondons.

— Et le petit est d'accord ?

— Le petit en voit de toutes les couleurs. Du genre : je l'emmène à une manif contre les sandwichs au poisson, et comme lui, ce qu'il aime, ce sont les sandwichs au saucisson... Non, pour parler sérieusement...

Elle retourna au territoire de sa responsabilité historique, ses yeux graves tournés vers Carvalho et d'une voix à la Michel Strogoff, courrier du tsar, elle dit :

— Je travaille au comité central et j'ai ce boulot à faire car ils croient qu'ainsi tout a l'air plus normal.

Elle portait des bas blanchâtres, peut-être pour donner plus de personnalité à des jambes agréablement minces ou afin de cacher le réseau de veines bleues qui devaient transparaître sous cette peau diaphane qui collait ses pommettes, par force semblait-il, pour laisser la place à des yeux noirs bien maquillés, des yeux excessifs qui mangeaient un nez contraint à la petitesse et des joues qui, lorsqu'elle souriait, devaient solliciter la bouche et laisser une ride grave et tendue comme un arc de part et d'autre des lèvres toujours humectées par une petite langue. Une vitrine pleine de fromages prit la place du visage de Carmela. Au fond de la rue apparut à droite une place dominée par l'édifice de l'Opéra, bâtisse trapue, haute sur pattes, pourvue d'une épaule plus haute que l'autre et, sans l'ombre d'un doute, d'une taille fine.

— Escalinata, susurra Carvalho lorsque la voiture atteignit les marches conduisant à la rue Escalinata.

— Tu connais ?

— J'y avais des amis dans le temps. Un peintre, sa patronne et la fille de sa patronne qui venait d'arriver d'Égypte.

— Ça devient intéressant. Et la fille était momie ?

— Non. Danseuse de flamenco. Sa spécialité, c'était les sévillanes et, en Égypte, ça plaisait beaucoup.

Beethoven pensif ne manifesta pas même l'intention de les saluer du haut de sa condition de moulage, d'animal fait pour les vitrines d'objets musicaux. La rue s'ouvrit sur la perspective de la Plaza de Oriente, sur ses ciels goyesques, juste l'espace d'un instant ; ensuite, Carmela contourna la partie postérieure de l'Opéra et gagna la place en pointant le museau de sa voiture contre l'affiche du film : *Kramer contre Kramer.*

— Voilà ton hôtel. Nous t'avons réservé une chambre pour une semaine, dans un premier temps. Nous l'avons retenue au nom des Selectiones Progreso SA, pas au nom du Parti. Dis, ici je suis plutôt mal garée pour t'attendre dans la voiture.

— Ne m'attends pas.

— Ça alors, pas question. Tu es sous ma responsabilité, et en plus les autres nous suivent.

— Je voudrais passer par la chapelle ardente.

— Il n'y a pas de chapelle ardente, mon vieux. Au Parti, il y a des curés, et même des évêques paraît-il, mais nous ne faisons pas encore de chapelles ardentes aux secrétaires généraux.

— Je pose juste la valise et je reviens. Fais le tour du pâté de maisons.

L'hôtel *Opéra* avait la dignité soignée et briquetée d'un hôtel anglais ou hollandais, juxtaposé au collage historique de la place. Les briques de sa façade n'avaient pas le style des briques aragonaises ocre et un rien poussiéreuses, elles ressemblaient plutôt à celles des nouvelles maisons d'Amsterdam, Rotterdam ou de Chelsea qui essaient de simplifier le volume sans perdre les rythmes visuels de l'architecture traditionnelle ni tomber dans l'intolérance esthétique blessante du béton. L'hôtel formait un coin de rue qui avait l'air de s'excuser auprès du néo-classicisme décadent et tout spécialement du palais bossu de l'Opéra. Il ressemblait plus à un magasin de lampes de poche Wonder.

Il laissa la valise entre les mains d'un groom pas très convaincu de ce que la journée pouvait lui réserver, et retrouva la chaude voiture de Carmela.

— Heureusement que te voilà, sans quoi c'était la panique. Les deux autres m'ont vu démarrer pour faire mon tour et m'ont fait des appels de phares. Je les ai envoyés promener. Ils pourraient avoir plus d'intuition, il me semble, ou du moins un peu de respect pour les initiatives d'autrui. A la chapelle ardente, comme tu dis ?

— Où est-elle ?

— Nous ne disposions d'aucun local adéquat. Presque tous ceux que nous avons sont à l'étage, imagine un peu le bordel. Ils nous ont laissé le vestibule des Cortes. Je te laisse place de Canovas au coin de la rue San Jeronimo, je t'y attendrai. Mais ne prends pas la queue parce que tu n'en finiras plus, et nous avons deux rendez-vous dans la matinée.

Elle refit le tour de l'édifice de l'Opéra et déboucha sur la place d'Orient, une place lente au goût français. Pour contrecarrer ce côté français, la rue séparant le palais de la place née pour contempler le palais, l'interroger, le détruire, s'appelait la rue Bailen. Le trajet par la Gran Via, Alcala et la promenade du Prado lui montra une vie citadine normale, à peine altérée par la présence des jeeps et des autocars blindés de la police garés sur la place d'Espagne, le Callao et la Red de San Luis, à tous les carrefours et débouchés des rues importantes.

— Beaucoup de flicaille.

— Ils ont formé un cercle autour des Cortes au cas où les extrémistes se mettraient dans la tête de venir flanquer la pagaille.

Carvalho descendit de voiture, remonta la côte en direction des lions sombres qui encadraient l'entrée du palais des Cortes ; il progressait parallèlement à la queue des gens venus saluer la dépouille mortelle, collés aux façades grâce aux recommandations constantes et urgentes des policiers. Un sergent le prit par le bras et l'emmena à l'écart, tout en lui disant en arabe de ne pas rester extatique devant l'escalier, il devait soit faire la queue soit partir. Il traversa la rue et, du trottoir d'en face, il eut la perspective de la file semblable à un animal compact qui pénétrait dans le palais pour en ressortir le squelette brisé, comme si à l'intérieur du bâtiment quelque chose avait détruit sa cohérence. Rien ne manquait, ni les larmes, ni les manières raides des badauds dédaigneux, ni ceux qui font semblant d'être là en passant ou par hasard.

— Et qu'est-ce qu'on donne ici ? lui demanda un rigolo genre lapin avec d'immenses trous de nez pleins de poils.

— Des marrons.

Il baissa ses trous de nez et cracha ses dents dans sa bouche refermée. Une voiture aussi noire qu'officielle s'arrêta, il en sortit un ancien ministre de la Culture autour duquel papillonnèrent des micros, des feuilles volantes sur lesquels M. de la Cierva inclinait sa puissante tête sénatoriale ; sans doute déclarait-il que malgré la rivalité politique il reconnaissait que c'était là une grande perte.

— Et ce type-là, qui c'est ? lui demanda à nouveau le lapin rigolo, mais cette fois-ci dans l'intention d'être vraiment informé et de gagner l'amitié du caustique inconnu.

— Clemenceau.

— Toi, tu n'as qu'à dire : « Je viens pour un passeport, M. Plasencia m'attend. » C'est eux qui te conduiront.

Passer la porte de la direction générale de la Sécurité impressionne quiconque a ne fût-ce qu'une toute petite idée du rôle qu'a joué, joue et jouera cet édifice. Mais que le gardien se mette au garde-à-vous en entendant « Je viens pour un passeport, M. Plasencia m'attend » vous colle immédiatement sur les épaules un manteau royal, et l'on entend déjà les échos progressifs des hallebardiers annonçant « Pepe Carvalho... Pepe... Carvalho... »

M. Plasencia le regarda par-dessus ses lunettes, frotta ses mains pleines d'engelures et l'emmena à l'écart des bureaux en ébullition où les fonctionnaires interrogeaient les pages sportives des journaux du matin tandis que quelqu'un demandait : « Nous avons des relations diplomatiques avec la Mongolie-Extérieure ? »

— Avec la Mongolie-Extérieure, tu rigoles, grommela Plasencia de mauvaise humeur, tout en levant les yeux vers le petit ascenseur qui descendait avec une lenteur asthmatique.

— Vous savez où c'est la Mongolie-Extérieure ?

— Entre l'URSS et la Chine.

Plasencia le regarda d'un air étonné et lui ouvrit la porte de l'ascenseur.

— Eh bien, ils sont très peu nombreux, ceux qui sauraient répondre.

Plasencia l'observait du coin d'un œil immense formé et déformé par le soupçon. Il était évident que Carvalho n'était ni mongol ni chinois ; soviétique peut-être ? Pour Plasencia, la Mongolie-Extérieure avait longtemps été un pays interdit sur le passeport des Espagnols, un pays interdit par Son Excellence, et il devait bien avoir ses raisons, Son Excellence. Il lui semblait qu'il ne devait y avoir aucun droit à savoir quelque chose sur un pays interdit et si en plus quelqu'un savait où le situer, ce quelqu'un ne pouvait pas être bien propre. Ils sortirent dans un grand couloir pavé de jaune, aux murs couverts d'un papier peint vert, et presque sans portes. Un homme lent aux oreilles pointues, un paquet de cernes marron sous chaque œil, vint à leur rencontre. Plasencia pencha la tête de côté pour indiquer Carvalho ; l'autre regarda la marchandise avec méfiance, s'obligeant, semblait-il, à ne pas croire ce qu'il voyait.

— Carvalho ?

— Oui.

— Votre carte d'identité.

— Je l'ai déjà regardée.

— Quatre-z-yeux voient mieux que deux.

Fâché contre son collègue, l'homme aux cernes lut attentivement tous les renseignements de la carte à une vitesse de cours préparatoire pas très avancé.

— Le prénom de votre mère ?

— Ofélia.

— Elle était étrangère ?

— Non. Galicienne.

— Pourtant, ça ne fait pas galicien.

Plasencia les quitta en grommelant, et l'homme aux cernes se détendit.

— Suivez-moi, dit-il en tournant le dos à Carvalho pour reprendre le couloir jusqu'à une fenêtre donnant sur le mur écaillé d'une cour intérieure ou d'une ruelle.

Au moment où l'on eût dit qu'il allait se jeter par la fenêtre, l'homme aux cernes fit demi-tour et passa par une porte ouvrant presque sans transition sur un petit escalier. Ils débouchèrent dans une pièce carrée qui n'avait d'autre issue qu'un ascenseur. Ils s'y engouffrèrent et l'homme appuya sur le bouton le plus bas. Carvalho supposa qu'ils devaient descendre jusqu'au dernier sous-sol. L'ascenseur s'ouvrit devant une pièce de réception moquetée et meublée selon les critères de confort des wagons-lits de l'entre-deux-guerres. Tout sentait l'humidité, et le temps décolorait les articulations de tous les objets, comme si c'était là que commençait le signal de leur décomposition. Un huissier prit des renseignements sur Carvalho et l'homme aux cernes passa ce dernier à un jeune homme, une sorte de speaker de télévision, en gilet, les cheveux et le sourire laqués. Lorsque la haute porte garnie de fourrure s'ouvrit, il comprit qu'il était arrivé au bout du voyage. Santos se leva presque en même temps que le ministre de l'Intérieur et un autre garçon en gilet qui lui fut présenté comme sous-directeur de je ne sais trop quel adjoint à un directeur de la présidence du gouvernement. Le ministre donna le signal : il était le premier intéressé à ce que les choses se résolvent, ce qui dans ce cas précis revenait à dire qu'elles s'éclairent, et ce au plus tôt. M. Pérez Montesa de la Hinestrilla avait été délégué par le chef du gouvernement en personne afin de former un triumvirat : gouvernement-Parti-ministre de l'Intérieur, à condition de collaborer le plus étroitement possible. Pérez Montesa de la Hinestrilla lui sourit cordialement, comme s'il s'agissait de lui vendre une Ford Granada ou une propriété à Torremolinos. Santos résuma la situation dans le plus pur style assemblée communiste. Les trois hommes regardèrent Carvalho dans l'attente de ce qu'il dirait.

— Peut-être gagnerions-nous du temps en dressant la liste de ceux qui ne l'ont pas tué.

Le garçon en gilet se mit à rire, le ministre de l'Intérieur mit un certain temps avant de comprendre, et Santos baissa la tête, l'air abattu. Il n'attendait pas ce coup de poignard humoristique. Une pomme d'Adam très saillante sur un gilet de tweed commença à parler :

— Le gouvernement considère sereinement, bien entendu, toutes sortes d'éventualités et, bien qu'il soit prêt à accepter le résultat de toute enquête, il pense mener, au mieux, le processus d'investigation jusqu'aux conclusions les plus intimes, aussi délicates soient-elles, compte tenu du fait que nous mettons en jeu non plus tant la crédibilité du gouvernement que la crédibilité du processus démocratique, de l'État des autonomies.

Carvalho avait lu, non sans raison, dans le journal que les écrivains de Madrid étaient partisans d'une résurrection du baroque. C'est un problème mental qui se reflète déjà chez les sous-directeurs généraux.

— Quelle est donc l'éventualité que le gouvernement considère le plus sereinement ?

Pérez Montesa de la Hinestrilla aspira de l'air, il aiguisa le bout de son nez et de son museau et se plongea dans deux feuillets de considérations vagues pour enfin offrir la conclusion selon laquelle le gouvernement ne considérait rien d'autre que la circulation sur l'avenue de la Castellana. Le ministre de l'Intérieur corrobora pleinement la chose :

— Ni plus ni moins.

Santos essayait d'appliquer le matérialisme historique à la situation concrète et le matérialisme dialectique à la situation *in abstracto*. C'est ce que comprit Carvalho lorsqu'il vit que le vieux communiste louchait dans son exaspération silencieuse. Carvalho fut informé qu'il pouvait compter à toute heure, ils insistèrent, à toute heure, sur Pérez Montesa de la Hinestrilla et sur le commissaire Fonseca.

— Pourquoi avez-vous choisi Fonseca ?

— Parce que c'est notre meilleur fonctionnaire et, devant les cas les plus difficiles, il faut avoir recours aux meilleurs fonctionnaires.

Le ministre de l'Intérieur avait avancé les épaules et les yeux, une force dissuasive dans son regard brûlant, brillant :

— Je ne tolérerai pas que l'on discute la compétence de mes fonctionnaires et ma propre compétence à les choisir.

— Ce n'est pas moi qui en discuterai. Mais Fonseca...

Le ministre frappa sur la table avec assez de maîtrise pour qu'on ne puisse jamais dire qu'il avait assené un coup de poing, mais en l'assenant tout de même :

— Santos. Nous avons abordé ce sujet des centaines de fois. Tout comme beaucoup d'entre nous ont oublié, vous aussi vous devez en faire autant. Fonseca est notre meilleur fonctionnaire.

Pérez Montesa de la Hinestrilla les accompagna et

voulut échanger quelques impressions hors de la présence du ministre. Ils se réfugièrent dans un coin de la réception et à voix basse le jeune fonctionnaire essaya d'excuser la rigidité du ministre.

— C'est un très chic type, mais il est un peu à cran. Plût au ciel que nous en eussions des centaines comme lui. C'est un ancien de la division Azul, ne croyez pas, et plus anticommuniste que Dieu lui-même. Mais c'est un démocrate. Un démocrate de cœur. Et il jouera le jeu de la démocratie jusqu'au bout. Je te l'ai dit hier, Pepe, fais-moi confiance. Les choses sont en de bonnes mains.

Le Pepe s'était adressé à Santos qui se noyait dans un océan de perplexité. Ensuite Santos, Carvalho et l'homme aux cernes prirent l'ascenseur.

— Qui est le type au gilet ?

— Nous en reparlerons.

Ils passèrent entre d'autres mains, par d'autres couloirs et furent abandonnés seuls à la porte d'un bureau marqué : Brigade de Sécurité de l'État.

— Je vous quitte ici. Rencontrer Fonseca, c'est trop pour moi. Je vous attends au *Continental* après le déjeuner, pour la reconstitution des événements.

— Qui est le type au gilet ?

— Un des cinquante mille démocrates coincés par l'UCD du matin au soir pour occuper le pouvoir. Fils de je ne sais qui, et un peu en liaison avec notre parti à l'Université. Il y a des milliers de types comme lui dans cette ville.

— Madrid est une ville d'un million de gilets.

Fonseca quitta son siège derrière la puissante table, il en fit le tour et vint à la rencontre de Carvalho, tendant une main petite et pointue. Carvalho l'effleura à peine, peut-être parce qu'il se livrait à l'évaluation de l'œuvre du temps sur ce visage de limande décoloré, aux yeux sans cils, aux pupilles craintives.

— Comment allez-vous, monsieur Carvalho? (Quand il s'arrêtait de parler, il serrait les lèvres et regardait son interlocuteur comme pour lui demander pardon de quelque chose ou éventuellement par simple besoin de compassion.) Sanchez Ariño, mon principal collaborateur. Le fameux Dillinger, c'est ainsi qu'on l'appelle. Vous devez bien le savoir. Et cette onduleuse Andalouse, c'est Pilar.

Sanchez Ariño le salua de loin, lui faisant coucou du bout des doigts ; quant à l'onduleuse Andalouse, elle parvint à briser la couche de son maquillage dans un sourire, au risque d'emmêler à jamais ses cils collés de Rimmel.

— Votre réputation vous a précédé. (Fonseca le regardait à présent les bras croisés sur son petit ventre rebondi semblable à un tumulus dans le contexte d'un corps maigre.) Le fameux Pepe Carvalho.

Il continuait à le regarder, s'apprêtant, semblait-il, à lui demander un autographe.

— Vous êtes beaucoup plus célèbre que moi.

— Oui, mais j'ai mauvaise réputation. Tout ça parce que je fais mon devoir. Ma vocation a toujours été la police. Je suis de ces gens qui croient à la vocation, je suis tout à fait d'accord avec ce qu'a dit Marañon sur le sujet. J'ai eu la chance d'avoir Marañon et Ortega pour maîtres. Ne soyez pas étonné. Je suis vieux, bien plus qu'il n'y paraît. Moi, la guerre m'a surpris alors que j'étais à la *Complutense*. Vous voulez boire un coup, comme on dit maintenant, une clope ?

La même manière de tendre le paquet, bien serré dans la main, pour le cas où au dernier moment il vaudrait mieux le retirer et laisser le prisonnier encore un peu frustré. Mais, cette fois-ci, il les offrait vraiment, et lorsque Carvalho refusa sous prétexte qu'il ne fumait que des cigares, Fonseca offrit le paquet à Sanchez Ariño ; alors le vieil adolescent, sans lâcher le détective de ses yeux globuleux, fit signe que non de sa main ornée d'une brillante bague en or représentant la tête d'un Comanche. Fonseca réprima son réflexe d'aller s'asseoir derrière la table et invita Carvalho à prendre place dans l'un des petits fauteuils garnis de cuir, tout près de la fenêtre donnant sur la Puerta del Sol. Sanchez Ariño se tenait à la droite de Carvalho, assis ou vautré sur un coin de la table supportant la machine à écrire qu'utilisait l'onduleuse Andalouse.

— Pilar, dit doucement Fonseca sans la regarder.

Pilar se leva et quitta la pièce dans des effluves de magnolia sur corps généreux, un corps vêtu de jersey lilas et balayé dans le dos par une longue chevelure hyperteinte en noir de jais.

— Vous devez être pressé et nous aussi. Je dois vous avouer que je me suis opposé dès le début à toute enquête parallèle. M. le ministre est intervenu, vu les circonstances. Quelles circonstances ? vous demandez-vous. Ou peut-être ne vous le demandez-vous pas ?

— Qu'est-ce que vous préférez ? Que je me le demande ou que je ne me le demande pas ?

— Nous n'allons pas nous berner. Ce dossier, là-bas, le troisième en partant de la droite, vous concerne et vous savez très bien qui je suis. Si j'ai accepté votre enquête, c'est pour qu'on ne dise jamais que Fonseca a mené cette affaire poussé par des *a priori*, des idées préconçues. Je suis un professionnel. Hier, j'ai poursuivi des rouges ; aujourd'hui, je poursuis des jaunes. Demain, qui sait, ce sera peut-être encore le tour des mauves.

— Ou des rouges.

Fonseca et Sanchez Ariño échangèrent un regard. Le commissaire se tourna vers Carvalho et changea de voix pour cracher :

— Pensez donc ! Maintenant, ils tiennent bien le pays en main, par les couilles. Ce coup-ci, ils ne le lâchent pas. (Il montrait sa braguette d'un doigt nerveux.) Les temps changent.

Il soupira d'un air béat. Ses traits s'adoucirent, il n'y avait apparemment plus aucun rapport avec le visage crispé d'il y a quelques instants. Il n'avait pas changé, le grand histrion qui pouvait gifler et immédiatement après s'agenouiller et demander pardon en implorant qu'on ne l'obligeât pas à se comporter ainsi.

— Je voudrais savoir où en sont les recherches.

— Nous sommes en train d'analyser, en les confrontant, les différentes déclarations des membres du comité central. Les déclarations ont été enregistrées le matin même du fameux jour et sur les lieux du crime. Elles ont été consignées par des fonctionnaires du commissariat du district ; toutefois, de hauts responsables de la direction générale de la Sécurité étaient présents.

— Vous ?

— Moi ? Non. Ma désignation a été postérieure. Moi, je suivais le cours de l'enquête d'ici. Je ne me mêle jamais de rien quand on ne m'appelle pas. Ça a été une constante dans ma vie.

En 1940, le jeune Ramon Fonseca Merlasca se met en contact avec l'organisation clandestine du parti communiste d'Espagne. Personne ne l'a appelé, mais il est bien accueilli parce que quelqu'un se souvient de lui comme d'un actif militant de la FUE en 1934 lors de son entrée à l'université de Madrid. Fonseca fait montre d'une grande témérité dans les premières missions dont le charge le Parti dans des conditions historiques où toute arrestation pouvait signifier être passé par les armes. En 1941, il arrive à avoir un haut poste dans le réseau de Madrid, on lui confie la responsabilité de prendre contact avec l'extérieur et on le propose même comme membre du comité local. L'activité croissante des groupes clandestins rend le gouvernement nerveux devant les exigences allemandes pour en finir au plus tôt et devant les pressions des ambassadeurs alliés qui sollicitent une information sur la répression. Fonseca aurait pu progresser dans le Parti et arriver à la direction, mais on exigea de lui qu'il fasse tomber tout ce qu'il pouvait faire tomber de l'appareil de Madrid ; il obéit. Son visage ne devait jamais être oublié par les hommes et les femmes qui payèrent de leur vie ou de vingt à trente ans de prison le succès de son opération, et lorsque des années plus tard le Parti s'étendit dans toute l'Espagne et connut un régime régulier de coups de filet, ils furent nombreux ceux qui reconnurent dans le commissaire Fonseca cet infiltré enthousiaste qui citait des fragments de *Que faire?* ou de *l'État et la Révolution* avec l'aisance d'un expert et la conviction d'un fanatique. C'est un fanatique vieux et fatigué qui contemplait Carvalho, tentant de déchiffrer son code de comportement, de deviner ce qu'il pensait en ce moment de Fonseca lui-même. Un sourire moqueur pour l'autre, de pitié pour lui, dansait sur les lèvres du commissaire :

— C'est eux qui ont fait le coup. Il n'y a pas le moindre doute. C'est une lutte pour le pouvoir.

— Pour le pouvoir dans un parti brûlé par un assassinat ? Ça n'a pas de sens.

— Ils avaleront le crime. De fait, ils ne savaient plus que faire de Garrido. Il était un symbole pour les plus vieux de cinquante à soixante ans, mais il était sans cesse plus contesté parmi les jeunes. Et si ce n'est pas là le motif, c'est qu'il s'agit alors d'un règlement de compte du KGB gros comme une maison, parce que Garrido était un agent du KGB, ça crevait les yeux.

— Et ses positions antisoviétiques ?

— Je vais vous mettre en rapport avec ce gamin, oui, avec lui, pour qu'il vous explique ça, monsieur Carvalho. Sanchez, viens, vas-y, dis-nous un peu ce que tu m'as répété tant de fois.

— Pour quoi faire ?

— Comment pour quoi faire ? C'est en parlant qu'on s'explique. Il faut convaincre notre ami. Il faut tout lui expliquer. Allons-y pour le dialogue. Le dialogue. Ne sommes-nous pas en pleine démocratie ?

— Mais c'est inutile.

Il indiqua le dossier sur Carvalho.

— Il fait allusion à vos antécédents. Sanchez a une théorie selon laquelle celui qui a été rouge une fois dans sa vie continue à l'être toujours. Donne donc une chance à monsieur. Il a un curriculum intéressant.

Sanchez Ariño soupira d'un air résigné, il retrouva la verticale et commença à se promener tout en parlant :

— Le KGB a une section spéciale de propagande antisoviétique capable de manifester publiquement cet antisoviétisme si cela favorise les intérêts de l'URSS. Par exemple, en Italie, en Espagne et dans tous les pays de l'eurocommunisme ou de l'euromerde. Les communistes faisant des déclarations publiques contre l'URSS le font parce que ça n'intéresse pas l'URSS de donner l'impression qu'elle peut installer en Europe, ou dans un quelconque pays capitaliste développé, un communisme qui lui soit fidèle. Elle joue à rendre le capitalisme tarte au point qu'il croit aux divergences et accepte l'alternative « euro ». Après quoi, elle ramasse les fruits, par exemple les fruits d'une politique internationale non alignée, etc. C'est le b. a. ba, et je ne sais pas pourquoi vous me faites dire tout ça, don Ramon, ça ne sert à rien.

— Supposons que ce scénario de téléfilm soit exact. Pourquoi donc liquider Garrido qui jouait si bien son rôle ?

— Il y a quelque chose qui a dû mal tourner. Peut-être a-t-il fini par croire ce qu'il disait et, en l'assassinant, on ne tuait pas seulement le chien mais la rage. C'est tout le Parti qui est touché, remis en question, et l'Union soviétique est en condition de manipuler ce qu'il reste du Parti ou de s'appuyer sur une autre plate-forme politique plus conforme.

— C'est un *a priori* ou la conclusion d'une enquête pas encore commencée ?

— Ça, c'est la théorie, dit Fonseca en souriant et en

se tapant les genoux des deux mains. L'enquête sera la pratique.

— D'autres motifs ? Une vengeance personnelle. Un provocateur d'extrême droite, de n'importe quel service secret et pas précisément soviétique...

— C'est possible. Vous voyez ? Vous aussi, vous partez d'un présupposé. C'est votre théorie. Votre théorie disculpe le Parti, le communisme. Vous commencez l'enquête sur un compromis politique évident. Ce sera votre théorie, et l'enquête ne sera pour vous que la pratique ratifiant vos théories. En outre, vous pourrez la mener plus librement que moi car vous allez donner raison à vos petits copains ; moi, en revanche, je dois rendre des conclusions qui tranquillisent le gouvernement, l'opposition, etc., parce que la seule chose certaine, c'est qu'il faut sauver la démocratie. Pas question de baiser la démocratie. Bien sûr.

Sanchez Ariño se mit à rire d'un rire aigu qui avait l'air de s'échapper par une fissure de sa gravité.

— De quoi tu ris ? Hein ?

Mais Fonseca était lui aussi saisi d'une crise de fou rire, il cachait sa bouche d'une main qui contenait le débordement des éclats contenus.

— Écoute, tu me fais rire. Que va penser cet homme ? Que c'est de la rigolade ?

— C'est que, chef, vous avez de ces remarques...

Et ils éclatèrent de rire aux larmes tandis que Carvalho se levait et partait vers la porte.

— Une chose encore.

Fonseca avait vaincu sa propre hilarité, maîtrisé son dernier gloussement. Quand Carvalho se retourna, il le vit, d'abord sérieux, ensuite grave, moqueur, supérieur, il lui tendait un papier plein de notes et de numéros de téléphone.

— Je veux que vous puissiez me trouver à n'importe quelle heure du jour. Pour qu'après on ne me dise pas...

— C'est vrai qu'il y a eu des coups de feu devant les Cortes ?

— Madame, circulez, moi je ne sais rien.

Carvalho saisit le commentaire au vol alors qu'il sortait de la direction générale de la Sécurité ; il reposa la question à Carmela en entrant dans la voiture. Carmela opina des yeux.

— Non. Pas aux Cortes. Mais il y a eu des coups de feu sur la place de Canalejas. En provenance d'une voiture et en l'air. Par désir de créer l'ambiance. Hier, la même chose a eu lieu à quatre ou cinq endroits différents de Madrid. Ce matin, des groupes de fachos ont distribué des gnons à Malasaña et à la fac de lettres. Tu as vu ?

Elle lui tendit un numéro d'*el Heraldo español*. Le chef de *Fuerza nueva* y disait : « Qui tue par le feu meurt par le feu. » « Les crimes d'une idéologie criminelle se retournent contre ceux qui détiennent cette idéologie. »

— Dans tous les journaux, il y a des attaques en profondeur. Les socialistes ont tiré une édition spéciale d'*el Socialista ;* pas de gaspillage, c'est un éloge empoisonné de Garrido. Il a essayé de démocratiser le Parti sans y parvenir, il a laissé échapper le contrôle du mouvement syndical dans l'impossibilité d'empêcher qu'il ne se radicalise, il a été victime de la contradiction entre la réalité et ses désirs. Ils nous cherchent. Ils nous cherchent tous.

Quelqu'un avait dit que le pire, pour quiconque a la manie de la persécution, c'est qu'on le persécute vraiment. Carvalho calculait le nombre d'années de militantisme de Carmela. Ça ne devait pas être très vieux et malgré tout elle avait attrapé toute la culture de catacombes, peut-être avec l'accompagnement musical de la culture rock, elle aussi souterraine et amie de la pénombre.

— Où veux-tu déjeuner ? On m'a dit que tu as le palais délicat.

— Allons manger des *tapas*[1].

— Sûr ?

— Sûr.

— Choisis. On peut faire ça à Argüelles ou dans le coin. La rue Echegaray et toute la zone.

— Sortons d'ici ; ce quartier, je l'ai assez vu pour aujourd'hui.

Carmela gara la voiture sur un passage clouté de la place del Conte del Valle de Suchil, elle ajusta ses lunettes de soleil et se dirigea d'un pas décidé vers la rue Rodriguez de San Pedro.

— Qu'est-ce que tu dirais d'oignons farcis ?

— Farcis à quoi ?

— A la viande. On sert ça à *la Zamorana.* On peut aussi y manger de la viande hachée très bonne. Après des rognons, à Ananias.

— En guise d'apéritif. Ensuite, il faudra aller manger vraiment.

— J'ai l'estomac de la taille d'un oignon farci.

— Ça, c'est ton problème.

Carvalho picora dans son rapide maraudage à travers les bistrots à *tapas* de la rue Argüelles et, pour choisir le restaurant où consommer l'acte de manger, Carmela eut recours à des notes qu'elle gardait dans son sac.

— *Casa Ricardo.* Moi, je ne connais presque rien. En vérité, je considère que j'ai déjà bu et mangé.

Carvalho se montra implacable jusqu'à ce qu'il ait pu s'asseoir devant une assiette de boudin, suivie d'une assiette de gras-doubles, le tout à l'ombre d'un pichet de vin de Noblejas.

— Je ne comprends pas comment tu peux faire tenir tout ça. Après ce que tu as déjà mangé. Trois boudins, ça vous cale. Où tu peux bien les mettre ?

— Je mange pour oublier.

1. Amuse-gueules variés *(N.d.T.)*.

— Ça, c'est ce que tu dois leur dire à toutes.

— « Si un homme agit selon sa conscience, peut-il se tromper ? » demandait quelqu'un à quelqu'un d'autre.

Malgré le velouté des gras-doubles, le détective considéra que la question méritait une certaine attention. Il se retourna pour contempler l'image martiale d'un chef d'entreprise agressif confondant sous le poids de ses évidences trois représentants de province ébahis :

— Toi, tu me dis : si tu réduis le personnel, je me retrouve à la rue avec une indemnité de chômage qui finira un jour ou l'autre, et après qu'est-ce que je fais ? Toi, tu me dis ça, et moi, je dois y penser et le considérer avec ma conscience.

— C'est que...

— Laisse-moi parler. Je l'ai déjà sur la conscience. Brroumm. Brrr ou mm. Brr ou mmm. La conscience commence à retourner la chose dans tous les sens. Je connais ça ; bon, enfin, je ne connais pas, mais je peux l'imaginer. Et ma conscience me dit : réduis le personnel, car si tu ne réduis pas le personnel, Macario, c'en est fini et tu devras plier boutique. Alors moi, je te pose la question : qu'est-ce qui est pire ? Le mal de quelques-uns et le bien de beaucoup, ou le contraire ?

— Vu comme ça, bien sûr.

— Le mal de peu. En plus, ma conscience me dit davantage de choses. Il y a une sélection naturelle. Les forts restent. Les faibles vont au diable. Combien de fabricants de pain ont fermé ? Aucun. Combien de fabricants de tissu ? Beaucoup. On a besoin de pain tous les jours. De tissus, de temps à autre, et parfois ils sont moins chers importés.

— C'est que, monsieur Macario, si vous me permettez, la Catalogne s'effondre.

— C'est évident, conclut Macario comme si tout son long effort raisonneur conduisait à cette conclusion.

— Un peu facho le mec, n'est-ce pas ? susurra Carmela.

Carvalho était toujours retourné vers le groupe, et Macario se rendit compte qu'il suscitait l'intérêt d'un convive attentif. Il éleva la voix :

— Nous en sommes à l'heure de vérité. S'il faut entrer dans le Marché commun, qu'on y entre. Mais nous n'y entrerons pas tous, ah ! ça non...

— Ah ! ça non.

— Ah ! ça non.

— Ah ! ça non. N'y entreront que ceux d'entre nous qui arriveront à la porte dans de bonnes conditions de concurrence. Toi, qu'est-ce que tu fabriques ? Des montres. On n'en a pas besoin, on les achète aux Suisses ou aux Japonais. Bien sûr ! Si les Suisses et les Japonais font les meilleures montres, pourquoi faire nos propres montres ?

Il adressa un sourire complice à Carvalho, et le détective le lui renvoya écrasé par l'impact de cette vérité objective.

— Ni des canapés, dit Carvalho à haute voix.

Macario étudia le pour et le contre de l'entrée de cet étranger et décida de l'accepter :

— Ni des canapés. Où allons-nous avec nos canapés ?

— Des canapés, peut-être, résista le représentant valencien.

— Les canapés, zéro.

— Zéro, assura Carvalho depuis sa table.

— En revanche, je vous donnerai un autre exemple : les boudins. Pourquoi pas les boudins ? Pourquoi pas ces boudins bien faits et sus ! à la conquête de l'Europe ? Je vous le répète. Il ne faut pas suivre les sentiers battus.

Carvalho décida de retirer sa confiance à Macario et se retourna vers une Carmela perplexe.

— Mais tu es un voyou ! Tu t'es payé la tête de ce type, avec un culot !

— J'aime les philosophes d'après-déjeuner. Dans tout être humain, il y a un collaborateur des pages dominicales d'un journal de droite type *ABC*, et les après-déjeuners dans les restaurants servent à défouler cette créativité réprimée. Tu veux que je lui demande si nos beignets ont un avenir quelconque dans le Marché commun ?

— Si tu fais ça, je m'en vais. Ça va se terminer à l'asile.

— Il faut aider les gens à faire la digestion.

Un rien confondu par le soudain manque d'intérêt de l'inconnu, Macario avait baissé la voix et parlait politique :

— On ne peut pas continuer comme ça, il faut retrouver le sens de l'autorité, tous les politiciens sont pareils.

Carmela se leva aidée par Carvalho. Le détective s'inclina vers la table de Macario et lui souhaita un bon appétit. Macario, sur le point de se lever et d'offrir un verre à Carvalho, en resta aux intentions ; le détective ne lui prêta pas l'ombre d'une attention.

Il avait vu la salle du crime à la télévision ; dans la réalité, elle lui sembla plus grande, pleine de vides, de recoins, de parcours divers. La table de la présidence était située sur une petite estrade et avait soixante centimètres de large. L'assassin avait dû se pencher et assener son coup avec une précision inexplicable dans l'obscurité la plus profonde.

— Avec une précision et une habileté d'expert. C'est le coup de poignard d'un commando, d'une personne entraînée spécialement pour ça.

Santos et Mir avaient convoqué les membres du comité central résidant à Madrid et le service d'ordre présent le jour du meurtre. Carvalho leur demanda de s'asseoir aux places qu'ils avaient occupées le samedi antérieur, il pria le service d'ordre de reprendre sa propre place.

— Les plus vieux s'assoient toujours devant ?

— Oui. Pour une question d'audition ; ils n'ont pas confiance dans les micros, que peut-on y faire ? Et aussi pour une question d'éducation communiste. Aux premiers rangs, on ne peut pas lire le journal comme certains le font à l'arrière.

Mir avait répondu avant Santos Pacheco ; il n'empêcha cependant pas son intervention.

— L'histoire de lire le journal est purement anecdotique. Ils s'assoient aussi devant pour marquer leur confiance plus grande, parce qu'ils sont historiquement plus proches de la direction. C'est compréhensible. Ça n'est pas si simple.

— Si tu le dis. Mais derrière, il y en a qui font la sieste et qui vont jusqu'à ronfler.

— Une hirondelle ne fait pas le printemps.

— Demandez-leur s'ils veulent ajouter quelque chose aux déclarations qu'ils ont faites à la police.

Santos se retourna vers les membres du comité central, distribués dans la salle tels des écoliers attristés :

— Ce monsieur est expert en la matière, je veux dire en enquête criminelle. (Il hésita comme si le mot criminel ne lui semblait pas être le plus adéquat.) Enfin. Il est ici pour nous aider et tout ce qui peut vous venir à l'esprit, ne figurant pas dans vos déclarations à la police, peut lui être et nous être très utile.

Personne ne disait mot. Ils se lançaient les uns les autres des regards à travers les distances imposées par les places vacantes des militants provinciaux absents.

— Qu'il nous pose, lui-même, des questions, dit une voix depuis le fond, et derrière la voix se leva un prototype de pantin. Il me semble qu'il sait ce qu'il veut savoir, et nous pas. Moi, j'avoue être vidé après ce que j'ai déjà déclaré.

Les autres acquiescèrent. Carvalho avança de deux pas et ravala l'air goguenard qui transparaissait dans son sourire, tout en pensant qu'il lui était arrivé de rêver à une telle situation : s'adresser au comité central ; les circonstances, cependant, étaient différentes.

— L'obscurité a duré trois minutes. Juste le temps pour les employés de l'hôtel de courir remettre les fusibles. En cinq minutes, l'assassin a dû se mouvoir à une vitesse record. Quitter sa place, s'approcher de l'estrade, deviner où était le cœur, frapper, retourner à son point de départ. Quelqu'un a-t-il entendu quelque chose ? Ou simplement remarqué le déplacement d'air d'un individu qui passe ? L'assassin est arrivé à se faufiler de l'extérieur ou à quitter l'une de ces tables, et vu le peu de temps dont il a disposé, il a dû faire très vite dans les allées qui séparent les bureaux.

— Ça a été la pagaille quand la lumière s'est éteinte, intervint un des vieux du premier rang. Fernando lui-même a fait des blagues et, outre les rires et les commentaires de rigueur, il y a eu beaucoup de bruit, et je doute que quelqu'un ait pu remarquer un quelconque mouvement dans la salle.

— Mais si l'assassin était assis à l'une de ces tables, son voisin direct ou proche aurait dû noter le mouvement lorsqu'il s'est levé ou déplacé.

Le pantin reprit la parole :

— La perception sensorielle est prédéterminée. C'est-à-dire que si l'objectif avait été de capter le mouvement, il aurait été capté. Mais nous étions tous suspendus en premier lieu à l'obscurité et aux commentaires de Garrido.

— Camarade, toi tu donnes comme *a priori* que l'assassin est l'un de nous.

C'était à la fois la question et la plainte d'un petit homme plus ridé que la terre qu'il avait dû creuser une bonne partie de sa vie.

— Moi, je ne suis le camarade de personne. Je tiens à ce que ça reste clair pour commencer.

— En effet, intervint Santos. Je croyais que c'était déjà clair. Monsieur est un professionnel engagé par le

Parti. Ce qui ne veut pas dire que nous ne devons pas collaborer totalement avec lui.

— Monsieur le professionnel engagé par le Parti... (Les rires des autres soulignèrent la pause du petit homme dont la malice débordait de toutes les rides.) Je répète ce que j'ai dit. Vous considérez comme acquis le fait que l'assassin était ici, parmi nous, qu'il est l'un des nôtres.

— Préparez-vous au pire, les amis.

Carvalho alla vers la porte et l'ouvrit. Deux membres du service d'ordre s'y encadrèrent.

— Vous étiez ici ?

— Un peu plus loin, ici. (Ils reculèrent de quelques pas.) Mais dès que la lumière s'est éteinte, nous sommes allés vers la porte instinctivement, pour vérifier si la panne s'était aussi produite dans la salle.

— Vous avez ouvert la porte ?

— Oui. Nous avons vu que tout était dans le noir et nous avons refermé. Alors, lui, il a demandé à ceux qui étaient là, en bas de l'escalier, d'aller voir ce qui arrivait.

— Vous avez refermé, vous en êtes sûr ?

— Certain.

— Le plus normal, c'est de laisser ouverte la porte d'une pièce dans le noir.

— Mir nous a ordonné de maintenir cette pièce fermée. Pour qu'il soit difficile d'y entrer et d'en sortir. Il nous le répète toujours.

— Pourquoi faut-il que ce soit difficile d'en sortir ?

— Parce qu'il y en a toujours qui en profitent, sous prétexte de se lever pour fumer une cigarette. Comme c'est interdit à l'intérieur...

Carvalho ferma la porte et se retourna vers le comité central :

— Personne n'est venu de l'extérieur ou alors c'est le service d'ordre qui ment. S'il ment, il assume la responsabilité directe du crime, car ils auraient pu dire qu'ils ne se souvenaient pas d'avoir fermé ou non la porte. Il ne reste plus qu'à savoir s'il n'y avait que vous. Tous les présents étaient membres du comité central ?

— Oui. Ça je peux le jurer, dit Santos. Nous dressons une liste, c'est-à-dire que je dresse personnellement une liste des présents, même « partiels », ceux qui s'absentent en cours de séance et qui ont toujours des justifications, de travail politique pour la plupart. Après le départ des gens de la télé, il ne restait plus ici que des membres du comité central.

— Il a pu rester quelqu'un qui serait venu avec la télé, proposa une quinquagénaire, style mère de douze enfants.

— Impossible. (C'est Mir qui tranchait.) Il en est rentré quatre, il en est sorti quatre. Et quand ils sont sortis, j'ai fermé la porte et j'ai regagné ma place.

— Le mystère de la chambre jaune, dit le pantin, avec l'air d'annoncer le début d'un film.

— C'est vous qui le dites. Et vous savez sans doute que le mystère de la chambre jaune n'existe pas, à moins de croire à la possibilité de passer les murailles ; vous êtes, en cela, les moins enclins à croire ce genre de chose.

— Ici, il y a de tout. Beaucoup de chrétiens dans le tas.

Les rires se continrent par crainte de violer le deuil.

— Nous ne pouvons pas accepter que le meurtrier soit l'un des nôtres. Ça, c'est ce qu'ils veulent. Ils veulent nous démoraliser. Ils veulent semer le doute dans nos propres rangs. Vous avez bien cherché dans le local ? Il n'y a aucune autre sortie possible ?

— Il y a une issue de secours directement accessible de l'intérieur, mais qui, de l'extérieur, nécessite une clef. La seule chose qu'apporte cette sortie, c'est la possibilité de la fuite pour l'assassin mais, semble-t-il, fuir ne l'a pas intéressé, car fuir c'était se laisser identifier.

— C'est inacceptable, insista à nouveau l'homme ridé.

Le pantin sauta :

— Aranda. Ne sois pas irrationnel. Je suis tenté de penser la même chose que toi. Mais les faits sont les faits. Les faits sont têtus.

— C'est inacceptable. Et je vous réprouve d'avoir recours à un professionnel pour résoudre l'affaire. C'est une affaire politique, elle doit avoir une solution politique, entre nous, dans l'enceinte du Parti.

— Nous pouvons chercher un enquêteur qui vous donne raison et démontre que l'assassin, c'est le diable ou le Saint-Esprit. Il aura sauvé le Parti, mais il aura foutu en l'air le matérialisme dialectique.

— Des mots, rien que des mots. Des grandes gueules, c'est tout, se défendait, face au pantin, l'homme ridé.

— Dans les dossiers, vous trouverez toutes les déclarations transcrites à partir des enregistrements ; vous y verrez aussi une reconstitution de tous les mouvements de Garrido depuis qu'il a quitté son domicile, pénétré dans l'hôtel et qu'il est monté. Tout. Si c'est nécessaire, nous reconvoquerons le plénum du comité central ; toutefois, il y a une convocation pour le prochain week-end dans le but d'élire un secrétaire général provisoire jusqu'au congrés. Vous pouvez attendre quelques jours ?

— Je peux.

— Peut-être avez-vous retiré une impression négative de notre réunion. Nous avons une pudeur spéciale. Nous ne voulons pas que nos affaires s'éventent, c'est encore comme si nous les protégions de la répression par complexe de clandestinité. En plus, l'attaque sociale et politique est évidente. Il n'est plus question aujourd'hui de cet anticommunisme primaire du franquisme qui faisait même réagir les démocrates libéraux. Maintenant, c'est un anticommunisme profond qui s'est installé dans la société, manipulé par ceux qui recherchent des complices pour leur passé répressif et par ceux qui ont peur du programme progressiste du Parti.

— N'insistez pas. Moi, je ne vote pas.

— C'était seulement...

— Ce dossier me suffit ; j'ai aussi besoin d'aller librement dans la ville. La fille en question, Carmela, est très agréable, mais je sais me promener tout seul.

— Elle est à votre disposition, c'est tout. Promenez-vous à votre aise, mais faites attention. Un mouvement de troupes a eu lieu du côté de San Cristobal de Los Angeles et de Villaverde. Ce sont là des manœuvres tactiques, dissuasives. Personne ne sait rien de rien, mais c'est toujours comme ça en situation de crise. L'extrême droite va en toute liberté. Ils frappent sans discrimination et ont assailli deux sièges du Parti, à Aluche et à Malasaña.

— Qu'a tiré la police de l'interrogatoire de Cerdan ?

— La police cherche un Oswald. Cerdan garde une certaine influence sur le Parti, en particulier sur les secteurs intellectuels, et parmi certains dirigeants du mouvement syndical. Mais de là à penser qu'il puisse diriger une conspiration interne contre Garrido... Ça ne ferait que prouver une méconnaissance totale du Parti.

— Je voudrais parler avec Cerdan.

— C'est votre problème.

— Le mien ou celui de Cerdan ?

— Le vôtre. Son téléphone est dans l'annuaire.

— Il ne vous plaît pas ?

— Ce fut un vaillant camarade. Mais il en savait trop.

— Quand vous êtes-vous aperçus qu'il en savait trop ? Avant ou après qu'il eut quitté le Parti ?

— Bien avant, même si vous ne me croyez pas.

— Et maintenant, où traîne-t-il, Cerdan ?

— Chez les écologistes, les radicaux, les féministes...

Santos ouvrit les bras pour embrasser tout ce qui pouvait être large, tout ce qui pouvait lui être étranger.

— Cerdan ? Nous parlons du même ?

— Je suppose.

— Une question intime. Vous avez développé des corps paramilitaires du temps des maquis. Je suppose qu'ils ont reçu un entraînement spécial.

— Le seul entraînement spécial que nous avons reçu, c'est la guerre, la guerre civile et la Seconde Guerre mondiale ; très peu de cadres du Parti avaient reçu une formation militaire supérieure, théorique. Ça, c'était avant la guerre, c'était l'exception : Lister, par exemple, quand il a dû quitter l'Espagne et se réfugier en URSS.

— Ce coup de poignard est l'œuvre d'un expert. Les bons coups de poignard frappent de bas en haut, or entre l'assassin et Garrido il y avait la table et la hauteur de l'estrade.

— Et l'arme ?

— On l'a vue dans tous les journaux : un poignard tchécoslovaque spécialement fabriqué pour les actions spéciales ; c'est l'arme des parachutistes tchèques, par exemple.

— Un poignard de spécialiste, à lame large et crantée. Un poignard qui s'ouvre un chemin dans la poitrine.

Les yeux de Santos tremblaient, on eut dit que le poignard lui faisait mal. Carvalho lui tourna le dos, lui faisant au revoir de la main et, derrière lui, la voix de Santos résonna :

— Si vous voulez voir Cerdan, vous le trouverez ce soir à huit heures à la librairie Antonio Machado. Il y présente un livre.

— Vous le surveillez ?

— Je me borne à lire *el País*.

— Je suis invité à l'enterrement ? On n'envoie pas d'invitations personnelles ?

— L'enterrement aura lieu demain à dix heures.

Carvalho découvrit une Camela nerveuse, arpentant le trottoir et regardant sa montre sans presque lui laisser le temps d'afficher le temps qui passe.

— Enfin ! Je suis sur les dents. J'ai appelé mon fichu mari, il ne peut pas aller chercher le petit à la garderie. C'est moi qui dois y aller. Ça ne t'ennuie pas que nous passions par la garderie ? Après, je le laisse à ma sœur et je suis à toi.

— J'ai décidé de me libérer de toi. Santos me l'a permis.

— Et eux, qu'est-ce qu'ils vont dire ?

— Ils commandent plus que Santos ?

— C'est une autre histoire. Je les préviendrai. Mais quelqu'un te suivra.

— Où est la librairie Antonio Machado ?

— Tu vas acheter un livre ou voir Cerdan ?

— Si je comprends bien, dans ce Parti vous êtes tous suspendus à Cerdan.

— Il est à la mode. On l'arrête. On l'interroge...

— Et toi, qu'est-ce que tu penses de lui ?

— Qu'il est chiant. Mais j'irai à la librairie Machado. Ça va être une vraie manif. Tiens. (Elle lui donna un numéro de téléphone.) Au cas où je n'irais pas. Je serai de garde cette nuit avec le petit. Si tu as besoin de quelque chose. Tu sais où se trouve la librairie Machado ? Bon, alors je te marque aussi l'adresse. C'est tout près du pub *Santa Barbara*. Tu ne sais pas non plus où est le pub ? Mais d'où tu sors ? A Barcelone vous ne connaissez rien...

Carvalho resta seul dans Madrid, sur un trottoir garni de fleurs qui entourait le pâté de maisons entièrement occupé par l'hôtel *Continental*. Il aperçut dans un lointain relatif les bâtiments des nouveaux ministères et partit à la recherche de l'avenue La Castellana ; il voulait quitter au plus tôt ce quartier semblable à tout autre quartier d'hôtels, bureaux modernes de n'importe quelle ville du monde. Il descendit La Castellana avec pour seul but d'affirmer sa liberté et de vérifier s'il était suivi. Un des garçons du comité d'accueil de l'aéroport tentait d'adapter sa foulée à celle du détective. Il l'attendit :

— Écoute, petit, je vais manger des gambas, après j'irai à la librairie Antonio Machado. Si tu veux, vous venez m'y protéger. Je ne crois pas qu'il m'arrive quelque chose en mangeant des gambas. Vous avez environ deux heures de liberté pour tirer un coup ou boire une limonade.

— Je ne m'appelle pas petit. Je m'appelle Julio et je préfère collectionner les timbres. Je suis philatéliste. Mir va gueuler comme un putois si nous vous laissons.

— Si je veux, je vous sème. C'est mieux de nous mettre d'accord.

— Vous, faites ce que vous voulez. Nous, nous devons vous suivre et nous vous suivons. Si vous nous semez, nous le dirons.

Carvalho fit deux pas et arrêta un taxi d'un air décidé. Par la vitre arrière, il vit comment le garçon courait en faisant de grands gestes, il demandait de l'aide à son copain assis au volant d'une voiture.

— Entrez dans ce ministère. Par la porte latérale. Arrêtez-vous. Tenez.

Il laissa dans les mains du chauffeur ébahi deux cents pesetas, il sortit du taxi, salua un appariteur et se disposa à gravir les escaliers.

— Où allez-vous ?

— Don Ricardo de la Cierva m'attend.

— Don Ricardo n'est pas de ce ministère. Vous n'avez pas vu sur la porte qu'ici c'est le ministère du Commerce ?

Pas la moindre trace de ses suiveurs dans la rue. L'air de Madrid sentait les gambas grillées.

— Ce n'est pas un hasard si, au moment d'entrer dans la psychose de fin de millénaire, un livre comme

1984 d'Orwell redevient à la mode et si renaît l'intérêt pour les deux autres projets de littérature utopique les plus conséquents du XXe siècle : *le Meilleur des mondes* de Huxley et *Nous* de Zamiatine. Non pas parce que la fin du siècle confirme les prémonitions utopistes de ces trois auteurs, mais en temps de crise les secteurs les plus critiques de la culture vivent un cauchemar : l'effondrement de tous les modèles, et lorsqu'il n'y a pas de modèle avalisé ou avalisable il ne reste plus d'autre issue que l'utopie ou le cynisme, parfois déguisés d'un pragmatisme lui-même déguisé d'efficacité historique déguisée de vertueuse prudence. Je ne voudrais pas être sarcastique en présence du corps sans vie d'un homme qui suscita tous les respects et qui, aujourd'hui, ne suscite plus que le respect de ceux qui crurent en lui comme porte-parole du projet révolutionnaire. Mais en présence du corps sans vie de Fernando Garrido, je me demande : qu'a-t-on fait de la *prudence révolutionnaire* qu'il réclamait tellement ces derniers temps pour cacher la perte de toute possibilité d'imprudence ? J'ai hésité entre me rendre à cette réunion convoquée avant l'assassinat et l'annuler pour m'enfoncer dans cette douleur que tout bon révolutionnaire doit ressentir, même s'il ne considère pas Fernando Garrido comme un révolutionnaire. Moi non plus je ne le considère pas comme tel, et cependant je voudrais que vous me croyiez lorsque je vous dis que je suis triste comme on peut seulement l'être lorsqu'on perd quelque chose touchant à l'identité elle-même. Et si j'ai accepté enfin de venir, c'est parce que ce meurtre est en soi un aval apparent de l'utopie négativiste. Sous le poids du cauchemar, les critiques de la réalité peuvent réagir en pariant sur une utopie positive ou négative. Un pari sur l'utopie positive entraîne l'obéissance aux principes de Lénine formulés au moment où la crise enserrait le mouvement socialiste russe et européen, et faute de modèle autre que ceux ayant échoué, Lénine fit sienne la proposition de Liebknecht : étudier, faire de la propagande, s'organiser pour mieux appréhender une réalité déjà difficile à appréhender à cause d'une mécanique politique progressivement dévaluée, aveuglée par sa propre logique et son refus d'entrer en conflit dialectique avec cette réalité. En revanche, un pari sur l'utopie négative nous donne, en ces moments précis, la preuve par le meurtre de Fernando Garrido que *le Meilleur des mondes* de Huxley, ou l'Océanie d'Orwell, ou le cosmos déshumanisé de Zamiantine sont proches. Et ce monde qui est le nôtre n'est rien d'autre que le système mondial de domination avalant ses enfants, les intégrant dans la fatalité des règles d'un jeu de survie et d'équilibre. Dans cette optique, le téléphone rouge lui-même n'est pas un trait d'union. Il ligote. L'assassinat de Garrido est une péripétie qui ne va pas déterrer les piques des sans-culottes ni jeter les tanks dans les rues. C'est un morceau de chair offert à la logique du système ; questionner ce fait, c'est questionner le système et mettre en danger la célébration de réunions comme celle-ci ou la réunion du comité central en toute légalité ou l'existence des cours universitaires pour adultes de plus de vingt-cinq ans ou la victoire d'écrivains comme Vázquez Montalbán au prix Planeta. Ni Orwell, ni Huxley, ni Zamiatine n'ont pu prévoir que le contexte nécessaire à l'obtention du monde horrible qu'ils prophétisent pourrait naître d'un pacte implicite ou explicite entre les deux systèmes antagoniques. Zamiatine était un narodnik, un populiste russe qui croyait à une révolution paysanne et à l'implantation d'un mode de production asiatique face au système d'accumulation capitaliste d'État que signifiait la NEP sous l'impulsion de Lénine et le poing de Staline. Huxley frivolisait ironiquement sur les excès auxquels pouvait mener le communisme russe hors de toute compréhension directe, uniquement interprété à partir du blabla passionné des jeunes communistes anglais d'entre-deux-guerres, entre deux régates à Oxford. De fait, l'œuvre de Huxley est une plaisanterie essayant d'alarmer en toute douceur, en tout libéralisme, la prétendue conscience libérale britannique. Quant à Orwell, comme le dit très bien Deutscher dans *Hérétiques et Renégats :* « Bien que sa critique soit plus clairement adressée à l'Union soviétique que celle de Zamiatine, Orwell voyait aussi des éléments de son Océanie dans l'Angleterre de son temps, pour ne rien dire des États-Unis. En réalité, la société de 1984 incarne tout ce qu'il haïssait, tout ce qui lui déplaisait dans son propre milieu : la grisaille monotone des faubourgs industriels anglais, la crasse, laideur sale et puante de ce qu'il essayait de traduire dans son style naturaliste, réitératif, oppressant : le rationnement de la nourriture et les contrôles gouvernementaux que connut la Grande-Bretagne en guerre... »

Il leva les yeux du papier auquel il avait eu recours uniquement pour lire la citation et il rencontra le regard de Carvalho. Ses yeux tentèrent de se souvenir et se souvinrent derrière des verres plus immenses et attristants que ceux d'il y a vingt-cinq ans, un masque jaune recouvrit ses traits défaits, comme dégonflés sous la dictature pointue de ses cheveux en clous de fakir. Il rendit son regard à la collectivité qui, depuis l'horizon, venait former une rive de visages levés à ses pieds de prédicateur :

— Utopistes ingénus. Ils ont cru qu'il est possible de construire des utopies pour échapper au cauchemar, alors ils se contentent de tomber dans l'esclavage de leurs peurs qui les suivent vingt, quarante, cent ans, sans savoir que les cauchemars se transforment et les peurs aussi. Il n'est pas d'imagination capable de faire abstraction de ce qui nous arrive. Quelle utopie pourrions-nous construire aujourd'hui à partir du corps sans vie de Fernando Garrido dont je n'invoque pas le nom en vain, dont je n'invoque pas le nom sans douleur ? Le paysage est obscur. Mais c'est précisément parce que la nuit est si noire qu'il peut s'avérer un peu moins difficile de s'y orienter, grâce à l'aide modeste d'une astronomie de poche. Dans le prologue du premier numéro de la revue *Hasta luego,* j'exprimais mon sentiment d'une certaine perplexité devant les nouvelles contradictions de la réalité récente. Les contradictions se sont accentuées, cependant je suis moins perplexe devant la tâche qu'il fallait se fixer pour qu'après cette nuit obscure de la crise d'une civilisation pointe une humanité plus juste sur une Terre habitable, et non un immense troupeau d'abrutis sur un fumier bruyant, chimique, pharmaceutique et radioactif. La tâche qui, selon moi, ne peut pas être accomplie avec une velléité agitée et irrationnelle, mais au contraire dans la paix rationnelle d'une maison de gauche, consiste à rénover l'alliance dix-huitiémiste du mouvement ouvrier et de la science. Il est possible que les vieux alliés aient des difficultés à se reconnaître car on les a beaucoup changés. Et, dans cette perspective, on peut rassembler divers mouvements, l'écologie porteuse de la science autocritique en cette fin de siècle, le féminisme s'il fonde sa puissance émancipatrice avec celle des autres forces de liberté et, pourquoi pas ? Les organisations révolutionnaires classiques si elles comprennent que leur capacité de travail pour une humanité juste et libre doit se décanter et se confirmer à travers l'autocritique de la vieille connaissance sociale qui préside à sa naissance, non pas pour renoncer à son inspiration révolutionnaire, en se perdant dans le triste bataillon social-démocrate au moment précis où celui-ci, après avoir consommé sa participation à la restauration du capitalisme d'après-guerre, est à la veille d'une débandade, mais pour reconnaître que c'est eux, les gens qui vivent de leurs mains, qui ont été trop éblouis par les riches, les « décréateurs » de la Terre. Dommage que Fernando Garrido ne soit plus parmi nous pour entendre cet appel, cette proposition d'espoir, d'utopie positive. Je regrette de le dire, mais il est mort dans les rangs de la triste troupe social-démocrate, dans les rangs des « décréateurs » de la Terre, même s'il est sauvé pour l'Histoire par sa mémoire, par notre mémoire.

Quelqu'un près de Carvalho dit : « Amen. » C'était le pantin de la réunion du comité central. Ce fut un amen enseveli sous des applaudissements aussi déterminés qu'assourdis, des bravos d'enterrement de première classe, de fin de sermon dans une ville assiégée. Cerdan était entouré de jeunes prêts à tout quitter pour le suivre. Ils ne le félicitaient pas. Ils lui demandaient bibliographies et lumières sur la réalité. Carvalho crut reconnaître quelques visages qu'il avait connus à l'hôtel *Continental*. Il surprit Carmela en train de fourrer un livre dans sa poche et Julio de taper dans le dos de Cerdan. Le maître était fatigué, ou du moins avait-il les yeux fatigués, des yeux qu'il caressait de ses mains, pour les stimuler à contempler encore la réalité du fumier bruyant, chimique, pharmaceutique et radioactif.

— Il nous a traités d'abrutis, lui dit en riant le pantin. On ne nous a pas présentés. Je m'appelle Paco Leveder, vous devez être Sherlock Holmes.

— Lui-même.

— Vous avez remarqué ? Il nous a traités d'abrutis. Cerdan a toujours été ainsi. Il a passé sa vie à distribuer des notes aux gens, en fonction de leur connaissance des leçons qu'il donnait. C'est ainsi qu'il y a des années il m'a mis 9 sur 10. Mais à présent, je suis recalé. Vous voulez le voir ? Suivez-moi.

Cerdan vit arriver Leveder suivi de Carvalho, il chaussa ses lunettes pour ne pas être pris en défaut.

— Sixto, tu es merveilleux, tu continues à prêcher la fin du monde. C'est bien, persévère, un de ces jours tu vas gagner.

Cerdan ne répondit pas à Leveder, il tendit une main à la recherche de celle de Carvalho.

— Plus de vingt ans après.

— Ah ! parce que vous vous connaissez ? Je me sens dupé.

— Tu te sens ce que tu es, Paco, un professeur de droit public.

— J'ai déjà lu les insultes que tu nous dédies dans cette revue de ton inspiration. Tu nous accuses d'être les intellectuels organiques d'une direction vendue. Sixto, tu exagères, nous nous connaissons depuis des années et, en tant que commissaire du peuple, il n'y en a pas un qui t'arrive à la cheville. Il fallait même te montrer les adjectifs des slogans.

Cependant Cerdan semblait davantage suspendu au discours muet des yeux de Carvalho qu'au discours provocateur de Leveder.

— Qu'est-ce que tu deviens ?

— Je suis un de ces abrutis qui vivent dans le fumier bruyant, chimique, pharmaceutique et radioactif.

— Il y a deux catégories d'abrutis : ceux qui sont touchés par le spectacle et ceux qui ne se posent pas la question.

— Je ne me pose pas la question.

— Ne casse pas les pieds de ce monsieur qui n'est pas de cette guerre, Sixto ! Nous sommes venus demander ta bénédiction et nous partons.

Cerdan commençait à s'exaspérer. D'autre part, des jeunes gens pâles, les bras déformés à jamais par le poids des livres portés de manière imprudente et prématurée, picoraient autour de lui les miettes de son savoir.

— On se retrouve tout à l'heure.

— A tout à l'heure !

— Moi aussi ?

— Si c'est inévitable...

Leveder poussa Carvalho vers ce qui restait de l'austère cocktail en harmonie avec ces temps de crise. Les cubes d'omelettes aux pommes de terre disparaissaient au rythme pointu et persévérant des petites piques, apparemment actionnées par la moitié du peuple chinois.

— Le Cerdan de toujours, dit quelqu'un.

— Encore plus pessimiste, commenta une autre personne.

— Mais l'histoire de Garrido lui a fait mal.

— Pourquoi ne lui aurait-elle pas fait mal ?

— Moi, parfois, je me suis dit : pour peu que ce mec-là le décide, nous nous mettrons tous à planter des choux.

— Vous avez entendu ?

Leveder était malicieusement inquiet.

— Ça n'est pas la première fois que j'entends ça. Cerdan produit ce genre d'impression. C'est un séducteur verbal. Il domine la magie des mots, il les fait venir d'un royaume dont la clef est et restera en sa possession. C'est un grand shaman, un grand sorcier maître de la médecine du réel et de l'esprit. Moi, d'abord je l'adorais, j'étais un des dakois de Fu-Manchu. Ensuite, je l'ai haï. Maintenant, il m'amuse. Toute culture mérite son Savonarole. Cerdan est le Savonarole du communisme espagnol. Mais il passe les bornes, merde. Il pleure toute la journée devant le Mur des lamentations, et voilà que ça le prend de vouloir sauver les choux. C'est un fait, Madrid est irrespirable, mais cette histoire de fumier, ça fait beaucoup. Et en plus, il se permet de nous traiter d'abrutis. Ça n'est pas un nom symbolique, il y croit vraiment. Il a le don de créer l'attente avec la notation. Je me souviens que nous tournions tous autour de lui pour qu'il nous regarde et nous valorise. Si Cerdan ne te regardait pas, *Kaput,* un mauvais point. Je me rappelle encore ce que j'ai éprouvé lorsqu'un jour il m'a fait asseoir à sa droite et a dit : « Ce jeune a un grand talent analytique. » Pour lui, il y avait ceux qui possédaient un talent analytique et ceux qui possédaient un talent synthétique. Des années plus tard, il m'a fait ce commentaire : « Untel a un grand talent analytique, en revanche, tel autre a un grand talent synthétique. » Et les deux types en question étaient, pour moi, deux connards solennels.

Grand, les quelques cheveux restants presque roux

tout comme la petite barbe, sorte de feston qui soulignait son visage long, Leveder avala trois anisettes nature en deux minutes.

— Il faut tuer l'ulcère. Voyons si nous allons dîner avec Cerdan. Lui y a son intérêt. Il a envie de me soutirer quelque chose depuis l'affaire Garrido. Je vais lui en faire voir. Il a aussi intérêt à parler avec vous. Vous vous connaissez bien ?

— Trop.

— Sale histoire. Quand on connaît trop Cerdan, on en sort immunisé pour toute tentative religieuse. Je suis en train de préparer un essai impubliable dans lequel je relie les positions de Cerdan et celles du Bernard-Henri Lévy du *Testament de Dieu.* Vous savez de qui je parle ?

— Je n'ai pas cet honneur.

— Un philosophe français, le philosophe le plus *chic* du moment. A côté de lui, Cerdan, c'est de la tarte.

— Je ne suis qu'un modeste et inculte détective privé, mais ne le dites pas à Cerdan. Je veux l'entendre parler.

— Vous pourriez l'arrêter. Vous êtes habilité à arrêter des gens ? Regardez, voici venir la plus jolie fille de la bureaucratie communiste occidentale.

Carmela approchait. Elle fit semblant de ne pas connaître Carvalho. Leveder fit les présentations. Carmela présenta Julio. Leveder prêta l'oreille aux revendications économiques formulées par Julio et Carmela. Dans l'assemblée des salariés du Parti on n'avait pas pris en compte ce que l'on prend en compte dans n'importe quelle entreprise.

— Sous prétexte de travail militant, on se fait exploiter.

— Vous, les gens de la direction, vous devriez nous rejoindre car les vieux ont la mentalité des années quarante, du temps où il fallait payer pour se faire fusiller, va te faire foutre.

— Par exemple, on nous donne quinze jours de

congé pour le mariage. Et si on a un petit ami toute sa vie ou même une partie de sa vie, qu'est-ce qui se passe ? Pas de vacances ? On prime toujours le mariage légal ? Mais qu'est-ce que c'est que cette morale communiste ?

— Avec ce que tu dragues, toi, Carmela, tu serais toujours en vacances.

— La vérité c'est que toi, tu es comme eux, et plutôt que de t'opposer à Santos, Mir ou Poncela, tu préférerais ne plus nous dire bonjour.

— Mais je m'oppose toujours.

— Oui, pour des questions sérieuses, idéologiques. Pas pour nous, la base merdeuse. Les lampistes.

Leveder en était environ à la dixième anisette, et Carvalho en déduisit que la Marie Brizard lui tenait lieu d'amidon interne car le professeur accentuait par instants sa raideur.

— Je vous invite à dîner. Tous. Nous dînerons avec Cerdan, nous lui expliquerons les problèmes réels des communistes et non ceux qu'il crée en éprouvette. Cerdan !

L'appel de Leveder attira Cerdan qui ne voulait pas se faire remarquer. Il lui présenta Julio et Carmela, caractérisés comme membres de la base merdeuse, abrutis survivants du bruyant fumier.

— Cerdan, nous t'invitons à dîner au *Gades,* en échange tu nous expliqueras si, au KGB, on compte les plans quinquennaux dans les pensions des veuves.

Leveder ne cachait pas son intention de rendre public son discours, pas plus que Cerdan ne cachait la sienne de quitter la librairie afin de mettre un terme à ce même discours. Leveder en était à la treizième anisette au beau milieu de ses spéculations sur la raison qui poussait le KGB à choisir pour agents des personnalités aussi contradictoires que Sixto Cerdan et Paco Leveder. Carvalho, Carmela et Julio sortirent sur les talons de Cerdan tenant Leveder par le bras. Une fille, la moitié du visage cachée par une chevelure bouclée se plaignit : Cerdan l'avait plantée au milieu de sa bibliographie.

— Venez dîner avec nous, proposa Carvalho sans lâcher du regard la naissance d'un thalweg délicat entre ses seins dans l'échancrure de son pull décolleté.

— Je ne voudrais pas vous déranger.

— Vous ne dérangez pas. Nous aimons voir de nouveaux visages.

— Je connais Leveder, j'ai suivi ses cours comme auditrice libre.

— Alors, c'est comme si vous étiez de la famille, dit Julio ; et il la prit par un bras.

— J'ai besoin de six cafés et de ces deux doigts, annonça Leveder dès que le maître du restaurant *Gades* les eut accueillis.

Il partit vers les toilettes, sans quitter des yeux les deux doigts en question qui allaient lui rendre un si mystérieux service. Cerdan sourit à la recherche de la complicité de Carvalho et s'apprêta à compléter la bibliographie que lui demandait l'invitée en suppliant : « Avant de commencer à dîner, à boire et tout ça. » Carvalho profita de l'aparté culturel pour contempler à son aise la nouvelle venue, cheveux châtain-roux, yeux marron clair, lèvres plus charnelles que charnues, un fossé d'ombre entre deux seins dans l'échancrure d'un pull en laine verte, une structure osseuse de femme germanique adoucie par trois ou quatre générations latino-américaines et peut-être même une trace indigène dans la découpe des yeux en amande. Julio plaisantait avec Carmela.

— Tel que tu me vois ici, je ne suis pas un ignorant. Je suis en train de faire une traduction de Lénine en argot. Pour voir, dis-moi quelque chose de Lénine et je te le traduis.

— Mais moi je ne sais rien de Lénine, je suis de la base merdeuse.

— Tu dois bien savoir quelque chose.

— Voyons : explique-moi le machin sur la dictature du prolétariat en argot.

— Les écarlates foutent à loilpé les ringards qui flippent aux Bains-Douches. Dur, dur, le groupe libéré doit s'éclater. Camarade Cerdan, si vous me permettez un aparté, dites-moi, s'il vous plaît, quelque chose de Lénine pour que je le traduise dans une langue que je connais.

— Quelque chose de Lénine ? (Cerdan cherchait dans sa mémoire, on aurait dit que sa mécanique cérébrale faisait du bruit.) Une des « thèses d'Avril » par exemple : rupture ouverte avec le gouvernement provisoire, en préconisant le passage de tout le pouvoir gouvernemental aux soviets.

Cerdan retourna à sa bibliographie, et Julio s'appliqua à la traduction simultanée, accompagné du rire sans frontières de Carmela :

— Le swing baba cool ne fait pas les bonnes vibes, change de dealer. Toute la sono pour le hard des zonards, les écarlates, les Marx Pistols, les Rouget de Lisle...

Cerdan fut consulté.

— Mais qu'est-ce que c'est que ça ?

— Le langage de ma tribu, les argot-léninistes.

La Latino-Américaine riait et Cerdan se crut esthétiquement obligé de gonfler ses joues tombantes pour voir si du mouvement musculaire naissait le rire.

— Quelle œuvre de Lénine me conseillez-vous de traduire ?

— Tutoie-moi mon garçon. Tu pourrais traduire : *Que faire ?*

— J'ai déjà le titre : *Comment se démerder ?*

Leveder retrouva soudain sa place, vidé par ses vomissements, prêt à assumer la situation :

— J'y suis. Interrogez-moi. Je sais tout.

Cerdan le fit taire pour continuer sa bibliographie.

— Tu diriges une thèse ?

La bibliographie arriva à son terme.

— Voilà, dit la fille, très contente, en rangeant son carnet dans un sac.

Cerdan ne regarda même pas la carte.

— N'importe quoi. Des spaghetti, je suppose, ajouta-t-il.

— *Espaghetti a la maricona arrabiata,* demanda Leveder.

— On n'a pas ça.

— Je demande dans tous les restaurants et il n'y en a jamais. Si tu crois que je vais te raconter qui a tué Garrido, tu peux te fouiller.

Cerdan éclata :

— Si tu crois que je suis disposé à tolérer ton incontinence mentale, tu te trompes. Tu es en âge de contrôler tes sphincters. Comme le disait Pavese, après quarante ans, tout homme est responsable de son visage.

Les autres se demandèrent si c'était dit sérieusement ou sur le mode de la plaisanterie, ils optèrent pour le doute expectatif en attendant que Leveder, récepteur du message, déclare :

— Tu m'as convaincu.

Carmela dut tourner la tête pour que Cerdan ne la voit pas rire.

Cerdan dit que Leveder était impossible et accorda ses faveurs à Carvalho.

— Que de temps ! Qu'est-ce que tu es devenu ? Tu es à l'université ? Dans l'édition ?

— L'import-export de câpres et de figues sèches, glissa Leveder.

Il n'eut pas l'air d'être écouté. Carvalho parlait vaguement d'affaires, Cerdan cherchait à un point précis de la nappe où en était restée leur conversation interrompue il y a vingt-deux ou vingt-trois ans. Il dut le trouver car il regarda fermement Carvalho et voulut lui demander quelque chose qu'il ne pouvait pas lui demander :

— Ça s'est bien passé pour toi ?

— Deux ans et puis dehors.

— Pour moi, ça a été très dur.

— C'était écrit.

Cerdan passa par-dessus la légère ironie du détective et se retourna vers Leveder.

— Je dois te dire que ton homélie de cet après-midi m'a semblé une merde, une saloperie.

— Si tu continues sur ce ton, je vais devoir m'en aller.

— Ce fut une homélie de vautour se nourrissant de la charogne politique en général. Tchin-tchin.

Personne ne trinqua avec Leveder. Les regards préférèrent faire le tour de l'établissement bien rempli. Chacun resta sur son île. Julio lui-même se ferma, et Carmela chercha dans son sac quelque chose qu'elle n'était pas disposée à trouver. Leveder les surprit en demandant à Cerdan s'il avait bien avancé son travail sur *Socialisme et Bureaucratie*. Pas autant qu'il le voulait. Et sur ce, Leveder et Cerdan s'exprimèrent sur les problèmes de l'éducation, des traductions, du temps pour contempler, voyager ou ne rien faire. C'était une conversation de couturiers de l'esprit sur l'excellence des tissus ou sur le côté irrémédiable d'un retour à la mini-jupe. Ils en vinrent tranquillement à Garrido. « Comment va Luisa ? Imagine-toi un peu. » Carvalho découvrit soudain que dans la vie de Garrido il y avait une Luisa, tout comme il devait y en avoir une dans celle de Cerdan. Une Luisa. Des enfants. Des problèmes domestiques. Des petites souffrances quotidiennes de l'esprit jamais assez étouffées par les grands alibis.

— La dernière fois que je l'ai vu, c'est lors d'une réunion manquée pour organiser une marche vers Torrejón contre les bases américaines. Garrido voulait lui donner le caractéristique air unitaire. « Ensemble, mais pas mélangés, lui ai-je dit. Chacun avec ses slogans. » Ça n'a pas été possible. Nous avons eu une conversation très franche. Il m'a dit : « Je t'envie, tu peux agir comme si l'Histoire venait de commencer. » C'est là, un peu, le drame des partis ouvriers traditionnels. Leur logique interne s'avère privilégiée, elle les écarte de la réalité.

Leveder n'opposait pas de résistance. Il avait l'idéologie triste ce soir-là, et ça ne lui faisait rien que Cerdan en vienne au monologue. Il faisait « non » de la tête ou allait à la rencontre des spaghetti avec la douceur d'un convive bien élevé. Carmela et Julio écoutaient Cerdan, fascinés ; on aurait dit que pour la première fois de leur vie ils étaient au parterre du théâtre de l'intelligence. Carvalho lui-même se sentit pris par la litanie des tristes évidences sorties des lèvres de Cerdan. Comme pour finir son rêve, il battit des paupières et alla au comptoir. Il avait soif de bière à la pression.

— Je m'appelle Gladys et je suis tout à fait d'accord avec ce qu'il nous a dit. Les autres parlaient, et toi tu te taisais.

— Argentine ? Chilienne ? Uruguayenne ?

— Et pourquoi pas Colombienne, Péruvienne ou Portoricaine ?

— Chacun a ses préférences en matière d'exilées.

Elle rit en renversant la tête, à la manière de Rita Hayworth dans *Gilda*, elle montra une gorge de jeune serpent à peine striée de tendres anneaux. Elle reposa doucement la main sur le bras de Carvalho, comme s'il lui permettait en s'y appuyant de retrouver la sérénité.

— En vérité, je me perds. Dans mon pays, j'étais déjà très habituée à toute cette comédie. Nous avons passé des années et des années à nous accrocher sur la transition vers le socialisme ou sur n'importe quoi. Et, pendant tout ce temps, les autres aiguisaient leurs baïonnettes. Je suis chilienne. Ne crois pas que je me sois contentée de regarder ça de loin. J'étais en première ligne dans le Train de la Liberté qui parcourait le Chili de haut en bas porteur d'un message de culture et de communisme. Ils avaient l'aviation pour eux.

Elle faisait tourner tristement un verre qui, à son tour, était devenu triste, et l'on aurait dit que les glaçons étaient le fruit de ses yeux pessimistes. Carvalho s'adossa au comptoir, les coudes hauts ; il faisait face à la salle à manger, à la table où Leveder, Julio, Cerdan et Carmela accordaient les instruments d'un orchestre impossible.

— Tu veux une aspirine ?

La Chilienne écarquilla les yeux pour simuler plus de surprise qu'il n'était logique :

— Une aspirine ?

— J'ai un ami, enfin j'avais un ami, qui draguait comme ça. Il s'approchait d'une fille et il lui disait : « Mademoiselle, vous voulez une aspirine ? »

— Et ça marchait pour lui ?

— Toujours.

— Et pour toi ?

— C'est toi qui me le diras.

— On les laisse tomber. Leurs discours sur l'Histoire ne t'intéressent pas ?

— J'ai assez d'histoires pour aujourd'hui. Depuis que je suis arrivé dans cette ville, j'ai l'impression de vivre dans un livre écrit par un sociologue ou un autre type dans le genre.

— Tu hais les sociologues ?

— Entre autres.

— Je suis sociologue.

— J'essaierai de l'oublier.

Carvalho se dirigea vers la porte. Gladys le suivit, lui demandant de s'arrêter.

— Tu ne dis pas au revoir ? Mais comment es-tu ?

— Ils n'en ont pas besoin.

Mais il tourna la tête et vit Carmela suspendue à son départ. D'immenses yeux noirs pleins de malice. Il fit semblant de rien et, cette fois-ci, il poussa Gladys vers la sortie.

— Je t'invite à une promenade dans les vieux quartiers.

— Sur la Plaza Mayor.

Carvalho haussa les épaules. Il arrêta un taxi ivre de fuel, enrhumé et spasmodique. Le chauffeur devait écarter son écharpe pour parler. Il s'excusa :

— On m'a arraché une dent, je suis groggy.

Gladys se mit à rire sous cape.

— Qu'est-ce qui te fait rire ?

— Le coup de l'aspirine.

Carvalho posa la main sur son épaule comme pour contenir son rire, il lui montra le chauffeur :

— Il va croire que nous rions de lui.

— Monsieur, je ne ris pas de vous. Mais il vient de nous arriver quelque chose de très drôle.

— Oh ! pour moi, vous pouvez même rire du maire de Madrid, c'est fait pour ça la démocratie.

Il les laissa devant l'Arco de Cuchilleros. Ils pénétrèrent dans la Plaza Mayor comme si on y exposait le saint sacrement. Des bruits de guitares rauques et d'accompagnement montaient des caves remplies par le tourisme hivernal. Ils étaient presque seuls sur la place qu'illuminaient des réverbères, sans autre témoin que la statue équestre de Philippe IV.

— Nous ressemblons à un couple de touristes américains en train de se promener sur n'importe quelle place romaine dans n'importe quel film des années cinquante.

— En ce temps-là, j'étais toute petite.

— Moi non.

Leurs épaules se touchaient en marchant. Du manteau de laine ivoire sortait une chaleur profonde de femme parfumée. Les boucles d'une permanente légère lui tombaient sur le dos, elle les faisait bouger en parlant, elles ressemblaient alors à des copeaux de savon ou à des clochettes publicitaires plus brillantes que les lumières jaunâtres de la place. Balcons et fenêtres avaient plus l'air de se fermer sur leur propre mémoire que de s'ouvrir sur une époque qui n'était pas la leur. Carvalho se rappela ses promenades de jeune conspirateur peu argenté ou ses rendez-vous sous les arcades, en général sous le porche d'un bureau municipal servant aussi d'office de tourisme, dans la vitrine duquel on voyait toujours *la Cuisine de Madrid* de Entrambasaguas.

— Je veux aller là-bas vérifier quelque chose.

Le livre y était, comme vers la fin des années cinquante ; il semblait que c'était le même, tout comme ses voisins dans ce chœur de sous-culture madrilène.

— Tu t'informes pour te promener dans la ville ?

— Je me souvenais. Il y a des années, je suis souvent passé devant cette vitrine et j'y lisais par force des titres de livres qui ne m'intéressaient pas du tout. Maintenant, celui-ci m'intéresse.

— Le livre de cuisine ?

— Le livre de cuisine.

— Toi aussi, Brutus ?

— Ça veut dire quoi ?

— Tous les mecs de gauche de cette ville font la cuisine. Ils s'invitent les uns les autres pour goûter leurs préparations. Ces petits messieurs font tout ça tout seuls. Ils ont l'air givrés. Ils disent qu'ils retrouvent leur identité. Ils ont même cessé de divorcer pour se consacrer à la cuisine.

— Tu connais beaucoup de gens ?

— J'en connais. Il faut que je me débrouille. Les choses n'ont pas été si faciles. Ici, la gauche nous a accordé une solidarité très sincère mais très peu d'argent.

Des étrangers soûls débouchèrent sur la place en chantant. Vive l'Espagne ! Gladys et Carvalho se sentirent expulsés de l'endroit sans que personne ne leur dît rien. Ils sortirent par la Calle Mayor et s'engouffrèrent dans les ruelles conduisant à l'Opéra et à la Plaza de Oriente. On entendait leurs pas entre de jolies grilles en fer forgé qui avaient l'air dessinées sur les façades blanches et les marron foncés des corniches et des volets.

— Le silence est agréable, après tout ce bavardage.

Carvalho fit « oui » et passa un bras sur ses épaules. Elle jeta sa tête en arrière comme pour presser ce bras avec sa nuque.

— Pourquoi m'avoir choisi, moi ? Tu aurais pu sortir avec Cerdan, Leveder ou un autre.

— Leveder, je l'ai assez vu ; avec Cerdan, je ne pourrais aller qu'à un séminaire sur n'importe quel bitonio de l'esprit. Toi, tu te taisais. J'aime les hommes qui se taisent.

— J'espère toujours rencontrer une femme aimant les hommes qui se taisent. C'est pourquoi je me tais tout le temps.

— Tu es un voyou.

— De plus, je suis dans une ville nouvelle et les nouvelles villes promettent l'aventure.

— *Je sais que je suis*
Encore une aventure pour toi
Et qu'après cette nuit, tu m'oublieras.

— Los Panchos.

— Moi je ne l'ai pas apprise de Los Panchos. Ce que tu es vieux.

A contre-jour, Gladys offrait un profil quasi classique, à peine trahi par un nez excessivement pointu. Carvalho lui passa un doigt sur le front, le nez, les lèvres, le menton. Il remonta aux lèvres chaudes et humides. Gladys les ouvrit doucement pour étreindre le doigt qu'elle avala, plaça entre ses dents et mordit :

— Ne sois pas si pressé, étranger !

Elle, elle avait allongé le pas et avancé de plusieurs mètres ; de là, elle se retournait pour mesurer la surprise du détective. Elle reprit la marche à ses côtés, ils dépassèrent l'Opéra pour entrer sur la Plaza de Oriente. Il semblait impossible à Carvalho que les cris « Franco, Franco, Franco » aient pu contaminer ce prodige de recueillement historique, urbain, protégé par la cloison de carton-pâte du palais et au loin les pelouses, mettant en relief les corps de Goya ou de Bayeu.

— C'est l'endroit le plus antifasciste du monde. Ici, on a dû faire des manifestations avec des ombrelles. Il devrait être obligatoire d'y venir l'ombrelle à la main.

Ils s'assirent sur un banc, elle lui expliqua comment elle avait quitté le Chili grâce à l'ambassade d'Espagne. Il lui dit qu'il était conseiller d'une maison d'édition barcelonaise et se trouvait de passage à Madrid.

— Quel éditeur ?

— Bruguera.

Gladys l'accompagna jusqu'à la porte de l'hôtel. Elle lut dans les yeux de Carvalho une invitation à monter.

— Pas aujourd'hui. Je peux te voir demain ?

— Je vais avoir une journée agitée.

— Moi aussi. Tard. A onze heures chez *Oliver*.

Il récupéra ses affaires à la réception de l'hôtel. Il tourna dans la chambre sans aucune envie de travailler, il mettait en pièces des souvenirs partagés avec Cerdan, des souvenirs sortis récemment d'un coffre oublié. Une conversation sur le passage de la quantité à la qualité à propos d'un livre de Sartre. Il allait le chercher obstinément dans sa bibliothèque pour le retrouver et le brûler. Et ce, dès son retour à Barcelone. Les préparatifs de grèves nationales pacifiques de vingt-quatre heures. Ce fameux travail sur le schématisme, le dogmatisme et le césarisme que Cerdan lui conseilla de ne pas rendre à la direction. Des journées entières, des nuits, des petits matins à s'interroger sur la vie, l'Histoire, sous les grands pins du jardin de ce bourg où les parents de Cerdan passaient l'été. Je suis en train de lire Jung. Il n'est pas marxiste. C'est un disciple de Freud, lui dit Cerdan d'un ton légèrement incertain. Ensuite, Cerdan transformé en exemple constant offert comme alternative à l'aboulie progressive de Carvalho, cette aboulie concentrationnaire pleine de moineaux blessés et de pédés mongoliens, vrais épileptiques ou simulateurs, fuyards repliés sur eux-mêmes, semblables à des pistoleros du Far West, vaincus à jamais, et loin, très loin, dans une autre prison, sous un autre ciel, sans doute plus dur, l'exemplaire Cerdan et ses séminaires éducatifs pour classe ouvrière derrière les verrous, sa gymnastique, son David Ricardo, son travail de parti. Tu accomplis déjà un travail de parti ? lui demandaient les jeunes directeurs spirituels qui arrivaient à tromper le filtre des communications ; c'était, en particulier, le cas de Gabardinetti, ce second rôle de ferrailleur hollywoodien qui devait finir sa vie en draguant la Suédoise en Australie ou l'Australienne en Suède ; pour l'instant, il criait au scandale, là, derrière cinq cents mètres de grilles parce que Carvalho ne pratique pas, parce que Carvalho perd son temps en suivant le vol des martinets vers l'ouest, en écoutant l'histoire de Juanillo qui poignardait les cons de femmes, tu accomplis un travail politique ? Gabardinetti, va te faire foutre, Gabardinetti, la grève nationale pacifique de vingt-quatre heures ne se poursuivra pas dans cette prison, je ne la passerai pas au petit vieux qui se trempait la bite dans du lait condensé pour que les petits la lui sucent, ni au beau-père qui a tué son gendre parce qu'il battait sa fille avec la jeannette à repasser. Avec la jeannette à repasser ? Vous en êtes sûr, grand-père ? Va te faire foutre, Gabardinetti, tu devrais suivre l'exemple de Cerdan, il a monté une cellule de traducteurs de Tolède ; à Tolède ? Non, à Burgos, quand on est communiste on l'est n'importe où, assure Gabardinetti avant de partir en vacances à Lloret de Mar, la foi du camarade Carvalho faiblit, il ne passe pas d'informations politiques, et il ne nous a rien dit au sujet du Bigleux, on ne sait pas s'il se fait la vache ou la truie chaque fois qu'il va à la ferme pénitentiaire, la vache et la truie reprendront des forces pendant vingt-quatre heures le jour où l'on proclamera la grève nationale politique de vingt-quatre heures. Que nous étions jeunes et bêtes, Gabardinetti, Cerdan, que nous étions crétins et que les gestes fondamentaux d'alors sont les gestes fondamentaux d'aujourd'hui ! De l'extase du plafond à la trame blanche du tapis élimé. Des plans. Des noms. Des chiffres. Des déclarations. Inventaire des objets personnels trouvés sur le cadavre de Fernando Garrido. Une montre en or avec une dédicace de Kim Il-sung, un paquet de tabac blond, un portefeuille avec trois mille pesetas, une carte d'identité, une carte du Parti, une carte postale d'Oriana Fallaci, un mouchoir, une clef, un ordre du jour, des fragments de tabac blond, un briquet, un agenda.

Lorsque les époux Lafargue se suicidèrent, Lénine écrivit : « Si quelqu'un n'a plus la force nécessaire pour travailler dans le Parti, il doit avoir le courage de regarder la réalité en face et de mourir comme les Lafargue. » Santos Pacheco, oh ! vieux chef indien ! homme blanc tuer Aigle noir. Carvalho fit un plan de la salle, il distribua les noms et les places tels qu'ils figuraient sur les indications données, noms, âges, distances ; il se promena dans la chambre à différentes vitesses. La vitesse de la haine ? Du ressentiment ? La transcription de la bande magnétique :

— *Nous aurons vite terminé parce que vous savez que je ne peux pas me passer de fumer.*

— *Ah ! ah ! ah !*

— *Voilà. Il ne manquait plus que ça. Les plombs ont sauté.*

— *Les fusibles, ignorant.*

— *Ces types des commissions ouvrières, toujours en grève.*

— *Ah ! ah ! ah !*

— *Service d'ordre ! Que quelqu'un aille voir !*

Un bruit de tremblement de terre voisin.

Soupirs de soulagement.

Et soudain, un silence, de plus en plus profond.

— *Fernando ! Fernando !* (c'est la voix de Santos).

Et la tour de Babel.

Santos Pacheco a prévu la perplexité de Carvalho : « Ne soyez pas étonné, l'enregistrement continue malgré la coupure de courant. Le magnétophone central n'a pas servi, mais on a utilisé un petit appareil à piles pour le cas où il y aurait une panne, au moins durant l'exposé politique et les interventions des camarades sur l'exposé politique. »

José Martialay Martin. Ouvrier du bâtiment. Responsable du *Movimiento obrero :* « C'était une réunion normale, sans thème majeur dominant. Garrido était comme d'habitude, moi aussi j'étais comme d'habitude. Je ne me suis rendu compte de rien jusqu'à ce qu'on rallume la lumière, et pourtant j'étais assis à la droite de Fernando. »

Prudencio Solchaga Rozas. Mineur d'Almaden : « A présent, il me semble que tout a duré très longtemps, mais en réalité, ça s'est passé en quelques secondes. Garrido fumait, c'était là toute la lumière qu'il y avait. Maintenant, je me rappelle tout à coup que même cette lumière a disparu ; c'est sans doute au moment où Fernando est tombé sur la table. Je ne pouvais rien voir et je n'ai rien entendu de spécial. Les gens parlaient et rigolaient de la situation. Qui pouvait imaginer ce qui était en train de se passer ? »

La lumière émise par Fernando Garrido apparaissait dans sept déclarations. « Nous aurons vite terminé parce que vous savez que je ne peux pas me passer de fumer. » Soit Garrido avait violé son propre code, soit sept membres du comité central pratiquaient l'autosuggestion et avaient imaginé une cigarette entre ses lèvres. Il était six heures du matin. Le jour pointait. Trop tôt pour tirer Santos Pacheco du lit et lui demander : « Garrido fumait au début de la réunion ? »

Luis de La Mata Requesens. Dentiste à Requena (Valence) : « Il y avait un autre médecin dans la salle plus compétent dans cette occasion, le camarade Valdivieso, médecin interne de La Paz et spécialiste en chirurgie cardiovasculaire. Mais le diagnostic fut immédiat et facile. Un coup de poignard bien envoyé. Propre, droit au cœur. La mort fut instantanée. Sans doute l'œuvre d'un expert, surtout si l'on tient compte des conditions, l'obscurité, dans lesquelles cela a été fait, et de la difficulté qu'il y a à donner un coup de poignard de face avec une table au milieu. L'assassin doit avoir des yeux de chat, il y a des gens qui vont dans l'obscurité avec plus d'aisance que d'autres, mais c'est tout, la différence est minime. »

Ezequiel Hernandez Amado. Prêtre : « D'abord, j'ai pensé qu'il fallait lui donner l'absolution et je la lui ai donnée, à voix basse ; non pas parce que j'avais peur des réactions d'un compagnon, car notre foi, la mienne et celle de beaucoup, est parfaitement assumée par mes camarades se déclarant " athées ", mais parce que je crois à l'absolution comme acte intime entre trois identités : le prêtre, le pécheur et Dieu. J'ai prononcé le *ego te absolvo a peccatis tuis,* en croyant fermement qu'il y avait peu de péchés à pardonner à Fernando Garrido ; celui qui a dédié toute sa vie à lutter pour la dignité humaine a un crédit céleste sans fond, j'en suis sûr. Peut-être ma déformation professionnelle m'a-t-elle joué un vilain tour et l'absolution, la prière m'ont empêché de remarquer d'autres choses ; dans ce moment-là, c'est ce qui m'est apparu le plus urgent, on est comme on est, il faut de tout pour faire le monde du Seigneur. »

Carvalho sélectionna les notes qu'il avait prises. Il en fit des questions. Ensuite, il sélectionna les questions. Il essaya de dormir. Même s'il était midi. Mais il vit des gens dans la rue lorsqu'il allait tirer les rideaux et il crut sentir un parfum de beignets, entendre le cliquetis des tasses de café sur les sous-tasses. Il prit une douche.

Des silhouettes de plomb sur les terrasses le long du trajet de San Jeronimo, Fernanflor, Marques de Cubas, place de Canovas. Toute la police d'Espagne avait l'air de papillonner ou de se concentrer dans ce carrefour de Madrid ; elle formait un cordon marron, sorte de feston autour de la zone d'hommage populaire. Une véritable enceinte armée dessinait un trapèze dont la base était sur le Paseo del Prado, les côtés à Atocha et Alcala et le sommet à Espoz, Mina et la Puerta del Sol. Dans chaque rue importante une jeep, sur chaque placette un panier à salade rempli de masses brunes les armes pointées. Et dans le ciel le vol d'un hélicoptère semblable à un oiseau de mauvais augure. Garrido sortit des Cortes sur les épaules des membres du comité exécutif du parti communiste d'Espagne, et lorsqu'il fit son apparition les applaudissements furent contenus par un chut ! impératif né du plus profond de la foule.

— Vive le parti communiste d'Espagne ! cria la voix brisée d'une femme ; et un vivat flamboyant embrasa les façades et fit vaciller les silhouettes de plomb des policiers sur les terrasses.

Ensuite, un silence pour le flash historique auquel la présidence du Parti, familiale et officielle, se résignait. Au premier rang du Parti, Santos, la tête inclinée afin de cacher la brûlure des larmes. Parmi les officiels, le chef du gouvernement pour représenter le roi, le capitaine général de la première région militaire, le président des Cortes, trois ministres et le président du tribunal constitutionnel. Des drapeaux de leurs pays à la main, les secrétaires généraux des partis communistes italien, français, portugais, japonais, roumain, des délégations de la totalité des pays comptant plus de cinq communistes. Sans oublier les secrétaires généraux des partis socialistes d'Italie, France, Portugal, Grèce, et des représentants du Front sandiniste et du PRI. Derrière eux, une moraine lente de glacier rouge. Drapeaux rouges sur fond de ciel difficilement bleu en ce matin de novembre, pochettes rouges au veston, à la main. On les aurait aussi dits rouges les poings qui se levaient et se baissaient, marteaux volontaires, précision de pistons.

Debout, les damnés de la terre,
Debout, les forçats de la faim,

entonna une voix de femme aigre-douce, et toute la longue et ample chevelure écarlate qui suivit le cercueil se mit à chanter. Sur la place de Canovas, le chant s'éloigna vers la queue de la foule car la fanfare municipale de Madrid accueillit la tête au son de *la Marche royale,* lente, jouée comme pour les obsèques d'un jeune prince pâle et tuberculeux. Après la tolérance première, les barytons communistes crièrent plus qu'ils ne chantèrent *l'Internationale,* écartelés entre le respect tactique de l'hymne royal et la nécessité émotionnelle de *l'Internationale.*

Tierno Galvan, maire de Madrid, trancha la question en montant à la tribune pour y prononcer une oraison funèbre brève et lente :

— A l'enterrement d'un homme qui n'était pas croyant, il n'est de meilleure prière que le respect de cet héroïsme qui consiste à refuser pour soi la consolation d'une résurrection. Chez Fernando Garrido, vie et Histoire sont confondues. Dès sa naissance, il crut que l'espoir de chaque homme ne peut se matérialiser que dans l'émancipation collective, il se fit donc révolutionnaire parce qu'il croyait à l'Homme. Il n'est pas d'identité plus indissoluble, plus éthique, que celle qui s'établit entre socialisme et humanisme. Le socialisme a ôté l'éthique aux philosophes pour la donner à la classe ouvrière, tout comme Prométhée vola le feu aux dieux pour le donner aux hommes. L'histoire de Fernando

Garrido, vous la connaissez tous, et surtout vous qui êtes conscients de votre propre histoire et du rôle qu'a joué la lutte contre le fascisme et pour la liberté. Je salue le vieil ami, le vieux compagnon des heures propices au désespoir où jamais il ne désespéra. C'était un homme fort, fils d'un peuple fort, d'une classe sociale forte. Je n'ai jamais pu l'appeler camarade, mais j'ai toujours su que nous étions camarades et que jamais tactiques et stratégies ne nous sépareraient vraiment. Il a deviné que dans un futur, désormais plus très lointain, communistes et socialistes seraient condamnés à construire le socialisme avec la liberté et à garantir la liberté avec le socialisme. Vous, les communistes, il vous a mis sur le chemin de cette évidence. A nous, les socialistes, il nous a montré le bout d'un chemin encore long. Quelqu'un a dit que la lutte finale se fera entre communistes et anciens communistes. Moi, je vous dis qu'il n'y aura pas de lutte finale, parce que des exemples tels que celui de Fernando Garrido donnent tout son sens à *l'Internationale* en tant que chant et esprit unitaire. Ne pleurez pas sa mort. Embrassez son exemple.

A nouveau, les applaudissements tentèrent de détourner la cérémonie, mais des chut ! et des sanglots les étouffèrent. Santos monta à la tribune, il resta là à regarder la foule. « Camarades ! » dit-il, puis il se tut, comme si, soudain, il avait découvert que Garrido était mort, et l'angoisse se transformait en une boule de néant dans sa gorge. « Camarades ! » répéta-t-il, d'une voix que l'amertume rendait traînante. Alors, il baissa la tête et leva le poing pour qu'une forêt de poings enserre le noble espace de la place, sous le regard serein, distant et perplexe des statues penchées aux grilles du musée du Prado. Santos s'écarta pour laisser la place au dernier orateur.

Raphaël Alberti monta sur l'estrade du pas lent de son corps rapide, la noblesse et l'effronterie de son visage conservées dans le sirop d'une chevelure blanche et longue de poète sorcier :

Fernando Garrido tremble
La solitude tremble l'eau
Tremble de colère la glèbe
Qui doit sauver l'Espagne
La glèbe classe ouvrière
Avec ses poings pour drapeau
Rouge rouge rouge rouge
Comme le sang et la brume
Qui a voilé de deuil l'olivier
Et bousculé les gerbes
Dans un désordre du soir
Au beau milieu de la matinée
Un désordre d'ombre que mordent
Les chiens de la mort
Chiens bleus et noirs
Le fascisme ne se bat pas
Il tue en douce il frappe
Et renaît de sa brume

Fernando Garrido tu étais
Conducteur des coexistences
Celle du fleuve et de l'eau
Celle du feu et de la flamme
Celle de la voix et de l'outil

Viendront des cieux futurs
Archanges ou planètes
Pour voir la beauté
De ce monde édifié
Par tes paroles de terre
Fernando Garrido la mort se meurt
Mais non la vie
Mort à la mort ! Vive la vie !

« Mort à la mort ! » reprit en chœur la foule tandis que croissait et régnait le slogan : « *Vous, les fascistes, vous êtes les terroristes.* » Les présidences se mêlèrent. Santos échangeait des accolades avec des ministres et des délégués étrangers, une martiale poignée de main avec le capitaine général de Madrid. Le service d'ordre ouvrait la voie aux voitures qui devaient conduire la dépouille de Fernando Garrido vers le cimetière civil.

— Toi, ils vont te laisser passer. Dis à Santos que je dois lui parler, si possible avant la fin de la journée.

Carmela se faufila en saluant les uns et apostrophant les autres.

Elle revint en pleine débandade des gens qui allaient vers leurs autobus ou les voitures autorisées par le Parti à aller jusqu'au cimetière civil.

— Il dit qu'il passe tous les soirs à la cité universitaire. A six heures, à la porte de philo. Je te le dis comme il me l'a dit. Ne reste pas comme ça bouche bée.

Il ne put pas rester surpris trop longtemps. Une explosion secoua l'air dans un fracas d'océan et les corps démarrèrent dans une fuite effrénée et sans but. Une autre explosion roula son écho depuis la gare d'Atocha. Carvalho tira Carmela et se mit à courir vers la porte de l'hôtel *Ritz*. Là, ils se retournèrent pour contempler la façon dont la foule, transformée en troupeau désordonné, se recomposait dense et têtue, les poings levés. Elle chantait *l'Internationale.*

On entendait de lointaines ambulances allant vers la Puerta del Sol où une bombe avait éclaté, et vers la gare d'Atocha où l'on comptait deux morts et douze blessés selon les dires qui circulaient de bouche à oreille.

— Non, je ne vais pas au cimetière. Je ne me fourre pas dans les histoires de famille.

— On déjeune ensemble ?

— Tu sais où on peut manger un *cocido* à Madrid ?

— Pas vraiment, mais après l'enterrement j'irai

demander et je saurai. Rendez-vous à deux heures. Où ça ?

— A mon hôtel.

Il dut esquiver le flux des manifestants pour quitter le lieu encerclé par les forces de sécurité et arriver à une zone de libre circulation. Il prit un taxi et lui demanda de le conduire rue Profesor-Waksman.

— On arrivera peut-être avant la fin de tout ça, il y a un de ces embouteillages de nom de Dieu, c'est pas possible, pas possible.

Les voitures avaient l'air conduites par des paralytiques ou retenues par une étrange force sortie de l'asphalte que grisait un ciel de feutre. Le chauffeur savait tout ce qu'on peut savoir sur les attentats. Une bombinette au bureau des passeports de la Puerta del Sol, une grosse bombe à Atocha.

— Vous me comprenez, monsieur ? Vous comprenez ? Une bombinette et une grosse bombe. Vous comprenez ? C'est pas possible ! Pas possible ! Même les bombes sont signées.

Ils arrivèrent rue Profesor-Waksman, talonnés par la pluie. Il eut juste le temps de repérer le porche d'entrée et de recevoir dans le dos les premières piqûres d'une pluie froide d'automne.

— Monsieur Jaime Siurell.

Le portier en uniforme lui indiqua l'étage sans le regarder, tout en se grattant les couilles d'une main lentement glissée sous la livrée. Une vieille dame sortie tout droit d'une revue élégante nord-américaine, pages spéciales *cocktail party,* lui ouvrit la porte de l'appartement.

— Dites-lui que je suis un vieil ami des USA. Je veux lui parler de James Wonderful.

Elle ne revint pas. La double porte couleur crème, cloutée de bronze doré, s'ouvrit pour laisser passer un fauteuil roulant conduit par les grandes mains de James Wonderful. Les muscles avachis de son visage avaient l'air de dépendre de ses yeux ouverts, océaniques, derrière les verres des lunettes ; sa lèvre inférieure baveuse pendait vers son menton, en parfait accord avec la totalité d'un corps qui s'effondrait de la tête aux pieds, des pieds abandonnés plus qu'appuyés sur l'étrier antérieur du fauteuil roulant. Il ne restait rien de la hardiesse physique du quinquagénaire sportif qu'il avait connu il y a vingt ans.

— Carvalho ! parvint à dire avec difficulté la lèvre inférieure péniblement rattachée à la musculature d'une bouche qui avait l'air de la mépriser.

Carvalho crut deviner un sourire et un voile ému dans les yeux de James Wonderful, ancien sous-directeur général de la Seconde République, instructeur des agents de la CIA, chef de zone pour l'Amérique latine du temps où Carvalho avait été destiné à l' « aire d'observation présidentielle ». Le vieil exilé survivant à tant de ruine physique et idéologique était à présent hémiplégique, vaincu par un mal obscur qui l'avait pris dans le dos. Il avança les mains pour que le détective les lui serre.

— Comme nous nous sommes détestés !

— Encore assez.

La tentative de sourire défit encore plus la géométrie décomposée de son visage. Il reposa ses mains sur les roues, manœuvra le fauteuil avec habileté et partit par où il était venu, invitant Carvalho à le suivre. Ils pénétrèrent dans un salon spacieux, plein de meubles en rotin des Philippines, orné d'une tapisserie à fleurs et d'une brillante végétation d'intérieur. Carvalho s'abandonna dans les profondeurs d'un sofa excessif et se retrouva en dessous de la ligne de flottaison du visage avachi de Wonderful. Les muscles de ce visage bougeaient, semblables aux vieilles pièces d'une mécanique précaire, chaque fois qu'il parlait :

— Je n'ai rien su de toi en vingt ans.

— Il y avait très peu à savoir.

— Je vis ici loin de tout et de tous. J'ai pris ma

retraite il y a dix ans pour écrire mes Mémoires. Tu es encore dans la Compagnie ?

— Vous savez très bien que non.

— Oui. C'est vrai. J'ai posé la question comme ça. Je suppose que tu n'es pas venu pour me rendre visite. Vous, les Galiciens, vous ne perdez pas de temps. Tu es galicien, n'est-ce pas ?

— Métis.

— L'hérédité génétique, ça existe, surtout dans les cellules de survie. Sers-toi toi-même ce que tu voudras. Moi, je ne peux rien boire. Tu vois. Une ruine. En apparence, une ruine. Mais dans ma tête il y a toute l'Histoire et le monde entier. Comment m'as-tu trouvé ?

— Il y a cinq ans, j'ai rencontré par hasard Olson à Barcelone. Nous avons parlé du bon vieux temps, de vous. Il m'a donné votre adresse.

— Olson. Il était ici il n'y a pas longtemps. Maintenant, il est cultivateur. Il fait pousser des avocats à Malaga, il me semble. Un destin correct. A partir de cinquante ans, on n'est plus bon pour ce métier. Et toi, que fais-tu ?

— Détective privé.

— Tu habites Madrid ?

— Non.

— Tu y es pour ton travail ?

— Oui.

— J'ai un rapport avec ce travail ?

— C'est possible.

— Et qu'est-ce qui te fait penser que je peux t'aider ? Tu peux m'obliger à t'aider ?

— Non.

— Je n'ai jamais été généreux. Pourquoi est-ce que je t'aiderais ?

— Par vanité, peut-être. Pour me prouver que vous êtes encore bien informé.

— Je suis invalide. Que peut savoir un invalide ? Dans quoi t'es-tu fourré ?

— Devinez.

— Ça n'est pas difficile. Fernando Garrido. (Carvalho fit « oui » en fermant les yeux, sans cependant perdre de vue l'expression de Wonderful ni manquer la lueur d'intérêt qui débordait de son regard.) C'est un sujet qui me dépasse. Je ne nierai pas que je connais quelques détails. Bien qu'en vérité je déduise plus de choses que je n'en sais. J'ai une bonne connaissance de la méthode et de la mécanique et, parfois, à distance, je peux avoir une vision presque parfaite de ce qui est arrivé.

— C'est pourquoi j'ai recours à vous.

— Je ne sais rien sur cette affaire. Je suis aussi surpris que les autres.

— Surpris ?

— Surpris. Ce mot-là est déjà une information de ma part.

— Il s'agit d'un meurtre inattendu pour la Compagnie ?

— Je parle en mon nom propre. Il y a déjà longtemps qu'une grosse chose se combinait, mais ce n'était pas Garrido qui casquait.

— Et qui c'était ?

— Martialay.

— La Compagnie ?

— Qui sait ? Peut-être pas directement. Ce n'est plus comme avant. Maintenant, tout est devenu beaucoup plus sophistiqué.

— Pourquoi Martialay ?

— Ce n'est pas le Parti qui inquiète. Mais la centrale syndicale. Les élections syndicales approchent. C'était cependant difficile de liquider Martialay de manière scandaleuse pour lui. Qu'est-ce qu'on peut faire contre un homme qui fait sa gymnastique en jogging à six heures du matin ?

— Pourquoi ce changement de victime ?

— Je ne sais pas. Je ne sais pas non plus qui l'a fait. Il

doit y avoir très peu de gens au courant. Tu as une famille ?

— Non.

— Dommage. La famille sert, un jour ou l'autre. Qui t'aidera à sortir du lit et à t'asseoir sur ton fauteuil roulant ?

— Pourquoi a-t-on substitué Garrido à Martialay ?

— N'abuse pas d'une amitié qui n'a jamais existé. Tu avais raison. Tu m'as fait parler par vanité, mais j'en ai assez dit comme ça. En plus, je ne peux sérieusement rien ajouter d'autre. Où habites-tu ?

— A Barcelone.

— Tu pourrais me rendre un service ? Au département municipal des périodiques, ils ont toutes les collections complètes de la presse d'avant-guerre. Tu pourrais m'envoyer des photocopies de l'*Opinio*. J'ai découvert que je ne sais pas tout ce que je devrais savoir, et il faut que je me dépêche de finir mes Mémoires. Je les intitulerai : *Jamais je n'arriverai à Ithaque*. Tu aimes ce titre ?

— Si ce n'est pas la Compagnie, qui a fait le coup ?

— Peut-être *Jamais je ne reviendrai à Ithaque* conviendrait mieux. Parfois je me repens de n'être pas retourné à Barcelone, mais Madrid m'a attiré et j'ai eu peur de retrouver une ville qui désormais n'était plus à ma mesure.

— Quelle sera la prochaine étape ?

Wonderful abandonna l'expectative et redevint un vieux monsieur hémiplégique, autiste, déconnecté de la conversation forcée avec Carvalho. Il ne regardait pas son visiteur, on ne pouvait dire non plus qu'il regardait ailleurs qu'en lui-même. Carvalho se leva et s'apprêta à quitter la pièce. Wonderful ne réagit pas jusqu'à ce que le détective ait franchi le seuil.

— Je ne crois pas qu'il y ait des conséquences positives dans l'immédiat. Ce crime a été un investissement à long terme. Je ne le sais pas, je le sens. Ils ne perdront même pas les élections syndicales. Ce genre de coup est des plus redoutables. Prends garde à toi. J'aimerais que me survive quelqu'un ayant vécu ces fameuses années. Chaque mort emporte avec lui une partie de notre image. Tu as pensé à ça ?

— Quelles photocopies voulez-vous ?

— Laisse tomber. Ça ne fait rien. Je n'ai pas écrit la moindre ligne. Je ne l'écrirai jamais.

— A la *Gran Tasca* on sert du *cocido* aujourd'hui. Grâce à toi, j'apprends une foule de choses. Au Parti, ils me prennent déjà pour une givrée. Vous savez où on peut manger du *cocido ?* Aujourd'hui, c'est le responsable de l'organisation à Cuatro Caminos qui me l'a dit. Je questionnais habilement les journalistes de *Mundo obrero* et voilà que m'arrive cette riche remarque du camarade. Le *cocido,* à la *Gran Tasca,* c'est le jour. Alors, allons-y vite avant qu'il n'y en ait plus. Et toi, tu vis toujours comme ça, en choisissant des restaurants ? Je suis acceptée comme convive ou tu préfères la chatte sournoise d'hier au soir ? Quelle sortie, mon vieux, mieux que Belmondo lui-même dans *A bout de souffle ;* jusqu'à Cerdan qui s'en est rendu compte, et la conversation a même dérivé vers les jambes de la dame.

— Et que pensait Cerdan des jambes de la dame ?

— C'est Leveder qui a abordé le thème, il est frivole, de la faction frivole. C'est cependant Cerdan qui a apporté la note analytique en marquant son désaccord sur le sujet.

— C'est-à-dire ?

— Il en est venu à dire, presque en allemand, qu'elle était basse du cul, mais on aurait dit du Lukács, du Adorno ou un mec dans le genre.

— Comment s'est terminée la réunion ?

— J'échange l'information contre la suivante, et la tienne ?

— Au lit, mais chacun dans son lit.

— C'est une nouvelle méthode ?

— Et chacun chez soi.

— C'est encore plus méritoire. La télédrague.

Carvalho disserta sur les rapports du pot-au-feu et du *cocido,* à l'arrivée de ce dernier, apparemment excellent. Le pois chiche, dit-il, caractérise la culture du pot-au-feu à l'espagnole et c'est presque toujours le légume sec qui apporte la nuance particulière. Par exemple, dans le Yucatan on fait un *cocido* avec des lentilles, et au Brésil avec des haricots noirs. Parmi les *cocidos* aux pois chiches des villages castillans, celui de Madrid se distingue par le chorizo et celui de Catalogne par la saucisse au sang et la farce.

Carmela prit des notes sur la préparation de ladite farce.

— Que vous êtes futés, vous, les Catalans. Pourquoi ça n'est pas nous qui l'avons trouvé ?

— Qu'est-ce que tu penses de Martialay ?

— Héroïque, il est du secteur héroïque. J'appelle ainsi ceux qui ont passé en prison toutes les années de leur vie plus celles qu'on leur a prêtées.

— Il est dur ?

— De l'acier. Mais quel rapport avec le *cocido ?*

— La ligne syndicale changerait sensiblement si Martialay ne la dirigeait pas ?

— Non. Du moins pas pendant un bon moment.

— Qui va succéder à Garrido ?

— Provisoirement, Santos, j'en suis convaincue ; ensuite, on verra si on avance ou non le congrès. Le congrès a lieu en été. Si c'est Santos, il fera la même politique que Garrido. Si ce n'est pas Santos, ça peut être une sacrée pagaille. Les seuls gagnants possibles sont Martialay, Cansinos ou Sepulveda.

— Leveder ?

— Qu'est-ce que tu racontes ! Celui-là, il tient par miracle. Il en fait trop à sa guise. Il en rendait Garrido malade à force de toujours s'abstenir. Il est trop brillant, trop enfant gâté.

— Martialay, on en a déjà parlé. Les autres? Cansinos?

— Un bourreau de travail. Il s'occupe du mouvement populaire, et il s'est beaucoup affirmé depuis le pacte municipal avec les socialistes. Pour les tièdes, il est trop dur, et pour les durs, trop tiède. Il peut se faufiler par le centre.

— Sepulveda?

— C'est un ingénieur. Disons qu'il est un des rares survivants du secteur des intellectuels intégrés dans les années soixante. Je crois qu'il a bien résisté car, lorsqu'il veut que personne ne le comprenne, personne ne le comprend. Il se prend les pieds avec le machin de la révolution scientifique et technique, et à la fin tu ne sais pas s'il y croit ou non.

— Les autres?

— Ils se sont trop démarqués. Ils se sont brûlés dans de petits combats.

— Ton candidat?

— Santos. C'est mon homme. Il ressemble à un sénateur romain. Il me convient. C'est un mec qui n'a jamais fait la moindre saloperie à personne et qui ne trompe jamais personne. Pour le Parti, il serait capable de n'importe quoi. Il est fasciné par Garrido.

— Il est ambitieux?

— Non. C'est difficile pour un ambitieux de patienter dans un parti qui va rester dans l'opposition jusqu'à l'an 2000. Tu ne crois pas?

— L'ambition peut s'adapter à tous les terrains. Il y a des balayeurs ambitieux.

— Santos est très personnel. Imagine un peu, il est marié et il garde encore son appartement de la clandestinité. De temps à autre, il quitte sa famille et il retourne vivre quelques jours dans l'appartement des années noires. Il vit comme un moine. On ne lui connaît aucun violon d'Ingres, aucun vice. Sa trajectoire dans le Parti n'a pas eu de hauts ni de bas. Il n'a fait ni grands ni faux pas. Si tu regardes la biographie de l'Exécutif, tu finis toujours par découvrir un moment difficile où ils ont été trop critiques, où ils se sont trompés. Santos, jamais. Parfois, il me fait penser à un extraterrestre, à force d'avoir tellement les pieds sur terre ; je ne sais pas si tu me comprends. Je crois qu'il est digne du musée. Parfois, je le pense. C'est une sorte de modèle. C'est ainsi que devaient être les militants avant. Avant quoi ? Ben, avant tout ça, cette merde.

— Garrido risquait vraiment son poste ?

— Non. Le mec était un peu lourdingue parfois, il a toujours dirigé à sa guise, il était mal habitué par le suivisme de la clandestinité. Mais il avait des réflexes historiques, et ça, c'est appréciable dans un parti qui a un penchant pour la lenteur. Il avait réussi à se rendre irremplaçable.

— Comment la base a-t-elle réagi devant l'assassinat ?

— Il y a eu une consigne immédiate de réserve, pour ne pas prêter le flanc à la provocation. Si ça s'était passé il y a trois ans, ça aurait été terrible. Mais ce pays s'est habitué à la mort. Le terrorisme a provoqué une insensibilité générale devant la mort. Dis, tu ne bois rien, on m'avait dit que tu étais une éponge.

— Je dois rencontrer Santos et je veux être à sa hauteur.

— Eh bien, moi j'ai un peu bu et je me sens bien.

Le vin avait mis de la grâce sur ses pommettes délicates et du miel dans des yeux décidément aimables avec Carvalho.

— Pourquoi milites-tu ?

— Moi ? Allez. Quelle question ! (Elle était perplexe et hochait la tête comme si la réponse s'était coincée dans un coin de son cerveau.) A un moment donné, je l'ai décidé pour quelque chose, et je n'ai pas eu de motifs suffisants pour changer d'avis. Je suppose que c'est parce que je continue à croire au Parti comme avant-garde politique de la classe ouvrière et à la classe ouvrière comme classe ascendante donnant un sens progressif à l'Histoire. On disait ça avant, non ? Mais dis-moi, ne sois pas si sournois : tu te promènes parmi les gens de la base avec cette petite question et tu les enfonces, les mecs. C'est comme demander ce que c'est qu'une table.

— J'aimerais voir la vie quotidienne dans un local du Parti. Dans ton quartier, par exemple.

— C'est comme si tu y étais. Si tu veux, cette nuit même. Il y a une réunion de cellule.

— Cette nuit, je ne peux pas.

— La basse-du-cul ?

Carvalho lui pinça les joues et Carmela lui envoya un coup de pied bien doux sous la table.

Santos se découpait à l'horizon. Derrière lui se dressait la masse de la faculté des lettres. Il se tenait là, plongé dans ses pensées, les mains jointes sur son postérieur, le regard perdu dans une molécule imperceptible du paysage que le soleil couchant teintait de mauve. Entre Carvalho qui avançait et Santos qui attendait, deux hommes s'interposèrent.

— Santos, dit Carvalho ; et le pensif Santos se tourna vers le groupe.

— Laissez-le passer.

Les deux hommes cheminèrent en silence. Ensuite, Santos se crut obligé de se justifier. Tous les soirs il se promenait dans la cité universitaire. En 1936, il avait presque terminé ses études, et malgré les luttes et les années difficiles, la cité universitaire était restée dans son souvenir une sorte de paradis fascinant.

— C'était la cité promise. Presque toutes les facultés étaient en construction. Une arcadie de sagesse. Nous étions très naïfs, surtout ceux qui venaient d'en bas, ou presque, et pour qui cela avait été très dur d'arriver à l'université. Moi, je travaillais la nuit dans l'atelier de reliure de mon oncle. J'étais un personnage de Baroja. Peut-être le manuel de *la Lutte pour la vie,* mais la guerre m'a empêché de finir bon bourgeois. Ce paysage me détend. A cette heure et en cette période de l'année, il n'y a presque personne. De temps en temps, des gens qui font du footing. Ils m'attendrissent. Ils prennent un tel air de souffrance. Au lieu de courir, ils pourraient aussi bien manger et fumer moins.

— Je voulais vous voir. Il faut se rendre à l'évidence, l'assassin est l'un d'entre vous.

— Cent trente candidats.

— Non. Une vingtaine. Il y en a seulement vingt qui ont eu le temps de se lever, tuer Garrido, retourner à leur place ; je réduirais même le nombre à six. Regardez ce dessin. (Santos s'arrêta, sortit des lunettes de la poche supérieure de sa veste.) Les deux premiers rangs de la zone perpendiculaire à la table présidentielle. C'est de ces deux premiers rangs qu'est sorti l'assassin.

— Vous le déduisez du temps employé ?

— Et de la direction à prendre pour atteindre Garrido. N'oubliez pas que vous étiez dans le noir même si Garrido fumait, et la lumière de la cigarette a tenu lieu de phare.

— Je regrette de faire s'écrouler votre thèse. Garrido ne fumait pas.

— Il y a sept déclarations qui parlent de Garrido en train de fumer.

— Il ne fumait pas. Quelques instants avant de commencer la réunion, la question s'est posée. Il était très fumeur et il a amorcé le geste d'allumer une cigarette. On lui a fait une blague sur l'interdiction formelle de fumer durant les sessions dans un local fermé. Plus, lorsque la réunion a commencé, il a lui-même plaisanté là-dessus. Il a dit que nous allions en finir tout de suite parce qu'il ne pouvait pas s'empêcher de fumer.

— C'est vrai. Alors, les déclarations...

— Une hallucination ou une fixation obsessionnelle sur son côté fumeur. Moi-même, j'ai du mal à l'imaginer sans cigarette à la bouche. Un journaliste a écrit qu'il avait l'air de tirer les cigarettes tout allumées de sa poche de veston. Ça reste un problème parce que, je le répète, Garrido ne fumait pas. Interrogez Helena ou Martialay. Ils vous le confirmeront. Ou Mir. En outre, nous avons l'enregistrement de ses propres paroles plaisantant sur l'interdiction de fumer.

— Comment est-il possible que sept déclarations se réfèrent à la cigarette, sans que personne n'ait posé ouvertement la question ? Ils le disent en passant. Il y en a même un qui affirme que, soudain, la lumière de la cigarette a disparu...

— La lumière et la cigarette. Sur la table, on n'a pas trouvé la moindre cigarette. Ni sur les vêtements de Garrido lorsque nous l'avons soulevé. Il ne fumait pas. Otez-vous ça de la tête.

— Comment le criminel s'est-il orienté ? Comment a-t-il pu donner un coup d'une telle précision ?

Santos haussa les épaules. Carvalho crut remarquer un certain soulagement dans la manière dont Santos se déplaçait, comme si le faux indice avait repoussé une évidence embarrassante.

— De toute façon, j'insiste sur ces vingt noms, et spécialement sur les six que j'ai soulignés.

Santos remit ses lunettes avec moins d'allant qu'auparavant. Lorsqu'il leva les yeux du papier pour regarder Carvalho, un sourire sceptique habitait tout son visage.

— Ces vingt noms empilent à eux tous un siècle de condamnations purgées dans les prisons franquistes et un autre siècle de travail militant dans les pires conditions qu'on puisse imaginer. Quant à ces six noms, vous savez qui ils sont ?

— Non. Mais vous, oui.

— Il faudrait qu'ils soient les gens les plus cyniques

au monde, les plus retors. C'est incroyable et je ne le crois pas.

— Vous êtes un matérialiste, ce qui suppose d'être aussi rationaliste.

— Je suis un communiste. (Il avait élevé la voix et s'était arrêté, rigide, prêt pour un combat définitif. Mais il se détendit lentement et une fatigue de plomb s'empara d'abord de ses traits, ensuite de son squelette qui avait l'air de rapetisser sous l'effondrement de ses piliers fondamentaux.) Ne m'en veuillez pas. Que voulez-vous savoir ?

— Des informations plus précises sur ces vingt noms, et spécialement sur les six.

— Vous les aurez demain matin.

Il pressa le pas comme pour se défaire de la compagnie de Carvalho. La main de ce dernier l'agrippa brusquement au bras et l'obligea à s'arrêter :

— Je ne me suis pas fourré là-dedans par curiosité, mon ami. C'est vous qui m'avez appelé. Si vous le voulez, je laisse tomber, et vous chercherez l'assassin pour votre propre compte ou dans les œuvres complètes de Lénine ou dans celles du premier envahisseur arabe.

— Excusez mon irrationalité. Comprenez-la. Je suis le moins à même d'accepter qu'un camarade ait pu assassiner Fernando. On nous a collé une légende sanglante qui ne nous correspond pas. Pendant la guerre, c'était une question de vie ou de mort. Après ça, la guérilla. Mais toutes les tentatives visant à démontrer la réalité de cette légende sanglante ont échoué. Vous connaissez les pamphlets de Semprun ou d'Arrabal contre le Parti ?

— Je ne lis pas même de pamphlets.

— Quand ils veulent donner des noms concrets, ils n'y vont pas par quatre chemins, et ça c'est arrivé en 1940.

— Ne me racontez ni votre vie ni votre histoire. Elles ne m'intéressent pas.

— C'est notre patrimoine éthique qui est en jeu. Ce

patrimoine éthique est la grande force historique des communistes. Le jour où nous le perdrons, nous serons aussi vulnérables que n'importe quel prophète. Dans le monde actuel, les gens haïssent les prophètes qui leur demandent une tension constante avec la réalité.

— J'insiste, ne me racontez ni votre vie ni votre histoire. Je suppose que lorsqu'un plombier ou un électricien va chez vous, vous ne lui expliquez pas la création du monde. Je suis un plombier. Oubliez tout le reste.

— Vous ne vous rendez pas compte ? Le meurtre de Fernando est une tentative de tuer le Parti et plus de quarante ans de lutte.

Carvalho haussa les épaules et fit demi-tour. Mais alors, c'est Santos qui le suivit. Très vite, ils retrouvèrent une allure normale et silencieuse, puis Santos brisa ce silence d'une voix neutre, efficace :

— A dix heures juste, vous aurez ce que vous m'avez demandé et, s'il le faut, je convoque les vingt, les six ou tous ceux dont vous aurez besoin.

— Pour le moment, les indications les plus détaillées possibles me suffisent. Détails personnels inclus. Travail. Ressources. Vie privée.

— Je regrette de vous décevoir, mais nos archives ne contiennent pas ces détails-là. Ça, demandez-le à Fonseca.

— Je pensais le faire.

Il marcha, avide des dernières beautés d'un paysage s'obscurcissant jusqu'à ce que la nuit entasse des cotons noirs sur l'horizon des montagnes. Pas seulement des cotons noirs. Une pluie fine redonna définitivement à l'atmosphère son air automnal, et ajouta une touche d'appel urgent aux lumières mouvantes de la place de la Moncloa.

Un coureur de footing, en gabardine, passa près de

lui ; il avait la foulée inutile du cheval fuyant l'abattoir. Il hésita entre se laisser dominer par la peur de la pluie ou par la nécessité de marcher sous des eaux si complaisantes. Il choisit la marche en direction de Puerta de Hierro et San Antonio de la Florida. Les gens étaient pressés par le déluge, et il jouit de la possession secrète et complice des eaux. Il perçut l'appel d'un souvenir à demi effacé, un souvenir de couloir fleurant le cidre, un couloir plein de réverbérations adolescentes, et, alors qu'il allait se transformer en éponge saturée, il arriva dans un couloir peut-être sorti d'une autre vie, celui du débit de cidre, *Casa Mingo,* refuge pour fuyards de la pluie et Asturiens en général. Rien n'avait changé de sa réalité ou de son rêve ; quoi qu'il en soit, il ne l'avait ni vécu ni rêvé assez pour comparer dignement réalité et désir. Il s'abandonna à la fraîcheur profonde du cidre, précipité avec avarice dans des verres peu habitués à contenir un tel jet. Humidifié à l'intérieur et à l'extérieur, il trempa dans l'écume à saveur de pomme des chorizos cuits dans le cidre et des tourtes bien trop garnies d'oignons pour camoufler le manque de viande. Il était déjà venu ici ? Sans doute. Un lambeau de conspiration pendait de son cerveau tel un mégot pendant aux lèvres. C'était un dimanche d'il y a vingt-cinq ans, et le vaste corridor était bourré d'une foule repue d'omelettes aux pommes de terres, ignorant que dans un coin il essayait, lui, de faire s'effondrer la dictature à grands coups de vers et de brillantes phrases. Il faut retrouver Ortega, se rappelait-il vaguement, disait son interlocuteur, actuellement vice-président machinchose d'il ne savait plus quelle Chambre des députés ou autre. Il se référait à Ortega y Gasset, sans doute. A Ortega, il lui a manqué de faire le saut du sujet à l'objet, disait cette petite moustache-là, une petite moustache de socialiste ortéguien, spécialisé dans l'art de recevoir tous les marrons ayant échappé aux groupes de choc de la Phalange universitaire. Quelle brutalité, le salaud. Voici un produit ibérique *si non è vero ben trovato.* Le garde civil, le salaud, San Fermin, bordel, connard, cocu, enfant de salaud, la race. Mais voilà, Ortega y Gasset était resté à mi-chemin entre le sujet et l'objet, il était resté sur le i grec qui sépare Ortega de Gasset. Ortega ou Gasset, lequel choisir ?

— Encore du chorizo.

— Ça vous a plu ?

— Rien de meilleur que le chorizo.

— Surtout quand il est asturien.

— Et vous me jurez qu'il l'est, asturien ?

— Le chorizo et moi, nous le sommes tous les deux.

— L'Espagne et moi, nous sommes ainsi, madame.

Il dessinait sur les serviettes des plans de la salle de réunion du comité central et, au lieu de la remplir de communistes, il y dessinait schématiquement des footballeurs en position théorique d'avants en attaque contemplés par une défense sidérée et des goals irrémédiablement battus.

— Je peux donner un coup de fil interurbain ?

— Non. Mais à quelques mètres vous avez une cabine.

Il pleuvait. Trop pour contrebalancer son envie de discuter avec Charo et Biscuter. Ça faisait deux jours qu'il était hors de sa ville et il avait l'impression d'être à l'autre bout du monde, à des années de distance, comme si Madrid lui imposait un passé et une géographie… Non. Ils n'avaient pas du colin au cidre. Il avait besoin d'une femme au cidre. Une femme celte à la blondeur un peu salie par l'insuffisance aryenne, et le bleu des yeux plus concret et méfiant que le bleu viking. Gladys n'avait pas ce type-là, mais elle était la seule possibilité proche, à moins de passer la nuit naissante à essayer de draguer sous les tables les mollets recherchés de femmes aussi celtes que bien assises, accompagnées d'hommes bien enrobés trempant leur sauce avec des tranches de pain d'une demi-livre. Il décida de parcourir la plus courte distance entre les deux points psycho logiques qui le tentaient, et troqua le cidre contre de l'eau-de-vie jusqu'à ce qu'il se sentît bien entre les quatre points cardinaux de son corps. Il noya sa déprime dans le cidre, et l'euphorie alcoolique le poussa vers deux ou trois décolletés sans visage. Chassé desdits décolletés par des yeux masculins combatifs aussi brillants que leurs lèvres pleines de sauce, Carvalho épargna leurs vies et leurs femelles et s'en retourna vers la pluie qui l'attendait avec sa traîtresse douceur. Il ne trouva pas de taxi jusque dans les environs de la gare du Nord. Il se fit conduire à l'hôtel pour y prendre un bain chaud et appeler Biscuter.

— Chef, je commençais à m'en faire.

— Mauvais. Ne t'en fais pas si vite. Quoi de neuf ?

— Charo a appelé deux ou trois fois. Elle était très fâchée, chef, parce qu'elle ne sait même pas dans quel hôtel vous êtes.

— Je suis à l'*Opéra*.

— Ah ! oui, chef. Il y a un Opéra là-bas ?

— On dirait une bonbonnière à quatre sous.

— Vous allez l'appeler ?

— C'est la mauvaise heure. Je la surprendrais en plein travail. (Il la surprendrait en plein orgasme simulé avec n'importe lequel de ses clients téléphoniques habituels.) Dis-lui que, si cette histoire se prolonge, je l'appellerai. Dis-le-lui demain. A l'heure du déjeuner.

— Nous avons mangé ensemble, chef. J'ai fait une moussaka à s'en lécher les babines et je l'ai invitée. J'ai mal fait ? Elle était très triste, elle a passé tout son temps à parler de vous.

— Elle a mangé oui ou non ?

— Comme un ogre.

— Comment sont les Ramblas ?

— Mouillées. Il a plu toute la journée. Il va y avoir une guerre, chef ?

— Quelle guerre ?

— C'est ce que disent les gens. Qu'il va y avoir un

autre 18 juillet. Que l'affaire Garrido en était le nouveau signal. Qu'est-ce qu'ils font les gens, là-bas ?

— Ils mangent du chorizo au cidre.

— Humm ! Chef.

Il raccrocha. Il emplit la baignoire d'eau chaude ; en s'y plongeant, il découvrit que la pluie lui avait infiltré le froid dans le corps, un froid que chassait l'eau chaude. Il se sentait protégé. Il ferma les yeux et vit une salle de réunion dans le noir, avec seulement un point lumineux dans le fond. Un point éclairant si faiblement qu'on ne pouvait pas voir le visage de Garrido. La braise de la cigarette changeait l'intensité de son éclat selon la respiration de l'homme. S'il s'était agi d'une lumière intermittente, d'une lumière de cigarette, elle aurait été bien mieux perçue par les autres, elle aurait créé une zone de relative visibilité autour du visage du fumeur. Une lumière fixe. Mais comment ? Garrido lui-même adressant des signaux à son meurtrier. Je suis ici. Ici mon cœur attendant ton couteau. Quelqu'un assis à ses côtés. Helena Subirats ? Santos Pacheco ? Ce dont on ne pouvait pas douter c'est que Garrido lui-même avait émis un signal, avait branché le phare guidant les pas de l'assassin. Une alliance. Peut-être une alliance. Mais aucun métal, aucune pierre précieuse ne pouvait imposer ses éclats dans l'obscurité sans qu'ils soient provoqués par la lumière.

— Fonseca. Je regrette de vous appeler à cette heure.

— Ne le regrettez pas. Je suis votre fidèle serviteur.

— J'ai lu et relu l'inventaire de ce que l'on a retrouvé sur le corps de Garrido. Cet inventaire est signé par vos services. Rien n'est passé inaperçu ?

— Tout ce que le cadavre portait sur lui lorsqu'on nous l'a livré est répertorié.

— Certaines déclarations insistent sur le fait que Garrido fumait, ça aurait pu être le signal qui a orienté le meurtrier. Mais Santos me jure ses grands dieux que Garrido ne fumait pas à ce moment-là.

— S'il le dit...

— Comment vous expliquez-vous l'orientation si précise de l'assassin ?

— L'entraînement. Beaucoup d'entraînement.

— Où ? Quelqu'un du comité central a loué la salle du *Continental* pour faire des répétitions ?

— Ça n'est pas nécessaire. Il suffit de reproduire une mise en scène approchante. Garrido s'asseyait toujours au même endroit. Les distances étaient parfaitement calculables.

— Ça ne me semble pas suffisant.

— C'est une question de goût ou d'envie.

Oliver appartenait au néo-classicisme, mais auquel ? Peu importe ; peut-être était-ce une dérivation du modernisme décoratif né dans la seconde moitié des années soixante et adapté à la sensibilité kitsch. Tout comme la Renaissance essaya d'imiter l'art grec et romain plus de mille ans après son extinction pratique, les néo-modernistes retrouvèrent les dernières manifestations imaginatives du capitalisme prémonopolistique quarante ou cinquante ans après sa décadence officielle. Couleurs, formes, volumes apaisants ; le seul apport sadique inévitable du décorateur avait consisté à contraindre les corps à la position assise, proche de la défécation à croupetons. Des sièges pour pré-Arabes, post-Japonais ou poids plume à l'estomac conditionné aux sandwichs pain complet-œuf dur. Lorsque Carvalho prit place, il lui sembla qu'il allait être interrogé par quelqu'un de mieux assis que lui et que cette attente favorisait le jeu des regards de tous les gens ici présents, inévitablement contraints à s'épier afin de deviner lequel d'entre eux jouait le rôle de grand interrogateur.

Cette sensation désagréable d'être mal assis devant la vie parvenait parfois à devenir curiosité pour les visages, noms et adjectifs qui défilaient à la recherche d'un coin dans le harem des questionnés ou au sous-sol légendairement peuplé par une bonne partie du monde pédérastique le plus distingué et cultivé de Madrid. Dans le salon hétérosexuel, anciennes actrices d'un ancien théâtre, anciens acteurs de l'ancien monde intellectuel d'après Mai 68 au radicalisme verbal perpétuellement rénové et convenablement usé par la chute abusive des *e* muets. Des héritiers de charcuteries industrielles à Ségovie, convertis à la négation de la négation de la négation du bakouninisme dodécaphonique paradigmatique abrasif radical à sept kilomètres de tout et à sept lieues de l'avant- et de l'après-découverte du fait que le progrès est fini, que les parents ne font pas naître les garçons dans les choux, qu'ils ne peuvent pas échapper au degré zéro du développement ni à la mort, expliquaient leurs dernières découvertes *nouvelle cuisine;* la découverte de la conspiration des années soixante-dix, c'est faux, 1970 n'est pas une bonne année pour les vins de Rioja, inutile d'aller chercher plus loin le Muga 1971, indispensable à la survie malgré la trahison des communistes, et le fait qu'un de mes meilleurs amis de la Sorbonne soit devenu réducteur de têtes au Cambodge, il est cambodgien, il a traduit Saint-John Perse en cambodgien, où peut-il bien être, bordel, en ce moment. Des princes du baroque terminent toutes leurs nuits chez *Oliver* leur prière complexe commencée le matin même à l'heure du café crème-beignets, sans oxygène ni rien du tout, à pleins poumons ; on y arrive en lisant Gongora, une grosse femme assise sur la cage thoracique. Des starlettes sans distinction de sexe parlaient de représentations équivoques moitié théâtrales moitié physiologiques, tous les yeux du corps comblés ; les starlettes laissaient la conversation là-dessus pour la reprendre des heures plus tard au *Bocaccio,* sur les genoux, parce qu'il y a un de ces chômage de nom de Dieu, un putain de chômage, ce qui revient au même. Des transfuges de la rédaction, ou de l'ancienne rédaction de *Mundo obrero,* d'anciens poètes concrets, cinq mille romanciers andaloux et un théosophe d'Alcoy, un homme de quarante ans sensible et malade des nerfs et une femme infirmière, le con en berne, des expulsés et des expulseurs du parti communiste, des secrétaires généraux de toutes les gauches en pèlerinage à Saint-Jacques-de-Compostelle, la dernière découverte d'Umbral et l'avant-dernière de Cejador, des vendeurs d'articles d'*el País* au marché noir, une fille de Séville se couchant tard et seule, la chaise vide de celui qui ne vint pas au rendez-vous, des survivants de la purge de 1963 et trois arrière-petits-fils jumeaux de Sitting Bull, ceux qui passent pour voir si on les voit, ceux qui savent déjà qui aura le prix Planeta et qui a tué Kennedy, un terroriste de l'ETA déguisé en gamin du Nord, la nonne qui a converti Borges au kropotkinisme montre les stigmates de sang bleu qui jaillissent de ses paumes.

— C'est insupportable. On aurait dû se donner rendez-vous à Malasaña. Il y a plus d'ambiance. Ici, ça ressemble à un garage de tacots.

Gladys traduit à Carvalho ce qu'elle entend.

Carvalho, lui, est fasciné par ses dents de perle qu'on dirait merveilleusement artificielles.

— Le recensement est terminé. Je suis saturé de prodiges.

— Je ne t'ai pas encore décrit ceux du coin nord.

Elle porte un pull angora, le décolleté en V sépare les deux hémisphères de sa poitrine, et Carvalho pressent une chaleur équatoriale dans l'humidité sombre de sa chair. Ses yeux, tel un doigt humide, parcourent la naissance des deux sphères et cherchent le sud d'un corps végétal.

— Sûr qu'à Malasaña il y a plus d'ambiance, mais là-bas les gens sont moins érotiques, dans leur fin fond ils ont la santé des bébés. Ici, personne n'échappe à la patte d'oie ou à l'application du carbone 14.

— Tu improvises ou tu me récites tes poèmes secrets ?

— Je t'ennuie ?

— Non. Mais j'en ai assez. Nous ne pouvons pas parler en privé ?

— Parler seulement ? Après tu t'en repentiras. Je ne suis pas qui tu crois. Je suis une femme froide et calculatrice qui te mène à ta perte.

— Emmène-moi.

— C'est toi qui l'as voulu.

En se levant, elle a passé ses avant-bras sur son postérieur et sur ses cuisses, geste que le détective avait vu pour la dernière fois chez Eleonor Parker dans un film des années cinquante.

— Qu'est-ce que tu regardes ?

La fraîcheur de la rue lui ravigota la peau.

— Je t'emmène ou tu m'emmènes ?

— Je suis de passage dans cette ville.

— Moi non plus, je n'y ai pas un appartement fixe. Je vis à l'extérieur, dans une maison que m'ont prêtée des amis.

— Prenons un taxi.

— Pas si vite, étranger. J'ai une voiture. Prêtée, elle aussi. On m'a tout prêté.

— Moi, j'étais tranquillement accoudé au comptoir, je me reposais de la dialectique, et tu es venue me chercher.

— Ne sois pas lourdingue. Et toi, pourquoi tu me regardais ?

— Il n'y avait rien de mieux à voir.

— Cette fille n'était pas si laide.

— Quelle fille ?

— La petite brune qui était avec toi.

— Elle n'était pas avec moi. Il me semble qu'elle était avec l'autre, le petit blond qui traduisait Lénine en argot.

— Alors tu as dû la connaître dans une autre vie, parce que vous vous regardiez comme des cousins germains.

Ensuite, tandis qu'elle conduisait, Carvalho caressa

ses cheveux presque roux, elle lui rendait des rafales de sourires, parfois rutilants sous le flash des phares des voitures à contresens. Gladys chassait parfois la main du détective du bout des lèvres pour y déposer de petits baisers. La voiture suivit un itinéraire mystérieux pour l'homme, bien qu'il devinât par instinct qu'ils prenaient la route de La Corogne en direction d'un quartier résidentiel. Ensuite, ils s'engagèrent dans des rues immobiles conduisant à un quartier seigneurial dans la nuit. La voiture s'arrêta et ils s'embrassèrent, la langue de Carvalho au bord de l'abîme, la sienne légèrement penchée au balcon. La langue de Gladys se fit habile sur le chemin de croix de baisers qui souligna l'avancée sur un chemin crissant de gravillons, l'arrêt devant une grande porte vitrée que Gladys ouvrit avec peu d'aisance.

— Non. Pas par là. Ils peuvent rentrer n'importe quand. Viens dans ma chambre.

Carvalho vit un pot à eau en porcelaine raccommodée, un portemanteau en bois verni, une fenêtre barricadée. Il ne put pas voir grand-chose d'autre car Gladys éteignit le plafonnier et alluma une petite lampe de chevet. Le lit offrait la promesse d'une douce patrie, les deux corps s'y laissèrent choir.

Elle ne se laissa pas déshabiller. Elle ôta elle-même son pull angora par-dessus sa tête ; alors sautèrent deux seins couronnés de framboises. Gladys posa ses mains sous sa poitrine comme pour la peser ou l'empêcher de tomber. Les mains tinrent lieu de plateau pour les lèvres gourmandes de Carvalho, ensuite elles allèrent à la rencontre de celles de l'homme pour leur interdire le voyage dans le dos jusqu'à l'abîme anal.

— Doucement.

Carvalho eut l'impression qu'elle avait dit ça d'une voix de putain ou de mère de six enfants écrasée par les courses, la cuisine et les varices. Mais le doux sourire n'avait rien à voir avec le ton de la voix ni avec les petites lèvres qui picoraient les lèvres de Carvalho, son menton, le duvet de sa poitrine, et mordirent les bouts de seins de l'homme d'une morsure étonnante et canine. Les mains du détective s'étaient emparées des fesses, elles les séparaient pour répandre le secret et l'arôme des fentes refermées.

— Doucement, redit Gladys, la voix troublée et les yeux froids plantés dans ceux de son partenaire.

Du bout des doigts, l'homme hérissa les poils humides qui dessinaient une trace de l'anus à la petite vulve agacée et qui gonflait tel un fruit.

— Doucement.

Il y avait enfin un plus grand accord entre le regard et la voix. Carvalho se laissa tomber sur le dos, Gladys sur son corps, il la souleva à bout de bras pour voir pendre ses cheveux, ses seins, son doux regard surpris et, sans lui laisser le temps de revenir de sa surprise, il l'assit sur son pénis en la pénétrant. Ils se regardèrent sans bouger et sans mot dire, les yeux de Gladys étaient cependant interrogateurs, lui n'avait nullement envie de leur répondre. Gladys ferma les siens, leva la tête, appuya les paumes sur le ventre de Carvalho et commença à monter et descendre dans une gymnastique parfaite secondée par une respiration régulièrement haletante. Carvalho parcourut la géographie du plafond, les poutres peintes en marron foncé, celle du visage de Gladys, sublime, en extase lorsqu'elle penchait la tête en arrière, et vaincue, fatiguée lorsqu'elle se laissait tomber vers le corps de l'homme qui l'embrochait. L'arrivée de l'orgasme fut annoncée par quelques soupirs, quelques gémissements contenus, la faiblesse des bras qui ployaient, abandonnés par le cerveau ; enfin, le corps de la fille se ferma sur celui de Carvalho comme un couvercle, et une humidité huileuse lubrifia les sexes noués.

— Qu'est-ce que tu fais ? (Carvalho l'avait prise

fortement par les bras, l'obligeant à se mettre à quatre pattes sur le lit.) Qu'est-ce que tu fais ? Tu ne vas tout de même pas croire que tu vas me faire ça par-derrière ?

Carvalho aida son fils préféré à trouver l'entrée du sexe féminin béant, ensuite il s'empara des hanches et des fesses de la femme, les contraignant à un mouvement planétaire giratoire. Le visage de Gladys avait disparu sous la coupole de ses cheveux agités par les allées et venues du corps quadrupède à la rencontre de la verge tenace, mais le cerveau de la fille continuait à fonctionner en programmateur, de temps à autre il envoyait des ordres aux mains pour qu'elles se dégagent par des coups libérateurs des griffes trop insistantes de Carvalho sur ses fesses et ses hanches. De la figure de Gladys écrasée contre les draps sortit un gémissement rauque vers l'ouest, sur ce elle bascula vers l'avant, éconduisant le sexe mauve de Carvalho dans un bruit de débranchement humide, un couloir sonore de séparation charnelle. Carvalho se laissa choir à côté d'elle, non pas pour la retrouver mais pour protéger la retraite de son pénis à sa position de départ ; les yeux du détective se retrouvèrent à quelques centimètres d'un œil ouvert de Gladys plein d'une neutralité souriante.

— Tu étais affamé.

— Tu es toujours aussi directive au lit ?

— Directive, moi ? Mais tu as fait ce que tu as voulu. Encore heureux que tu n'aies pas essayé de me sodomiser. Je ne le supporte pas.

Elle abandonna son ton explicatif postopératoire pour caresser d'un doigt le bout du nez de Carvalho :

— Tu as soif ? Je te prépare quelque chose ? Tu veux bien te laisser surprendre ?

— Surprends-moi.

Gladys sauta du lit, et toutes ses rondeurs tintèrent visuellement comme des grelots.

— Tu as beaucoup dîné ?

— De manière rustique.

— Un *bajativo* te fera du bien. Tu sais ce que c'est ?

— Ça ne me dit rien de bon.

— C'est un digestif qui dope.

— C'est ma nuit ; je n'ai pas besoin d'aphrodisiaques.

— Ne sois pas bête. Je n'ai pas dit que ça dopait dans ce sens.

Sans autre vêtement que son pull angora, elle quitta la chambre. Carvalho se laissa dominer par la torpeur, il hésita entre les voies de la somnolence ou l'action de se lever pour voir ce que Gladys préparait dans la maison. Il se leva, essaya d'ouvrir la fenêtre. Elle était bloquée.

— Qu'est-ce que tu fais ?

Gladys était à la porte, animal amphibie de laine angora et sexe velu roux, un verre de breuvage dans chaque main.

— Elles sont bloquées.

— La maison est abandonnée la majeure partie de l'année, et il y a beaucoup de vols dans cette zone. Moi, je n'ai voulu toucher à rien. En fin de compte, je ne viens que pour dormir.

Carvalho la prit par la taille et lui mit son sexe entre les jambes.

— Encore ? Tu vas faire tomber la boisson.

Elle se dégagea et lui tendit un verre tandis qu'elle portait l'autre à ses lèvres. Carvalho renifla le contenu :

— Qu'est-ce que c'est ?

— C'est un excellent digestif. Liqueur de menthe, cognac, crème de café, glace.

— Ça doit être bon pour les ovaires.

— Quel âne tu fais.

— Mais si, la menthe, c'est très bon pour les ovaires.

Gladys s'était assise sur le lit, la tête appuyée contre celle du lit. Elle portait le verre à ses lèvres et ses yeux débordaient de plaisir.

— C'est très bon. Bois.

Carvalho posa sa boisson sur la table de chevet, il s'empara de celle de Gladys et la mit près de l'autre.

Ensuite, il lui demanda un baiser profond auquel elle répondit sur le même ton, puis elle défit le tout à petits coups de langue joueuse contre le palais de l'homme. Carvalho choisit le verre ayant appartenu à Gladys et en avala la moitié.

— On dirait un laxatif. Mais c'est bon.

— Quel âne, mais quel âne. Tu es un vrai âne ce soir.

A présent, Gladys approchait ses lèvres du verre qu'elle avait donné à Carvalho, elle le laissa contre ses dents parfaites.

— Tu ne bois pas ?

— J'ai déjà bu, répondit Gladys.

Carvalho allongea la main pour saisir le bord inférieur du pull angora et le tirer vers le bas, mais son bras ne vint pas soutenir l'action de ses doigts. Il sentait un lent fourmillement envahir tous ses muscles, ses yeux qui voyaient déjà le visage inquiet de Gladys couvert de fourmis.

— Qu'est-ce qu'il t'arrive ? dit le visage inquiet, puis il ne vit ni n'entendit plus rien.

Il se réveilla avec la sensation de se sentir observé. A la petite lumière de la lampe de chevet opaque, il retrouva l'espace de la chambre, les deux ou trois détails concrets qu'il avait eu le temps de retenir : le portemanteau en bois verni, le pot à eau en porcelaine raccommodée. Il envoya son bras droit à la recherche du corps de Gladys et trouva un cri strident à briser les vitres qui se cloua dans sa poitrine, semblable à une sonnerie d'alarme totale. Il tourna la tête. Assise sur le matelas, dans une tentative désespérée de cacher son corps qui apparaissait dans les déchirures de son chemisier, une adolescente aux yeux cernés et atterrés continuait à crier tout en contemplant Carvalho comme s'il eût été une sale bête. Celui-ci se leva et renonça à l'empêcher de crier en lui pressant la bouche, lorsque la porte s'ouvrit violemment et deux hommes ronds et haletants inondèrent la pièce, on aurait dit qu'ils étaient cent. Quelqu'un commença à cracher des éclairs de flash qui l'obligèrent à fermer les yeux. Le cri de l'adolescente s'était transformé en complainte hystérique :

— Il voulait me violer ! Il m'a battue.

Il commença à recevoir des coups de poing dans l'estomac. Il envoya un coup de pied en l'air et toucha un corps. Mais un autre tombait déjà sur lui et lui écrasait la tête de ses poings. Il agrippa à deux mains un morceau de visage et serra désespérément, sentant comment se déformaient entre ses doigt une joue, une oreille, une paupière qui tentait de se fermer pour protéger l'œil. Le flash avait cessé, il essaya d'en profiter pour retrouver la vue, la verticale, et affronter la situation. Il se vit nu, ridicule spectateur de son propre sexe mou, une fille inconnue et pleurnicharde pelotonnée dans un drap lui lançait des accusations morveuses, entrecoupées, depuis un des coins de la pièce. Eux, ils étaient trois. Le photographe souriait, tout en rangeant sa machine. Les deux autres s'approchaient de lui. Dans l'une des quatre mains, il y avait un pistolet :

— Tu es un sale cochon. Elle est mineure.

L'orifice du pistolet s'adapta au nombril de Carvalho à la manière d'une ventouse.

— Mets-toi à quatre pattes.

Celui qui parlait essayait de dissimuler son accent latino-américain très marqué, ce qui avait pour effet de le faire ressembler au castillan des doublages de films portoricains.

— Qu'est-ce que vous avez fait de Gladys ?

— Quelle Gladys ? Cette fille est ma sœur et elle s'appelle Alicia. Alicia, qu'est-ce qu'il t'a fait, ce salaud ?

— Ça a été horrible !

— Les photos se sont bien passées ?

Le photographe fit signe que oui.

— Emmène-la.

Le photographe prit la gamine par le bras ; elle avait cessé de pleurer et arrangeait les plis du drap de lit pour s'en faire un péplum de Tergal bleuté. Elle se laissa conduire hors de la pièce et, avant de sortir, elle lança à Carvalho le regard neutre, indifférent, d'une rencontre d'ascenseur.

— Je peux m'habiller ?

— Tu nous plais davantage nu. On va t'enculer avec une bouteille, ensuite on te coupera les couilles pour que tu n'en fasses plus mauvais usage. C'est comme ça qu'on doit traiter les dégénérés dans ton genre. Pour la bouteille, tu as une préférence ? Un Coca-Cola, ça te va ?

Il parlait le nez et le museau froncés, pour charger sa voix de l'agressivité de la mimique. En revanche, l'autre ne disait rien, ses yeux bleus contemplaient Carvalho avec une neutralité technologique garantie par la fermeté de sa main armée d'un Beretta.

— Où l'avez-vous trouvée ? Je parle de cette petite pute.

— Tu t'en mordras les doigts. C'est de ma petite sœur que tu parles.

— Il y a des petites putes dans les meilleures familles.

Pris par son rôle, il fit le geste de se jeter sur Carvalho pour venger son honneur, l'autre le retint de sa main libre.

— Laisse tomber. Il te provoque.

Le blond aux yeux bleus avait un accent qui évoqua l'Europe centrale au détective. Tchèque ? Allemand ? Soviétique ? Le Latino-Américain ressemblait à un ancien boxeur bien conservé. Même sa calvitie était soignée, tel un muscle, pour éviter le scandale de la décadence. De sa main avait surgi une longue matraque noire, il en frappa avec force les jambes nues de

Carvalho, l'obligeant à sauter. Il lui assena un bon coup sur les jarrets, ce qui le projeta à terre sur les genoux.

— Ne bougez pas.

Ses yeux étaient des pistolets. L'autre lui passa des menottes, mains dans le dos.

— Mets-lui quelque chose dessus.

— Je lui mettrai une chemise. Mais il faut que ses couilles pendent. Ce sera plus facile pour les lui couper.

Ils le tirèrent en arrière et lui attachèrent la cheville à un pied du lit. Ils quittèrent la pièce, l'abandonnant dans le noir. L'obscurité reposa ses yeux meurtris par une telle surprise. Il s'entendit fredonner une vieille chanson de Catherine Sauvage :

Braves gens
Écoutez la triste ritournelle
Des amants qui ont vécu dans l'Histoire
Parce qu'ils ont aimé des femmes infidèles
Qui les ont trompés ignominieusement.

Il se mit à rire et répéta le dernier vers sur un ton réjoui. Ça doit être un fameux coup pour avoir fait sortir un sous-marin du type de Gladys. Bientôt la douleur de ses bras affaiblit son rire, et il dut s'agiter sur le dos pour tenter de repousser les élancements qui lui traversaient les muscles des membres antérieurs. En outre, il avait l'impression que tous les dangers du monde étaient suspendus au-dessus de son sexe froid et humide. Il parvenait à soulager sa douleur en pesant de tout son poids sur les omoplates. Il chercha une position pouvant compenser la tension des muscles et ne la trouva pas. Lorsqu'il soulageait ses bras, le cou commençait à lui faire mal. La porte s'ouvrit, et le rectangle de lumière lui balaya les jambes, la taille ; seuls son thorax et sa tête restaient dans l'obscurité. C'était le Latino-Américain.

— Tu aimes la position ? Tu peux y rester une semaine. Non. Tu ne la supporterais pas : d'ici à quelques heures, tu seras mou comme une figue. Tu vas rester là. Dans ta pisse. Dans ta merde.

Il posa son pied sur le sexe de Carvalho.

— Je vais te les presser comme des figues sèches.

Il était obsédé par les figues.

— Peut-être pourrions-nous discuter et éclaircir les choses.

— Laisse tomber.

L'homme d'Europe centrale occupait tout le seuil. L'autre accentua un peu la pression de son pied sur les parties génitales du détective, puis il s'éloigna d'un air dégoûté en marmonnant.

— Vous devriez me le laisser.

Il plongea dans l'angle sombre de la pièce et laissa se dérouler la scène entre Carvalho et l'autre.

— C'est très inconfortable de parler d'ici.

— Je vous assure que tous les inconforts sont calculés et peuvent s'accroître.

— Qu'est-ce que vous voulez ?

— Que vous méditiez.

Il recula de quelques pas et cessa d'être une ombre puissante et à contre-jour. L'autre arpenta la pièce et réapparut dans le cadre de la porte pour sortir sans dire un mot, puis il ferma le verrou derrière lui. Le dernier bruit de bouclage réveilla la douleur dans la conscience du détective, une douleur qui avait l'air d'attendre le résultat d'une entrevue ratée.

Ses lèvres saignaient et le faisaient souffrir, meurtries à force d'être mordues. Il avait l'impression que ses os étaient en fer et s'ouvraient, agressifs, un chemin dans sa chair. Ses tentatives de respiration profonde pour se relaxer s'étaient peu à peu transformées en halètements pour ne pas entendre la douleur. Mais, lorsque la porte se rouvrit, il put encore se composer un visage hiératique dans la lumière allumée du plafonnier. Ils lui détachèrent les pieds et, quand ses jambes tombèrent à terre, on eût dit qu'elles étaient hérissées de centaines de petites aiguilles plantées dans tous les centres nerveux. Elles se dérobèrent sous lui lorsqu'ils le mirent debout ; les deux hommes l'aidèrent à passer d'abord dans un long couloir vide semblable à celui menant à l'échafaud, puis dans un living qui abritait entre ses quatre murs des millions de pesetas de distinction. L'homme d'Europe centrale s'assit derrière un bureau encadré par deux cornes de l'ivoire le plus éburnéen du monde ; le Latino-Américain fit asseoir Carvalho sur un pouf invertébré dans lequel il fut avalé par des milliers de petites billes de polyuréthane grommelantes parce qu'il fallait faire de la place au détective.

— Enlève-lui les menottes et mets-lui le pistolet sur la nuque. Ne bougez surtout pas, monsieur Carvalho. C'est un siège très bruyant et, au moindre bruit, mon compagnon peut perdre son calme.

L'homme d'Europe centrale dessinait ou écrivait sur un papier. Carvalho sentait la présence de l'autre dans son dos. Il prit ses poignets libérés. Il frotta ses bras à peine sortis d'un long voyage plein de douleur et d'impotence. De l'étage supérieur, parvint le bruit de pas du photographe. Il passa devant Carvalho sans le regarder, il portait à la main une liasse de photos qu'il déposa sur le secrétaire devant le blond aux yeux bleus. Ce n'est qu'à ce moment précis que la tête se leva pour que les yeux picorent sans plaisir les photos en question et fassent l'aller et retour vers le détective, à la recherche, semblait-il, d'un point de référence.

— Très joli. Ce sont de très jolies photos. Charmant, quand ce sera publié. Montrez-les-lui.

Carvalho se vit se jetant sur une pauvre gamine à moitié nue, les traits encore déformés, marqués par la panique. Quinze ou vingt photos. La tentative pour la faire taire. La surprise devant l'irruption. La nudité flagrante. La tentative de la cacher. Le photographe rendit les photos à la table et partit par où il était venu.

— Très jolies. Très jolies. Vous aimeriez qu'on les publie ?

— Si on me laissait faire mon choix, oui. Ça ne me fait rien. Mes parents ne me gronderont pas. Je suis orphelin. Je n'ai pas de femme. Pas d'enfants.

— Mais vous avez des clients. Et, à cette heure, un client qui ne peut risquer aucun scandale. Après le meurtre du chef, il ne manquerait plus que ça, trouver le détective privé en plein détournement de mineure.

Il pouvait être d'Europe centrale ou n'être qu'un responsable agressif sorti d'une quelconque école d'administration des entreprises, la langue asexuée par le talent polyglotte.

— C'est un chantage ?

— Ça dépend.

— Vous vous êtes donné trop de mal pour faire chanter inutilement un des rares hommes de ce pays qui n'a rien à cacher.

— Rien à cacher ?

— Rien. Pas même le plus horrible. Je me fous des autres comme de colin-tampon, mon cher, et, à votre air, vous le savez déjà.

— Je vais te les couper à la Gillette, dit l'autre dans son dos.

Alors Carvalho se souvint qu'il était nu à partir de la taille et victime de l'appétit goulu du pouf.

— Votre ami doit être le dernier spécimen. Je ne connaissais pas cette variante de gorille castrateur. Il est obsédé.

Le gorille castrateur agrippa une poignée de cheveux et tira jusqu'à faire basculer en arrière la tête du détective. Alors il laissa choir un crachat lent, lourd, semblable à du mercure, sur les lèvres du prisonnier. Carvalho essuya du revers de la main, contenant les nausées qui montaient de son estomac en cercles concentriques. Les yeux bleus avaient rapetissé, comme pour évaluer l'aptitude de l'homme à nettoyer le crachat.

— Ne parlez pas sans qu'on vous interroge. Répondez seulement aux questions. Peut-être ces photos n'ont-elles aucune importance pour vous. Mais elles chargent le dossier. En revanche, elles intéressent Santos. Quelles orientations avez-vous reçues ? Quelle direction vous a-t-on indiquée dans l'enquête ?

— De quelle maison êtes-vous ? La CIA ? Le KGB ? Ou le contraire ?

— Nous sommes de la Société protectrice des bébés baleines. Vous avez rencontré Fonseca. Qu'avez-vous décidé ensemble ? Où en sont les recherches officielles ?

— Avec Fonseca, nous avons parlé du bon vieux temps.

— S'il vous plaît. Vous n'êtes pas dans les meilleures conditions pour faire de l'ironie. Aujourd'hui, au point où en sont les choses, votre mort ne vaut rien, pas même une demi-heure d'enquête policière, ni le dérangement, même partiel, des gens de votre parti.

— Je n'ai pas de parti.

— Peu importe. Coopérez. C'est une information simple qui ne compromet rien. A qui allez-vous faire porter le poids du mort ?

— Et vous, que me conseillez-vous ?

— Voilà une bonne question.

— Excellente, apostilla l'obsédé testiculaire.

— C'est là un grand jeu, et vous n'êtes que la boule de la roulette. Elle va tomber sur le numéro et la couleur que le croupier voudra. Nous voulons savoir quelle couleur et quel numéro on vous a donnés.

— Pour le moment, c'est à moi de les chercher.

— Ne soyez pas naïf et ne me prenez pas pour un imbécile. En ce moment, il y a une douzaine de personnes qui vous surveillent et qui se surveillent. Il vous faut un appui.

— Vous ?

— Ça dépend. Si vous collaborez, oui. Nous avons besoin d'être informés périodiquement sur l'état de l'enquête. Particulièrement au moment où la boule sera sur le point de s'arrêter et de tomber dans la case.

— Apparemment, vous savez tout. Dites-moi dans quelle case va tomber la boule.

— Je sais très peu de chose. Je sais ce que je dois faire de vous. Ce que je dois vous dire et vous demander. Rien de plus. Dans ce jeu-là, chacun a son objectif. Moi, je fais mon travail.

— Ça ne te semble pas un peu grotesque cette histoire de photos ?

— Ça vous a paru grotesque, à vous, d'être coincé pendant trois heures ? Ça vous paraîtrait grotesque de vous refaire coincer trois heures ou cent heures de plus ? Qui nous en empêche ? Ne cherchez pas la petite bête. Évaluez le tout.

— Vous me rendez mon pantalon ?

— L'expert en matière de pantalon, c'est mon copain. Demandez-le-lui.

Le castrateur obsédé les observait du haut d'une indifférence ennuyée. Il eut du mal à comprendre que c'était à lui. Il se prépara à jouer son rôle. Il fronça le nez et le museau. Il durcit la voix :

— Pas question. Qu'il retourne méditer un moment. On verra plus tard.

— Méditez un peu plus. Vous aurez bientôt de nos nouvelles.

Ils le laissèrent dans la chambre qu'il avait partagée avec Gladys et avec la violée. Il se coucha sur le lit, après avoir vérifié que la porte était fermée et que les fenêtres étaient bloquées de l'extérieur. Les douleurs s'apaisèrent, léchées par le temps qui stagnait dans la pièce et, lorsque ses paupières se fermèrent, elles coupèrent l'obscurité physique pour lui ouvrir les portes du sommeil. Il était assis sur une chaise articulée de coiffeur, il contemplait dans le miroir la tête d'un pendu souriant.

Il fut réveillé par le bruit de la porte ouverte qui battait sous un vent persistant et froid. Lorsqu'il mit pied à terre, il trouva sur le sol son pantalon inhabité. Il l'enfila avec l'urgence du drogué, comme s'il retrouvait une partie de sa peau. Il se chaussa et finit de se vêtir. Il profita d'un entrebâillement spontané pour se glisser dans le couloir. Il le parcourut sur la pointe des pieds, le dos au mur. Il s'arrêta contre l'encadrement de la porte qui menait au living pour écouter tous les bruits que la maison offrait. Ils étaient tous provoqués par le vent jouant avec les ouvertures, raclant les façades telle une lime et tentant d'arracher la chevelure des arbres gémissants du jardin. Un homme perdu dans un living de plus de cent mètres. C'est l'image de lui-même qui lui tomba dessus à la manière d'une évidence. Il parcourut la maison en bon Robinson de toute île déserte. Avec Gladys et la violée, il avait occupé la chambre de service. La maison était une demeure familiale et offrait pour seul intérêt l'imagination déployée à rendre différentes les huit salles de bains et l'argent consacré à la décoration des cinq cents mètres carrés de surface habitable. Des photos de famille. Un diplôme d'ingénieur agronome : Leandro Sanchez Reatain. Une photo dédicacée par Franco. Une autre par Juan Carlos. Dans la cave, un empilement de bouteilles de vin de Rioja choisies sans le moindre discernement. Carvalho en déduisit qu'un grossiste leur avait refilé les plus mauvaises cuvées depuis le désastre d'Annual. Un cellier garni de jambons et de salaisons achetés au Prisunic local. Dans un énorme réfrigérateur pouvant contenir des centaines de boîtes de pêches au sirop, Carvalho trouva les dix boîtes rescapées de la voracité d'une famille sirupeuse et un chorizo orphelin, qu'il mordilla avec appétit. Pas la moindre trace des deux tueurs, ni du photographe, ni de la violée, ni de Gladys.

Il pensa appeler Carmela, mais il ne savait pas où elle était. Il était sept heures du matin. Il sortit et découvrit un horizon de jardins et de villas recouvertes d'ardoise, et des antennes de télévision dignes de retransmettre vers la lune des scènes de barbecue dans le faste des grillades de la Ve dynastie, grils en fer forgé amélioré et bronzes bronzés. La jeunesse de la plupart des arbres donnait son âge à cette zone résidentielle ; Carvalho la situait dant le Nord de Madrid, sans toutefois savoir à quelle distance précise de la route de La Corogne. Il longea la piscine recouverte d'un plastique bleu. Les sièges mobiles d'une balançoire prenaient un bain de lune. Il s'assit sur l'un d'eux et prit son élan pour se balancer. Il montait et descendait dans un va-et-vient silencieux d'escarpolette bien et récemment graissée. Il s'envolait vers une lune aux yeux pochés, et plongeait vers le bas pour retrouver l'éclat diamantin du riche gravillon. Un crapaud décidé passa sous le siège volant et s'en alla vers la piscine. Il disparut sous la bâche de plastique dans les eaux paralytiques. Carvalho remontait vers des cieux à l'obscurité impuissante devant une telle lune. C'était le même ciel que celui de la prison de Lérida transformé en chemin imaginaire de fuite dans une réalité bouchée par quatre points cardinaux de pierre. Un camarade lui avait envoyé une carte postale représentant un tableau magique de Klee. La lune était un ballon rouge jouant sur les toits d'une cité cubique. C'était la lune de Lérida. C'était la lune de Madrid plus de vingt ans après et, en arrêtant le dernier élan, il sentit que trop de froid avait pénétré sa peau, la fraîcheur nocturne des nuits prisonnières à Lérida et celle qui faisait briller le gravillon de la villa s'étaient, semble-t-il, conjuguées pour le glacer. Mais qu'est-ce que tu fous ici ? Mais qu'est-ce que tu pourrais bien foutre ailleurs ?

— Tu sais quelle serait la torture la plus forte pour un prisonnier ? Ne pas lui laisser voir le ciel.

C'était l'heure du crépuscule. Les trois frères

fugueurs avaient reçu l'étrange permission de sortir dans la cour en compagnie des quatre prisonniers politiques de la prison agricole de Lérida. Les trois frères fugueurs avaient tenté la fuite douze fois, ils empilaient cent cinquante ans de condamnations chacun. Ils revendiquaient des délits ayant eu lieu dans toutes les provinces d'Espagne pour provoquer le transfert et l'opportunité d'une fuite. Deux d'entre eux ne parlaient jamais. L'autre acceptait des cigarettes et observait le ciel comme s'il le buvait.

— Je ne le dis pas tout fort pour que ces cons-là ne m'entendent pas et en fassent autant dorénavant. Vous avez été à Burgos ? C'est plein de copains à vous.

— Vous connaissez un dénommé Cerdan ?

— Cerdan. Ça me dit quelque chose. C'est un jeune, comme vous. Là-bas, c'est une autre histoire. Il y a tous les rouges d'Espagne. Excusez-moi, mais je dis rouge avec respect. Moi, je respecte les rouges. Pour voir si Khrouchtchev vient un de ces jours en moto et flanque tous ces enfants de salauds à la mer. De Burgos, nous avons pris la fuite, mon frère aîné et moi, couchés dans les ordures. Six kilomètres. Six kilomètres à sentir le pourri ; ensuite ils ne nous ont pas laissés nous laver pendant toute la quarantaine.

Une mante religieuse s'était posée sur les pommes de terre fraîchement épluchées par le gros cuisinier avorteur qui faisait sécher sa viande à la lueur de la jeune lune.

— C'est la bête la plus pute qui puisse exister. Elle tue le mâle après se l'être fait.

Le fugueur connaissait tous les animaux de passage qui se faufilaient dans les prisons ; avec des cure-dents et du fil de pêche, il faisait des attelles pour les pattes des oiseaux blessés.

— Dans cette cour, il faudrait une balançoire.

C'était exact. Une balançoire aurait permis de monter, de monter, d'approcher la lune ballon rouge de Klee sur l'architecture cubique et blanche de cette prison rurale. Deux semaines plus tard, on emmenait les frères fugueurs à la prison pénale du Puerto de Santa Maria. Ils passèrent au milieu du bâtiment central et jetèrent un dernier regard de mépris et de fatigue sur un chef de service myope et auteur d'alexandrins. Carvalho tapa des mains pour enlever la poussière que lui avaient collée les chaînes de la balançoire. Le crissement du gravillon l'accompagna jusqu'à la grille de fer surchargé. Il sortit dans la rue soignée, presque inutile, une rue de quartier résidentiel choisi. Il la parcourut à la recherche du premier croisement et s'engagea entre des constructions homologuées, en quête de la sortie de ce dédale. Le bruit de la circulation augmentait vers l'ouest, il s'y dirigea et se retrouva devant la route de La Corogne et les premières files d'automobiles, phares allumés. Il gravit une pente à quatre pattes et émergea, tel un enfant, du matin et de la route. Il mit un certain temps à trouver le geste décontracté de l'auto-stoppeur. Les voitures passaient et l'éclaboussaient d'indifférence et de rapidité. Il faisait quelques mètres, se retournait, affrontait les phares aveugles et répétait son geste. Une Chrysler familiale conduite par un homme mou aux favoris blancs s'arrêta. Il portait un gilet.

— En panne ?

— Non. Une nouba un peu trop longue.

— Les noubas ne sont jamais trop longues quand on s'y amuse.

— La fille qui m'accompagnait s'était endormie.

— Les femmes sont très spéciales.

Il conduisait sans presque toucher le volant, comme si ce dernier l'écœurait.

— Vous savez le nom du quartier où vous m'avez pris ?

— Les Rozas. C'est une zone résidentielle chic. Moi, je possède un petit hôtel plus haut. Mon quartier aussi est très bien, mais c'est différent. Ce sont les collines de l'Amandier, une urbanisation que des copains et moi-même faisons marcher. Vous savez combien nous a coûté l'empan il y a quinze ans ? Vingt-cinq pesetas. C'est comme je vous le dis. Et maintenant, ce qui reste à vendre tourne autour de cent cinquante ou deux cents pesetas, c'est selon.

— Selon quoi ?

— Selon l'ensoleillement.

Le soleil se levait définitivement sur les toits de la ville.

— Un de ces jours, je vends tout et je disparais. Où est mon mari ? Et moi, je serai à l'autre bout.

— A l'autre bout du monde ?

— Peu importe, pourvu que ce soit l'autre bout. Vous êtes basque ? Heureusement. Parce que je veux aller à l'autre bout à condition qu'il n'y ait pas de Basques. Ils ont cru avoir plus de couilles au cul que les autres. C'est la faute au béret. Ça leur écrase les méninges. Ne croyez pas. J'aime ma femme et mes enfants, mais ils me bouffent. J'ai la sensation qu'ils me bouffent. D'où êtes-vous ?

— De Barcelone.

— Topez là.

Il topa là. Ils sont plus futés que personne. Ils ont plus d'argent et d'éducation que personne. Et ils ne posent pas des bombes comme les Basques. C'est autre chose. Ça c'est l'Europe.

— C'est une heure pour rentrer ?

D'abord, il eut le soupçon cinématographique de s'être trompé de chambre et recula d'un pas. Mais les dossiers bleus ouverts sur le lit, le sourire accueillant du gros homme engoncé dans le petit fauteuil de l'hôtel, lui confirmèrent qu'il était sur le bon chemin et qu'il devait entrer dans la pièce sans quitter du regard la main que le gros avait fourrée dans la poche d'une veste trop grande pour lui.

— J'ai passé toute la nuit ici à vous attendre.

— Nous n'avions pas rendez-vous.

— Vous êtes l'homme du jour. Vous avez rendez-vous avec tout le monde.

Il se mit à rire, la tête levée au plafond, une main agrippée au bras du fauteuil pour contenir le mouvement sismique de son corps.

— Je ne suis pas rancunier. J'ai dormi un peu. Contre le dossier. Ensuite, je n'en pouvais plus et je me suis fait une place sur le lit. Non, je n'ai pas dérangé vos dossiers. Ils sont comme ils étaient.

— Vous êtes russe, américain, allemand, tchèque ? D'après votre accent, vous m'avez l'air d'être d'Europe centrale et, pour ce matin, j'ai épuisé ma ration de gens d'Europe centrale.

— C'est quoi, un homme d'Europe centrale ? Qui sommes-nous, les hommes d'Europe centrale ? Des gens de rencontre, de passage. Moi-même, je ne sais pas ce que je suis. Et si je demandais un petit déjeuner pour deux ?

— Et ma réputation ?

Cette fois-ci, il employa sa main libre à contenir l'épicentre des éclats de rire, exactement le troisième pli de chair au-dessus de la braguette.

— Vous avez perdu l'autre main au siège de Stalingrad ?

Il empila de nouveaux éclats de gaieté sur les précédents, mais ne sortit point sa main invisible.

— Vous êtes très drôle ; le détective le plus drôle que j'aie jamais connu. Un bon début, oui, monsieur. Si nous déjeunons, notre humeur ne s'en portera que mieux. Je veux déjeuner ici.

C'était un ordre. Carvalho prit le téléphone et demanda un déjeuner pour deux.

— Moi, je pense ne rien prendre. J'ai horreur des petits déjeuners d'hôtel.

— Je les prendrai tous les deux. L'important, c'est le rituel. Le bruit des tasses, celui du lait les remplissant, la spatule beurrée sur les tartines grillées. Ça apaise les esprits.

— Vos copains sont moins aimables que vous.

— Quels copains ?

— J'ai passé toute la nuit avec deux messieurs qui m'ont soumis à un habile interrogatoire.

— Vous voyez ? Vous avez rendez-vous avec tout le monde. Malédiction. Ils m'ont pris de vitesse. A quelle heure les avez-vous rencontrés ?

— A deux heures du matin.

Il soupira, satisfait.

— Je suis arrivé ici bien avant. En fait, je suis arrivé le premier, mais vous n'êtes pas venu à mon rendez-vous. Je le ferai constater.

— A qui ?

— Monsieur Carvalho, je n'ai rien à voir avec vos rencontres de ce matin. Disons que ce n'étaient pas des gens de ma boîte. La mienne est une boîte sérieuse, il n'y a pas d'interférences. Chacun a sa zone bien délimitée. Que voulaient-ils ?

— La même chose que vous.

— Moi, je ne vous ai encore rien demandé. Je viens vous faire une offre.

— Laquelle ?

— Une protection. Je sais, je sais que vous avez une escorte de communistes nobles et loyaux. Je sais aussi que la police espagnole peut vous protéger. Mais c'est là un jeu trop complexe, monsieur Carvalho. Décrivez-moi vos compagnons de nuit.

Carvalho les décrivit.

— Je connais le Latino-Américain. Un type dangereux, converti depuis peu et qui veut montrer ses mérites. L'autre, non. Ils doivent l'avoir fait venir spécialement pour l'affaire. Tout s'est trop compliqué, monsieur Carvalho. Il y a des moments où, moi-même, je dois m'arrêter et me dire : voyons, avec qui es-tu, et contre qui ? Vous avez déjà lu des romans de Le Carré ? Moi, je me trompe toujours avec Le Carré. Smiley travaille-t-il réellement pour l'Intelligence Service ? Il ne sait jamais l'origine de ce qu'il trouve ni où il va arriver. Imaginez qu'un jour Smiley découvre qu'il travaille pour le KGB, quel serait son premier souci ? Savoir si les plans quinquennaux lui servent pour la retraite. Je veux bientôt prendre ma retraite. J'ai trente-cinq ans de métier.

— Au service de qui ?

— De l'humanité.

— Où vous retirerez-vous ?

— Dans une petite maison qui m'attend au bord de la mer, je ne vous dirai pas laquelle.

— Comment pouvez-vous me protéger ?

— Ça dépend de l'intérêt que j'aurai à vous protéger. Ça dépend de ce que vous me donnerez en échange.

—Vous voulez savoir ponctuellement où en est mon enquête ?

— C'est ça.

— Et surtout que je vous prévienne lorsque je proposerai l'assassin à l'acceptation de mon client.

— Très intelligent.

— Je suppose que vous et mes interrogateurs nocturnes savez qui a réellement fait le coup ; vous voulez être prêts à réagir devant l'assassin officiel.

— C'est un meurtre peu commun. Il est clair qu'il porte préjudice au parti communiste d'Espagne et aux commissions ouvrières. Mais à qui bénéficie-t-il ? Au capitalisme monopoliste international ? A Moscou et à sa stratégie en Europe du Sud ? Eh bien oui. Il bénéficie aux uns comme aux autres. Vous l'avez remarqué ?

— Comme tout le monde. J'ai l'impression de lire l'éditorial d'*el País*.

— Mais cela ne veut pas dire que le crime a été manigancé par les uns ou les autres. La politique internationale est pleine d'outsiders, n'importe quel roitelet du monde commence par monter son propre service secret, après quoi il fait sa bombe atomique. C'est leur seul moyen de se faire respecter. Ça n'est plus comme avant. Quand j'ai commencé, seules les grandes puissances étaient capables de déployer de tels efforts. Ça faisait plaisir. Maintenant, le marché s'est rempli de bricoleurs. Ce que fait Kadhafi, par exemple, n'a pas de nom : il sous-traite des agents d'autres services secrets. C'est comme je vous le dis. C'est comme ça qu'on se retrouve en train de travailler pour la même cause avec des gens de l'autre camp. Ça n'est pas sérieux.

Une serveuse partagea son air sournois entre les deux hommes, elle laissa la table roulante à équidistance des deux.

— Mon neveu n'a pas faim, mais je mangerai tout.

La fille lui souhaita un bon appétit et sortit.

— Votre réputation est sauve. Je suis très déférent avec mes associés.

— Il y a combien de personnes en piste ? Après vous, qui me demandera la même chose ?

— Je doute que quelqu'un d'autre tente sa chance ainsi, directement, face à face. Mais ils suivent l'affaire à distance, me semble-t-il, et à tout moment peut intervenir un outsider. Notre protection vous intéresse. Les confitures d'aujourd'hui ne valent plus rien. Pour vous ce sera très simple. La fenêtre de cette chambre donne sur la rue. Quand vous aurez une communication à nous faire, vous vous penchez à la fenêtre et vous agitez une serviette, peu importe laquelle.

— Et de nuit ?

— La même chose. Nous vous suivons nuit et jour.

— Hier au soir aussi ?

— Aussi. Ça ne m'importait pas que mes concurrents fassent les premiers pas. Ce qui m'importait, c'était de passer un bon moment dans cette chambre. A étudier ces dossiers. Vous avez calculé la distance entre les tables et celle de Garrido et le temps où la lumière est restée éteinte ? Ça réduit les soupçons aux gens assis dans les trois premiers rangs, plus ceux placés perpendiculairement à Garrido. Vous l'avez observé ?

— Dites-moi le nom de l'assassin qui vous intéresse.

— Je l'ignore ; j'ignore aussi quel assassin m'intéresse. Je ne domine pas toute la partie. Mais je suis un vieux renard, et je me contente de vous dire des vérités objectives. Vous ne prendrez pas même une tasse de café ? (Il servit une tasse de café à Carvalho.) Je suppose qu'à présent vous allez prendre contact avec Fonseca pour lui raconter vos deux rencontres ?

— Dès votre départ.

— Appelez, appelez, ne faites pas de manières.

— J'aime me doucher et téléphoner seul.

— C'est l'individualisme qui perd les Espagnols.

Il se leva à l'aide des deux mains.

— Merci beaucoup de m'avoir traité amicalement. Vos collègues n'ont pas été aussi aimables.

— Ils font du zèle, ils sont jeunes. L'expérience tient lieu de grade. Je n'ai pas besoin d'avoir recours à la violence. Mais attention, monsieur Carvalho, s'il le faut, je vous flanque une balle entre les deux yeux, sans que ça me coupe l'appétit.

Apparemment il tourna le dos au détective pour quitter la pièce, mais un de ses yeux fendus contrôla ses mouvements jusqu'à ce que la porte les séparât.

— Las Rozas. Leandro Sanchez Reatain. On va savoir tout de suite qui est ce monsieur.

Fonseca passa le papier à Sanchez Ariño. Dillinger le prit avec grand intérêt et sortit à une vitesse de croiseur. Fonseca observa, satisfait, la diligence de son assistant.

— Vous voyez ? Nous mettons un réel intérêt pour aller au fond de cette affaire. Ils vous ont fait mal ? Les sauvages...

Carvalho soutint son regard pour voir si l'ironie pointait au fond de ses yeux aqueux. Mais Fonseca avait l'air vraiment prêt à pleurer en imaginant les vexations endurées par le détective.

— En outre, cela signifie un tel mépris de notre souveraineté.

Mlle Pilar hocha la tête sur sa machine à écrire. Fonseca fit un numéro de téléphone. « Monsieur le ministre », demanda-t-il.

— Monsieur le ministre, nous venons d'être victimes d'une attaque, une agression contre notre souveraineté.

Il lui raconta ce qui était arrivé à Carvalho.

— Monsieur le ministre se met à votre disposition, dit Fonseca en mettant ses mains sur le micro.

— Merci beaucoup.

— Il vous remercie du fond du cœur. Nous collaborerons jusqu'à la fin. Évidemment, monsieur le ministre. Notre corps et l'Espagne avant tout.

Il raccrocha et se leva, rempli d'indignations abstraites :

— Je ne peux pas supporter qu'un étranger, quel qu'il soit, porte la main sur un Espagnol. Je ne peux pas le supporter. (Il sanglota et se couvrit le visage avec ses mains.) Ils finiront par venir pisser sur nos portes et chier sur nos tombes.

— D'après les indications que je vous ai données, vous ne savez pas à quels services ils appartiennent ?

— Oh ! mon fils, qu'est-ce que vous me demandez là ! A Madrid, vingt-quatre services d'informations de divers pays et organisations internationales fonctionnent régulièrement. Vous dites que l'un d'eux était gros, très gros ? Il avait une lèvre comme ça ?

— Non, il n'avait pas de lèvre comme ça.

— Sûr ?

— Certain.

— Alors ce n'est pas celui auquel je pense.

Sanchez Ariño entra et lui mit un papier entre les mains.

— Bon Dieu. Bon Dieu. Bon Dieu.

Carvalho se leva, inquiet. Fonseca le regarda, souriant, décontracté, spirituel.

— A s'en lécher les babines. Il s'avère que la maison existe, mais pas son propriétaire. Sanchez Reatain est mort il y a quatre mois dans un accident de voiture, la maison est en vente.

— Le réfrigérateur contenait des aliments achetés depuis peu, et la balançoire du jardin venait d'être graissée.

— Vous vous êtes balancé ?

— Oui.

Fonseca et son assistant se regardèrent.

— Vous vous êtes balancé, répéta Fonseca, comme pour essayer de s'en convaincre. Bizarre. La maison appartient encore à la famille Sanchez Reatain et ils ne l'ont louée à personne. Très bizarre.

— On peut parler avec la famille ?

— Inutile. Elle est éparpillée. La femme est en Suisse chez une de ses sœurs et les enfants étudient à l'étranger. Ils ont même renvoyé les domestiques et loué les services d'une entreprise de nettoyage qui fait le ménage une fois par semaine.

— Quelle entreprise de nettoyage ?

— Quelle entreprise de nettoyage ?

Dillinger assuma la question. Quelle entreprise de nettoyage ? Bien sûr, c'est par là que le contact a été pris. Vous êtes un bon professionnel. On voit que vous avez du métier. Je ne vous offre pas de travailler avec moi, parce que je ne sais même pas combien de temps je vais rester. Ah ! quelle époque que celle-ci, où l'on paie la plus grande fidélité par l'infidélité.

— Je voudrais avoir accès aux archives confidentielles sur les membres du comité central du PCE.

— Si vous avez une semaine à perdre, je n'y vois pas le moindre inconvénient. Mais ça n'apportera rien que vous ne sachiez déjà. Elles se bornent à constater la trajectoire délictuelle de ces gens-là jusqu'à la légalisation. Il faudrait que j'en parle à mes supérieurs.

— Je veux voir ce qui n'est pas activité « délictuelle », comme vous dites, mais la vie privée. Par exemple, de quoi ils parlent au téléphone.

— Il y a toute une légende sur les écoutes téléphoniques. Nous sommes un pays pauvre, et nous n'avons pas la technologie adéquate ni les fonctionnaires suffisants pour être suspendus au téléphone de tous les rouges de chez nous. Bon, mais si vous ne généralisez pas tant, et si vous me dites « je veux celui-ci ou celui-là », cinq, six, ça, c'est plus facile à monter. Mais des douzaines, non, ne nous demandez pas l'impossible. Ne me dites pas qu'au point où vous en êtes vous n'avez pas vos candidats.

— Je vous les échange contre les vôtres.

— On pourrait étudier la proposition.

Les yeux aqueux de Fonseca se contentèrent, pour l'heure, d'étudier Carvalho.

— Moi, j'ai un candidat ; à dire vrai, deux. Mais surtout un.

— Qui ?

— Je vais être franc avec vous, ensuite je laisserai à votre libre arbitre de me dévoiler vos favoris. Mes candidats sont Martialay et Marcos Ordoñez. Vous savez que Garrido était en apparence très eurocommuniste et très libéral, mais ça l'insupportait de perdre le contrôle de n'importe quel centre de pouvoir et c'est ce qui lui arrivait avec le mouvement syndical. Quant à Marcos Ordoñez, c'est une longue histoire. Vous savez de qui je parle.

— Non.

— Ne plaisantez pas.

— Je ne plaisante pas.

— Marcos Ordoñez est un des communistes historiques d'avant-guerre. Il était intime avec Garrido jusqu'à ce que se produise la lutte pour la succession vers la fin des années quarante. Marcos Ordoñez n'a pas appuyé Garrido, mais un autre, un certain Galdon, qui est déjà mort. Galdon a perdu, Garrido a gagné et Marcos Ordoñez a été mis à l'écart ; il a même dû partir travailler en Tchécoslovaquie. Vous, on ne vous a pas raconté les histoires d'exil de ces gens-là, n'est-ce pas ? On vous a seulement raconté la partie héroïque, leur héroïsme, comment ils résistaient à mes tortures, les tortures du bourreau Fonseca et tout le saint-frusquin. Oui, oui. Je sais tout ça. Mais il y a beaucoup de merde dans ces histoires d'exil, surtout chez les dirigeants. Beaucoup de jalousie, petite ou grande. Beaucoup de batailles de clans influents à l'intérieur du Parti. Mais revenons-en à Marcos Ordoñez. Après le XXe congrès du PCUS, Garrido avait besoin de tous les appuis possibles pour imposer la déstalinisation à l'intérieur du Parti, et le voilà qui se met à récupérer des éléments pouvant affronter la conjuration staliniste. L'un de ces éléments fut Marcos Ordoñez, il était dans un état de prostration politique totale. Imaginez-vous un peu, il était des premiers et il n'arrive pas au comité exécutif avant 1973, pour ainsi dire à la fin de sa vie ; car cet homme est très malade, très très malade, très marqué par les souffrances morales auxquelles il a été soumis. Comprenez-le. Mettez-vous dans sa peau. Mettez-vous-y.

— Vous appréciez beaucoup Marcos Ordoñez, ça se voit.

— Pourquoi dites-vous ça ?

— Je vois que son sort vous attriste.

— On n'est pas en bois, et j'ai tellement étudié ces gens-là qu'ils ne me sont pas indifférents ; et, grâce à la solidité de mes principes, surtout de mes principes catholiques, j'ai pu résister à leur formidable pouvoir de séduction et je ne suis pas devenu communiste.

Ce fut Mlle Pilar qui fit entendre la première de petits éclats de rire, mais après une brève et sévère hésitation, Fonseca y alla à son tour de son rire qui le mena au bord de l'asphyxie.

— L'*Urbana Matritense,* dit Dillinger depuis la porte.

— L'*Urbana Matritense,* répéta Fonseca à voix basse ; et ses yeux lancèrent des éclairs d'expectation vers un Dillinger sans enthousiasme.

— Qu'est-ce que c'est que ça ?

— La société qui s'occupe du nettoyage de la villa. Rien d'anormal. C'est une affaire familiale ayant plus de cinquante ans de tradition.

— On va t'en foutre à toi de la tradition, la tradition. Cherche. Cherche. Cherche !

Fonseca frappait d'un doigt tendu le revers de Dillinger. Carvalho passa près d'eux, en formulant quelque chose qui ressemblait à un adieu.

— Vous partez déjà ? Je promets de vous tenir immédiatement au courant de ce que je découvrirai.

Carvalho eut un geste d'assentiment.

— Mais, la prochaine fois, je ne serai pas aussi loyal avec vous. Moi j'ai parlé, pas vous.

— Pour une fois, nous avons inversé les rôles.

Santos l'attendait seul, assis au bout d'une longue table de bureau. Devant lui s'entassaient les obsédants dossiers bleus. Il les montra à Carvalho et se leva pour se promener autour de la table, tandis que le détective auscultait les viscères des vingt chemises.

— Si vous voulez, vous pouvez partir. J'en ai pour deux heures de travail.

— Si ça ne vous dérange pas, je vais rester.

Carvalho tira de sa poche un bloc-notes et un plan de la salle de conférence de l'hôtel *Continental.* Il plaça le bloc-notes en guise de table présidentielle et distribua les dossiers selon la position qu'avaient occupée dans la pièce les militants qu'ils concernaient. Dans chaque chemise, il y avait une photo et l'historique politique personnel.

— Du bon travail.

— Je l'ai fait tout seul. Je n'ai pas voulu que quelqu'un d'autre fourre son nez là-dedans.

Comme dans l'attente d'un résultat d'examen, Santos poursuivait sa promenade, observant de temps à autre les manipulations de Carvalho. Il lut les curriculums, prit des notes ; finalement il écarta les chemises pour ne garder que les photos aux places théoriquement occupées par les personnes représentées. Il considérait les visages un par un, fixant les regards anodins de photos d'identité agrandies. Il sortit six portraits et six curriculums et les posa à l'autre bout de la table. Santos s'arrêta et examina les têtes, un sourire sceptique aux lèvres :

— Les suspects ?

— Les plus suspects.

— Juan Sepulveda Civit, Marcos Ordoñez Laguardia, Juan Antonio Lecumberri Aranaz, Felix Esparza Julve, Paco Leveder Sanchez Espeso, Roberto Escapa Azancot. Un bon choix. Je vous félicite.

— J'ai tenu compte de la disposition de la salle. J'ai éliminé les femmes et les vieux parce qu'ils n'étaient pas en condition de donner un coup de poignard dans ce genre. Ces six hommes n'épuisent pas toutes les possibilités. Si je ne trouve rien chez eux, j'irai jusqu'aux vingt.

— Je suppose que vous avez dû lire l'historique de ces gens-là. J'observe, d'autre part, que vous avez retenu un vétéran, Marcos Ordoñez. Il était en condition physique de le faire ?

— En théorie, non. Mais peut-être était-il en condition psychologique. Si j'en crois mes informations, Ordoñez collectionne les rancœurs contre Garrido.

— On vous a raconté l'épuration des années cinquante ? Mais ensuite, Ordoñez a été réhabilité, il a atteint les plus hauts postes dans le Parti.

— Mais il semble que son exil en Tchécoslovaquie lui a même fait perdre sa famille. Sa propre femme a écrit une lettre à la direction du Parti en reniant son mari et en l'accusant d'être un adepte de Tito. C'était très grave d'être un adepte de Tito ?

— Jusqu'en 1954, c'était très grave.

— Que s'est-il passé en 1954 ?

— La nouvelle équipe dirigeante de l'URSS a révisé sa position face à la Yougoslavie. C'était le début de la déstalinisation.

— Le couple Ordoñez s'est reformé ?

— Non. Elle est passée à l' « intérieur ». Elle a été arrêtée en 1958 et n'est pas sortie de prison avant 1965. C'était trop long.

— Que fait-elle à présent ?

— Elle est morte à Bucarest il y a deux ans. C'était une vraie ruine physique, nous l'avions envoyée dans un sanatorium roumain.

— Il y avait des enfants ?

— Ils sont restés avec leur mère et, lorsqu'on l'a arrêtée, ils ont disparu. Aujourd'hui, ils n'ont rien à voir avec le Parti. Je crois que l'un d'eux est tailleur à Barcelone, et l'autre tient un restaurant à Melbourne.

— Ils ont des relations avec leur père ?

— A peine.

— Une jolie histoire politique à la plus grande gloire et au plus grand honneur de la discipline militante.

— Nous luttions contre la dictature militaire et nous ne pouvions pas faire de nuances. Nous n'étions pas seulement durs avec les autres, mais aussi avec nous-mêmes. Moi, je n'ai pas vu grandir mes enfants ; je suis un étranger pour eux. Nos enfants ont poussé grâce à la ténacité de nos femmes qui ont vécu comme des veuves, de prison en prison, de jugement en jugement. Il y en a dont le sort a été pire que celui d'Ordoñez. Au moins, dans son cas, on a pu réparer.

— Juan Sepulveda Civit. Ingénieur industriel. Quarante-deux ans. Militant du Front de libération populaire, a rejoint le parti communiste en 1965. Responsable du secteur professionnel pendant près de dix ans, jusqu'à la territorialisation. Qu'est-ce que ça veut dire : territorialisation ?

— Lorsque le Parti a commencé à croître quantitativement, on est passé de l'organisation sectorielle à une organisation territoriale pour empêcher, entre autres, certaines déviations corporatistes qui commençaient à se manifester.

— Sepulveda Civit. Conseil de guerre en 1962. Tribunal d'ordre public en 1967. Mis à la porte de chez Perkins, de chez Pegaso. Marié, deux enfants. Je vois qu'il paie une cotisation de quatre mille pesetas par mois, c'est beaucoup.

— Ça représente 1 % de ses émoluments.

— Quatre cent mille pesetas par mois. Pas mal.

— C'est un ingénieur très coté. Le Parti a recours à lui sur le plan économique lorsqu'il y a des problèmes : élections, achats spéciaux...

— Selon mes renseignements, c'est l'un des héritiers possibles de Garrido. On dit ici qu'il s'est opposé à Garrido à propos du dernier congrès. Il s'est identifié aux positions « léninistes » face aux positions « eurocommunistes ».

— Peut-être est-ce un peu exagéré. On a relevé chez lui cette tendance, logique d'autre part. Sepulveda est un grand militant, mais on lui reprochera toujours ses origines sociales et culturelles le poussant à adopter des positions maximalistes. Les intellectuels sont habituellement plus radicaux que les ouvriers pour s'affirmer. Il faut craindre autant les intellectuels orgueilleux, qui savent toujours tout, que les humbles et leur complexe d'infériorité devant la classe ouvrière.

— Vous y avez beaucoup réfléchi.

— C'est mon travail. Je suis un bureaucrate, ne l'oubliez pas.

— Marié, avec deux enfants. Sa femme n'est pas militante, mais elle collabore ponctuellement, elle l'a aidé efficacement pendant la campagne électorale.

C'est une Lamadrid Raistegnac. Ça me dit quelque chose.

— Son père est dans une vingtaine de conseils d'administration, il est comte de je ne sais quoi, un titre pontifical.

— Vous avez de très bonnes relations. Continuons. Juan Antonio Lecumberri Aranaz. Il vient de l'ETA militaire. Merde ! ça commence à bouger. Son arrivée est récente : 1973. Un passé violent, d'après ce que je vois, condamné pour ses activités dans l'ETA dès 1967, blessé lors d'un affrontement avec la garde civile. Économiste. Actuellement membre de la commission des finances du Parti. Libéré. Ceci veut dire, je suppose, qu'il est permanent du Parti.

— Il aide à la comptabilité du Parti, il est l'un des responsables de l'organisation. C'est un garçon un peu difficile. Ces derniers temps, il a l'air écrasé par le travail politique, et il semble qu'il va demander un congé pour convenance personnelle. Il s'est marié il y a trois ans, et sa femme ne comprend pas le vœu de pauvreté auquel son mari la contraint. Il pourrait gagner très bien sa vie. C'est compréhensible. Mais ça ne me semble pas une raison suffisante pour assassiner Garrido.

— Felix Esparza Julve. Quarante ans. Il militait déjà dans les Jeunesses, à Bordeaux, en 1953. Fils d'exilés. Garçon de courses. Marié. Trois enfants. Il a été permanent du Parti au début des années soixante, à Paris et dans les Asturies.

— Nous l'avons fait passer dans les Asturies après les coups de filet de 1962 et 1963, pour y réorganiser le Parti. J'avais été l'ami de son père, un des camarades les plus courageux. Il s'est exilé en 1939, nous l'avons fait rentrer en Espagne clandestinement en 1944 pour servir de liaison avec les guérilleros de Valencia ; on l'a arrêté et mis en piteux état. Il est mort tuberculeux dans la prison pénale de San Miguel de los Reyes. J'ai été une sorte de parrain pour Felix, Julvito. Je l'appelle

Julvito. Le militantisme m'a conduit à vivre plus avec lui qu'avec mes propres enfants. Pour lui, je mettrais mes mains et mes pieds à couper.

— Et pour les autres non ? Que faut-il en déduire ?

— Les autres méritent toute ma confiance, et je vous jure qu'en ce moment je souhaiterais plutôt une explication surnaturelle pour disculper tout le monde. J'ai honte de vous avoir aidé à élaborer tous ces dossiers et d'être avec vous en train de marchander la dignité de mes camarades.

— Il y a un assassin dans un parti de deux cent mille militants. La proportion n'est pas mauvaise.

— Non. Ça n'est pas ça le calcul. Il y a un assassinat dans un comité central d'une centaine de personnes réunissant et sublimant l'histoire héroïque du Parti. Le voilà le problème, l'inexplicable problème.

— Paco Leveder Sanchez Espeso. Je vois que vous avez frivolisé sa biographie. Vous le qualifiez de « contestataire professionnel ». Pourquoi ?

— Il est passionné d'esthétique et il adopte toujours les positions les plus belles. Par ailleurs, il a toujours été un militant très combatif, tant à l'université que dans le groupe des intellectuels. Il a passé trois ou quatre ans en prison et a toujours fait front pour le Parti lorsque cela était nécessaire. Il est au comité central parce qu'il a bonne presse parmi les intellectuels.

— Vous notez ici : « a voté contre Garrido ».

— Lors du dernier congrès, on a élu l'actuel comité central. Ce comité central a élu le secrétaire général et le bureau exécutif. Garrido a presque été élu à l'unanimité. Le presque, c'était Leveder. Il a levé le bras tout seul lorsque nous avons demandé s'il y avait des voix contre.

— Et vous ne l'avez pas envoyé en Sibérie ?

— Il faut admettre que, dans ce Parti, le temps de l'unanimité est terminé.

— Il a justifié son vote négatif ?

— Oui. Il a demandé la parole et justifié son vote. Il

a dit qu'il avait voté contre Garrido pour une question de pédagogie élémentaire. Pour préparer les dirigeants charismatiques à l'évidence, ils ne sont pas des dieux. Je crois que l'explication du vote a plus ennuyé Garrido que le vote lui-même. Il a éclaté. Il a éclaté comme il éclatait. Avec cette violence interne contenue qui affleurait dans ses mots. Dès lors, ils n'ont pas eu de bons rapports. Ils le dissimulaient sur le ton de la plaisanterie, mais il y avait une antipathie fondamentale.

— Et donc, Leveder est votre candidat ?

— Non. Pas du tout. C'est un frivole, un esthète. Est-ce qu'on tue par frivolité ou esthétisme ? En littérature ou au cinéma, c'est possible ; dans la vie, non.

— Leveder est séparé, il a une fille. Séparé d'une militante du PCE international. Il est professeur de sociologie à la faculté des sciences de l'information. Je vois que vous le qualifiez d'anarchiste.

— Il dit lui-même en parlant de lui qu'il est libéro-marxiste, mais moi je crois que c'est un démocrate, un anar qui est entré au Parti pour des raisons d'efficacité historique.

— Roberto Escapa Azancot, agriculteur de la Manche. Maire de son village, élu aux dernières élections municipales. Trente-cinq ans. Marié. Quatre enfants. Membre du Parti depuis 1970. Très peu de renseignements.

— C'est un militant tenace et qui tient ses promesses ; il n'a pas de biographie particulière. C'est un de ces grands travailleurs du Parti. A lui tout seul, il est capable de faire marcher une région. Il vaut son poids. Peut-être ai-je oublié de préciser qu'il est joueur de pipeau, il s'est promené dans toute la Manche pour réhabiliter cet instrument.

— Garrido aimait le pipeau ?

— Il ne s'est pas prononcé sur le sujet.

Un visage de vieille grenouille sage et fatiguée, tel était celui de Marcos Ordoñez ; un visage de Basque anarchisé, c'était Lecumberri ; souriante et vendeuse d'arrière-boutique, la face d'Esparza Julve ; l'ironie comme méthode de connaissance dans le sourire de Leveder ; une solidité d'éleveur sur la figure de fromage manchego d'Espasa Azancot ; et, par-dessus tous ces portraits, la tête de ministre de Sepulveda, une tête de conférence de presse et de discours programme, une tête importante.

— Si vous n'avez plus besoin de moi.

— Non, je n'ai plus besoin de vous.

— Vous avez passé ces noms à Fonseca ?

— Non.

— Vous allez le faire ?

— Non.

— Pourquoi ?

— Je ne veux pas précipiter les choses ni mettre personne en danger. Je ne veux pas préfabriquer un Oswald.

— Merci de la confiance que vous m'avez témoignée.

Lorsque Santos Pacheco fut sorti, Carvalho se détendit en mettant les deux pieds sur la table et en faisant basculer la chaise sur les pattes arrière. Il réprima la tentation de prendre le téléphone voisin pour appeler les six suspects. Il ramassa dossiers et photos. Il se pencha au balcon vitré et guetta la rue plantée d'arbres qui portait un nom de rivière. Julio et son compagnon s'y tenaient appuyés contre la voiture de filature. Quelques mètres plus loin apparaissait une fourgonnette blanche. Carvalho l'examina distraitement jusqu'à prêter attention à l'enseigne qu'elle arborait : *Urbana Matritense.* Le détective palpa son pistolet sous l'aisselle, prit les dossiers, sortit de la pièce, ne fit pas cas du salut de Mir auquel il répondit d'un grognement, et fonça droit sur une fille qui tapait à la machine.

— Donnez-moi un grand sac pouvant contenir toutes ces chemises.

Il ferma le sac d'un air jaloux et recommanda à la fille de le faire parvenir à Santos. Il sortit dans la rue. Julio et son ami étaient encore là. La fourgonnette, pas.

— Une camionnette vient de partir ?

— Oui, à l'instant.

— Je monte avec vous.

— Ça n'est pas convenu. Mais allons-y.

Carvalho plia et replia les notes qu'il avait prises sur les six hommes et les glissa dans la poche de poitrine de sa veste.

— Allez comme en direction du siège central du Parti.

— A Castelló, mec !

La camionnette les suivait ostensiblement, allant jusqu'à se placer à la hauteur de la voiture.

— Maintenez-vous à côté de la fourgonnette.

Carvalho baissa la vitre et sourit au Latino-Américain, compagnon occasionnel du conducteur. Le détective sortit le pistolet et visa la tête du castrateur obsédé. L'orographie faciale de l'homme se mit en marche, il recula son visage et le véhicule fit un écart brusque vers la gauche.

— Accélérez.

Par la vitre arrière, il contempla la manœuvre de la fourgonnette voulant retrouver son itinéraire de poursuite.

— Il est joueur, le copain. Comme s'il n'y en avait pas assez comme ça.

Julio tenait, lui aussi, un pistolet et regardait Carvalho d'un air soucieux.

— C'est une vieille histoire. Ces enfants de salauds, dans la fourgonnette, m'ont cassé les couilles toute la nuit.

Julio troqua le pistolet contre un stylobille et releva le numéro d'immatriculation du véhicule.

— C'est inutile. Ils ont du pouvoir. Je ne sais pas lequel, mais ils en ont un et ils veulent me le montrer.

La fourgonnette était à nouveau à hauteur de la voiture. Le passager avant baissa la vitre. Alors apparut une main tenant un papier dans le vent. Carvalho sortit son bras, il prit le papier et la main.

— Accélérez.

Il entendit le cri de l'homme lorsque le bras de ce dernier se brisa contre le rebord de la vitre ouverte. Carvalho garda le papier et se retourna pour constater que le véhicule perdait de la vitesse et laissait passer d'autres voitures.

« Cet après-midi à cinq heures à la librairie de la rue Princesa. »

— Pour un sale coup, c'est un sale coup. Ce mec va se souvenir de vous.

— C'est un foutu Américain qui ne l'a pas volé. Maintenant, arrêtez-moi près d'un marché.

— Un marché de quoi ?

— De choses comestibles.

— Un supermarché ?

— Non, un marché.

— A Diego de León, il y en a un tout petit.

Il les chargea de dire à Carmela qu'il voulait la voir en milieu d'après-midi.

— Dites-moi où, par exemple.

— Elle va souvent à *la Manuela*, à Malasaña.

— A six heures.

A la porte du marché, un homme jouait une vieille chanson grivoise sur une mandoline. A ses pieds, un papier journal avait accueilli une pauvre pluie de pesetas. Carvalho se promena entre les étals, manifestant l'intérêt intime d'un visiteur de petite église romane. Les marchés madrilènes donnent une leçon de symétries polychromes dans leurs éventaires, aux rythmes des panaches d'oignons, museaux de thons métallisés, truites en verre peint « liberty », dépouilles de cartons humanisés, chorizos de Candelario, gros haricots de La Granja polis un à un, pois chiches en porcelaine. Il acheta des tripes cuites, du pâté de tête, des pois congelés, les premiers artichauts frais de l'année, une tête d'ail, des amandes, des pignons, un bifteck de thon, une boîte d'anchois, de l'huile, des oignons, des tomates, et se retrouva à la porte du marché les mains pleines, le jour même où ça n'était pas le jour d'avoir les mains pleines. Cette évidence fondit sur lui quand il se vit devant l'homme à la mandoline. A présent, il jouait *Maite,* une chanson basque. Il ressemblait à un cheminot en grève, cubique, les bras costauds et les jambes faibles, comme tous les cheminots. L'homme regardait les sacs qui occupaient les mains de Carvalho, puis il le regarda, lui, d'un regard plein de doute et de sarcasmes. Le détective posa les paquets par terre et laissa choir cent pesetas sur le papier journal. Les yeux du musicien se remplirent de gravité, il joua plus lentement, plus précisément. La musique fut étouffée par le vacarme circulatoire, tandis que Carvalho remontait le long du grand trottoir tout en se demandant que faire des sacs de provisions. Il arrêta un taxi.

— Allez à l'hôtel *Opéra* et dites au portier de monter ces paquets à la chambre 311.

— Qu'est-ce qu'il y a dedans ?

— Un dîner pour deux.

Le chauffeur examina le contenu.

— Ça n'est pas un manque de confiance, mais avec tout ce qui arrive…

Il sourit à la vue du pourboire.

— J'y cours, et bon appétit.

Carvalho entra dans une cabine téléphonique sans téléphone, ensuite dans une autre dont le téléphone n'avait plus de nerfs et était éventré ; finalement, il obtint de pouvoir appeler depuis un bar après avoir consommé une ration de clovisses et une demi-bouteille de vin blanc frais de Rioja.

— Vous n'avez pas de vin de Rueda ?

— Non. Du Valdepeñas ou du Rioja.

« Madrid est une ville prédéterminée sur le plan vinicole. »

Ce fut la dernière pensée banale qui lui vint avant qu'il ne s'enfermât dans la cabine de la cafétéria et prît des rendez-vous avec les six hommes de sa liste. Il appela le comité central : il fallait localiser l'homme de la Manche et le mettre à sa disposition dès le lendemain.

— C'est un mauvais jour pour moi. Je prépare mes cours pour demain. Je suis entouré d'étudiants voraces qui, actuellement, ne pensent qu'à étudier. Peut-être pourrions-nous déjeuner ensemble. N'importe quoi.

— Je ne mange jamais n'importe quoi. Je vous invite chez *Lhardy*.

— Vous avez touché le tiercé dans l'ordre ?

— C'est le Parti qui paie.

Leveder savait organiser un menu, mais il déployait des efforts expiatoires pour l'oublier. Il réprima son réflexe initial d'aider Carvalho et le laissa choisir à distance avec cependant une certaine inquiétude. Il approuva du regard les choix du détective, il commanda pour sa part un bouillon de queue de bœuf et du saumon frais grillé.

— J'ai un ulcère. Sinon je prendrais votre menu.

Carvalho avait commandé du caviar iranien et du gras-double à la madrilène.

— Très bien, affirma Leveder très convaincu. Surtout parce que le meilleur caviar est iranien et les meilleurs gras-doubles sont ceux de *Lhardy*. Quand vous retournerez à Barcelone, vous pourrez emporter une portion de gras-doubles en gelée. Ils les vendent en bas, dans la boutique. Vous partez bientôt ?

— Dès que j'aurai fini ; je ne reste pas pour le plaisir.

L'ambiance de *Lhardy* plaçait le repas dans un climat satisfaisant de club privé anglais décoré par un architecte français, néo-classique au milieu d'un XIXᵉ siècle tardif au goût discret. Un climat idéal pour des plats fumants, peut-être moins en accord avec des plats froids.

— C'est un cadre excellent pour parler du Parti.

Leveder lui fit un clin d'œil et porta à ses lèvres son verre d'eau minérale.

— C'est une grande année pour l'eau minérale. En revanche, évitez 1973, il a plu très peu et elle a un goût de fond de puits. Vous ne beurrez pas votre pain grillé ?

— Je trouve ça absurde lorsque le caviar est aussi moelleux.

Carvalho se resservit un verre de vodka glacée et laissa Leveder se concentrer pour chercher en lui une sorte de réponse au pourquoi de leur rencontre. Leveder en revint à *Lhardy*, à Carvalho, et il se pencha même vers lui pour lui dire :

— Vous m'avez choisi comme suspect numéro un ?

— Comme interlocuteur.

— La vieille garde m'a dénoncé ? Ça n'est pas qu'ils m'en veuillent, mais nous parlons un langage différent. Moi, je n'emploie jamais des mots du style conditions objectives, resituation, tissu social, il faut obtenir les meilleures conditions, la classe ouvrière paie le prix de la crise, vous comprenez ? Non pas parce que je ne crois pas à la vérité qui se cache derrière ce langage, mais parce que je m'efforce de chercher des synonymes. Dans toutes les tribus, il n'y a rien de plus inquiétant que la violation du code linguistique. Peut-être est-ce la raison qui me rend suspect. De plus, j'avais voté contre Garrido, vous devez le savoir. Mais je ne l'ai pas tué. J'ai un gros appétit historique, j'aimerais être Napoléon ou la Vierge Marie, mais il me manque le coup de pouce final, en particulier s'il s'agit de pratiquer le tyrannicide.

— Garrido était un tyran ?

— Un tyran scientifique, comme tous les secrétaires généraux des partis communistes. Ils exercent leur tyrannie non par mandat divin mais par mandat du comité exécutif qui l'exerce à son tour par mandat du comité central qui fait la même chose par mandat du Parti, lui-même mandaté dans sa tyrannie par l'Histoire. Comme vous l'avez reconnu, je suis trotskiste, et maintenant vous allez me demander : que fait un trotskiste dans ton genre dans un tel parti ? Allez, demandez-le-moi.

— Considérez que c'est déjà fait.

— Je veux m'éviter la tentation de rentrer dans un parti trotskiste. Le Che l'a déjà dit : si l'on doit se tromper, autant le faire avec la classe ouvrière. Moi, j'ai toujours préféré être où était l'avant-garde objective de la classe ouvrière réelle, et j'ai abandonné bien des gens : mon frère, par exemple, qui est président du tir aux pigeons de Coria et propriétaire des trois quarts de la province, ma femme qui est marxiste groupusculaire. Elle est passée par tous les petits partis communistes parce qu'elle a une grande faculté de tendresse. Elle aime les partis de gauche tout mignons. Lorsque nous étions fiancés, si je voulais la rendre heureuse, je lui offrais des petites chaises, des petites cafetières. Je me souviens, le cadeau qui lui a le plus plu, c'est une de ces cafetières italiennes qui ne font du café que pour deux personnes. En politique, c'est pareil. Elle adhérait à toute cause brandie par un parti de gauche ayant cent pesetas de marxisme. A présent, je crois qu'elle est anabaptiste marxiste-léniniste, ou quelque chose comme ça. Monsieur Carvalho, j'aime me tromper royalement. Tel que vous me voyez, je me solidarise avec tous les crimes de Staline et toutes les mauvaises récoltes soviétiques depuis le début de la destruction des koulaks et des petits paysans privés. Mais ceux avec qui je ne me solidarise pas, ce sont les connards du type de ma femme ou de Cerdan, qui montent par-ci, par-là des baraques idéologiques ou qui inventent un marxisme pleurnichard à la Cerdan. C'est obscène. Ils se promènent en montrant leurs plaies et en disant : « Ils nous ont trahis... » Merde. Qu'ils aillent se faire foutre.

Leveder était réellement indigné.

— D'après tout ce que je viens de dire, vous en déduirez que je n'ai pas tué Garrido. Au fond, j'avais une grande tendresse pour le vieux, même si je perdais à son égard le respect historique. A son âge, et vu les circonstances, il aurait dû donner l'impulsion à une vraie réforme du Parti. Il aurait dû porter la déstalinisation jusqu'à ses dernières conséquences, arriver à cette identification base-direction sans laquelle tout projet de parti de masse n'est qu'une blague. Il aurait dû profiter du suivisme hérité de la clandestinité pour susciter une révolution culturelle interne, culturelle, j'insiste : culturelle, parce que chaque parti communiste a sa culture interne, une conscience de son identité conditionnée par son évolution interne d'intellectuel organique. Vous me suivez ? Vous croyez que cette culture interne peut être la même dans un parti influencé par Gramsci et Togliatti que dans un parti influencé par Thorez et Marchais, un parti qui a flanqué dehors, par ordre d'apparition en scène, Nizan, Lefebvre et Garaudy ?

— Pour vous, par conséquent, Garrido était un frein ?

— Oui, parce qu'il était seul. Il avait envoyé à la trappe des gens combatifs qui auraient pu l'aider dans cette bataille ; et au moment de la livrer, il était entouré d'individus qui ne voulaient ni ne pouvaient l'aider à adapter le Parti. En plus, il n'avait pas confiance dans ceux qui lui disaient toujours amen. Le sort en était jeté. Nous aurions pu continuer ainsi, dans cette situation d'impasse, ni chair ni poisson, mi-figue mi-raisin, jusqu'à l'an 2000. Maintenant, au moins, il faudra choisir, il faudra se décider.

— Quel est votre candidat ?

— Tous sauf Santos.

— Pourquoi ?

— Parce que c'est un saint homme qui pratiquera la nécrophilie avec le Fernando Garrido de ses entrailles. Je préfère que gagne un malin ayant le sens des réalités.

— Qui est le malin ?

— Tout le monde et personne. Un malin dans un tel parti est un malin relatif. Les malins absolus sont dans les partis qui peuvent gagner dès aujourd'hui.

— Il y a quelqu'un de suffisamment malin pour assassiner et prendre la place ?

— Non. C'est une question stupide. Cet assassinat n'a pas été dirigé contre Garrido, mais contre le Parti. Qui peut vouloir assassiner un parti pour le posséder ?

— Mais le meurtrier est l'un de vous.

— Le meurtrier est un traître. Il n'est pas besoin d'être un lynx ou un détective privé pour le comprendre.

Carvalho posa sur la nappe, à quelques millimètres d'un sorbet au marc de champagne, le croquis de la salle mortuaire de l'hôtel *Continental*. Il traça un cercle devant la table présidentielle.

— De ce cercle est sorti le meurtrier, si nous calculons le temps dont il a disposé. Examinez les noms écrits ici. Qui est le traître ?

Leveder fixa Carvalho, ensuite il cloua le papier du regard, puis il passa au crible, plus qu'il ne les lut, chaque nom. Après quoi, il se laissa choir contre le dossier de sa chaise, il soupira, on aurait dit que ses yeux brillaient de larmes.

— C'est vous qui payez le déjeuner ?

— Oui.

— Alors, excusez-moi.

Il se leva et s'en alla vers les escaliers de sortie.

— A cinq heures, j'ai rendez-vous avec la commission parlementaire. A six heures, je dois être à San Cristobal pour essayer de convaincre des camarades du fait que la classe ouvrière polonaise est payée par la CIA. A huit heures, il y a réunion de l'exécutif pour mettre au point les derniers détails concernant la prochaine réunion du CC où l'on élira un secrétaire général provisoire et où l'on convoquera un congrès d'urgence. Avec beaucoup de chance, j'espère être chez moi à quatre heures du matin. Ne soyez pas étonné si je vous dis que je dispose de peu de temps.

Sepulveda Civit sentait encore le déodorant mêlé à la lotion faciale. Soin, musculation, efficacité, un sens perpendiculaire de l'existence qui se manifestait dans les rares interventions aux Cortes que lui avait laissées le vedettariat de Garrido. Il aurait pu poursuivre son programme de vie : à sept heures, je me lèverai pour faire du footing, ou peut-être du jogging ? A huit heures, je déjeunerai avec les enfants et je les accompagnerai à l'école : c'est la seule façon de les voir. A neuf heures, je dois entrer dans mon bureau d'ingénieur au service d'Entrecanales et Tavora, mais à onze heures, on m'attend à la mairie, je suis conseiller pour les transports. A une heure, il me faut discuter avec le responsable d'Entrecanales et Tavora la possibilité d'ouvrir un tunnel à Salardin sans que se produise un affaissement des Pyrénées, à deux heures...

Carvalho se souvenait d'une chanson du temps de sa puberté : à une heure, la lune sort, à deux heures le soleil sort, à trois heures le train sort, à quatre heures le chat sort, à cinq heures saint François, à six heures sa femme, à sept heures il la lui met, à huit heures dans le trou, à neuf heures sort le bébé, à dix heures ça recommence.

Sepulveda Civit ne devinait pas la chanson silencieuse qui amusait la concentration de Carvalho, mais il devinait en revanche que celui-ci ne considérait pas ses problèmes temporels avec gravité. Il regarda sa montre digitale et, comme si le regard eût été signal, la montre se mit à émettre une musiquette sidérale qui rappelait vaguement le glas. Il leva un regard critique vers le visage de Carvalho. Vous voyez ? La musique me prévient, elle me pousse, et vous, vous êtes là, silencieux, sans dire un mot.

— Vous disiez quelque chose ?

— Je le regrette, mais j'ai toujours la digestion lourde.

— Faites comme moi, je mange à peine. Un sandwich végétal, rarement à la viande, un verre de lait, un jus de fruits, un café, et c'est fini. Ensuite, je me rattrape au dîner, lorsqu'il n'y a pas de réunion, bien entendu. Le problème, c'est qu'il y a toujours des réunions. Pour faire de la politique, il faut avoir le cul blindé. On appelle Berlinguer *culo di ferro*.

Carvalho lui mit sous les yeux le même plan général du salon du *Continental* qu'il avait montré à Leveder, et lui désigna le cercle.

— Vous étiez assis là-dedans.

Il contempla le plan minutieusement.

— En effet. Et je vous précéderai dans vos déclarations. C'est de cette zone qu'est sorti le meurtrier. Regardez.

Il ouvrit un tiroir et en extirpa un plan exactement semblable à celui de Carvalho. Les pupitres étaient coloriés de différentes couleurs, selon leur proximité de la table présidentielle.

— J'ai fait calculer par l'un de mes assistants les temps de déplacement en fonction des distances. Les possibilités sont nombreuses parce qu'il y a un facteur d'âge, outre les facteurs de localisation. J'ai même consigné l'ensemble dans une formule mathématique. La voici.

— Elle est superbe.

— Si vous voulez, je vous l'explique.

— Mon dernier rapport avec les mathématiques fut un échec en classe de première, après ça je suis passé en section littéraire.

— On peut être détective privé et ne pas connaître les mathématiques ?

— Je vous assure que je m'en tire très bien avec l'arithmétique.

Pas l'ombre d'un sourire sur ces traits de responsable de la révolution pasteurisée.

— Nous allons voir si vous et vos mathématiques et moi et mon arithmétique sommes arrivés à des conclusions voisines.

— D'après le tracé de votre cercle, je crois que oui, bien que je puisse vous démontrer que quelqu'un des sièges latéraux a eu le temps d'arriver, de tuer et de reprendre sa place avant le retour des lumières. Le problème est le même. L'orientation. Ceux qui étaient situés perpendiculairement à la table ont mieux pu s'orienter.

— S'orienter ? Mais comment ? La salle était dans le noir.

— Voilà le hic ; en réalité, je l'ai élucidé. Garrido fumait. Le meurtrier s'est orienté sur la petite lueur de braise de la cigarette.

— Plus de trois ou quatre d'entre vous sont prêts à jurer qu'ils ont fait éteindre sa cigarette à Garrido avant de pénétrer dans la pièce. Quoi qu'il en soit, l'assassin ne pouvait pas compter sur un facteur tellement instable. Il pouvait envisager qu'il ne fumerait pas par respect de l'interdiction expresse de le faire. Et, de toute manière, il est très difficile d'orienter un coup aussi habile sur un si faible éclairage.

— Avec de l'entraînement, tout est possible ; c'est le coup d'un expert.

— Un expert entraîné à la lueur d'un clope ?

— Il faut résoudre le problème du signal, c'est un conseil. Résolvez-le et vous résoudrez l'affaire. Tout le reste n'est que perte de temps, même vos interrogations de suspects situationnels.

— Vous acceptez d'être l'un d'eux ?

— Je l'accepte. C'est une vérité objective. Nous, les marxistes, nous croyons aux vérités objectives. Sans signalisation pour s'orienter, la seule possibilité est que le meurtrier possède des yeux de chat capables de se repérer dans l'obscurité totale.

— Autre système possible, le testament.

— De quel testament parlez-vous ?

— A qui profite le testament ? C'est la première question qu'on se pose, en général, dans les romans policiers.

— Je regrette de vous contredire. Mais ceci n'est pas un roman policier. C'est un roman politique, et le meurtrier a tenté à la fois de détruire un homme et de discréditer son testament.

— C'est ce que tout le monde me dit.

— Il suffit d'être rationaliste. Il n'est même pas nécessaire d'appliquer le matérialisme dialectique.

Il avait dit ça avec un certain accent madrilène, soulignant les syllabes, les séparant à petits coups d'air, comme les Chinois ; les Madrilènes parlent comme les Chinois, lui avait dit je ne sais qui, une fois.

— Revenons-en au testament, au cas où. Parfois, les questions classiques sont celles qui rendent possibles les vraies réponses. A qui profite le testament ?

— Vous cherchez un dauphin politique ? Ne soyez pas naïf. Ce jeu-là ne marche pas ainsi. Et ne me regardez pas, moi. Je n'ai jamais été un dauphin. Les intellectuels, nous avons un grand poids dans ce parti parce que nous donnons savoir concret et faculté de théoriser. N'oubliez pas, ce sont les intellectuels qui ont mis en marche le mouvement communiste, mais on ne se fiait pas qu'à eux seuls. Lénine lui-même. Et Dieu le Père, Marx en personne, a dit des choses très dures contre les intellectuels. Pour notre part, nous faisons un complexe de culpabilité, nous savons qu'il nous faut céder le trône à quelqu'un qui, par ses origines, est plus près de la classe ouvrière. Peut-être en l'an 2000, lorsque la classe ouvrière sera différente, son acception originelle aura-t-elle disparu, comme l'a prédit Adam Schaff. Mais, pour l'instant, la classe ouvrière est la classe ouvrière, nous sommes encore loin de ce changement de la formation économique conditionné par l'automatisation, par la révolution de la micro-électronique. Vous me suivez ?

« Pourquoi ne pas m'avoir demandé si tu étais clair au lieu de si je te suivais ou si je te comprenais ? »

Sepulveda regardait à nouveau sa montre. Le cours était terminé, Carvalho trouva encore la force de lever le doigt.

— Vous me permettez une question ?

— Je vous en prie, puisqu'il n'y en a qu'une.

— Comment auriez-vous repéré Garrido pour le poignarder ?

L'ingénieur s'était levé à moitié, il se laissa retomber sur son fauteuil giratoire.

— Je ne sais pas. Mais j'insiste. Garrido portait sur lui une marque de signalisation. Je me souviens parfaitement d'un point lumineux. Je vous le répète. Je me souviens parfaitement d'un point lumineux.

Il n'était plus rentré dans une librairie depuis le jour où, à Amsterdam, il avait été contraint de le faire pour surveiller l'une des personnes impliquées dans l'affaire du *Tatouage*. Il jeta un regard de scepticisme critique sur toutes les nouveautés exhibées sur les tables de la librairie de la rue Princesa, bien qu'il sondât du regard quelques titres présentés. Tôt ou tard, il lui faudrait se remettre à jour et acheter pour les brûler des livres, en toute connaissance de cause. Son stade d'acheteur-lecteur s'était arrêté au début des années soixante-dix, ce fameux jour où il se découvrit esclave d'une culture qui l'avait séparé de la vie, qui avait faussé sa sentimentalité comme les antibiotiques peuvent détruire les défenses de l'organisme. Du coin de l'œil, il vit s'approcher de lui l'homme d'Europe centrale de la nuit ; il chercha du regard celui du jour, il ne pouvait pas être loin. L'homme conservait sa froideur d'il y a quelques heures. Il se plaça près de Carvalho et prit un livre rouge sur l'une des piles. *Communisme en liberté,* de Robert Haveman.

— Nous n'avons pas du tout aimé ce que vous avez fait à notre compagnon.

— Vous n'avez qu'à mieux choisir vos copains.

— Finalement, vous vous en êtes bien tiré ; en revanche, lui, il a le bras cassé à deux endroits.

— Un bras, ça sert beaucoup.

— Nous voudrions savoir ce que vous a dit le gros ce matin à l'hôtel.

— Il a mangé toutes mes tartines. Il n'a eu le temps de rien dire. Mais si vous êtes tellement branchés sur ce que vous faites les uns et les autres, pourquoi ne travaillez-vous pas ensemble ? Le gros est dans le coin ?

— Si lui n'y est pas, il doit bien y avoir quelqu'un de sa clique. Ne faites pas le malin. Ne vous sentez pas protégé par nos concurrents. Le jour où vous y penserez le moins, nous allons vous faire taire ensemble. Ne jouez pas double jeu. Comment va votre enquête ?

Carvalho contint une réplique sarcastique. Un blocage d'indignation et de dégoût lui ferma la bouche. Un lointain centre nerveux lui envoyait l'ordre de casser la gueule à cet enfant de salaud, de le transformer en un tas de viande amochée. Il sentit un coude contre ses reins, mais ce n'était pas celui de son interlocuteur. Il tourna la tête pour voir le profil de rat de l'homme qui lui enfonçait le coude d'un bras soutenant un livre choisi avec attention.

— C'est un de vos amis ?

— Non. Mais il tombe bien, il va vous éviter d'avoir envie de faire des bêtises. Il vous suffit de nous passer l'information au moment adéquat. Ni vous ni vos patrons ne perdrez rien dans cette affaire. Vous avez déjeuné avec Leveder, et ensuite vous avez rencontré Sepulveda. Quelque chose d'intéressant ?

— La routine.

— Vous les soupçonnez ?

— Ce sont des gens qui savent parler, c'est un plaisir de les écouter. Mon père me conseillait toujours de voir des gens plus âgés et plus calés que moi. Vous pouvez dire à votre ami de se décoller de moi ? On va nous prendre pour des tapettes.

— Je vous répète que je ne connais pas ce monsieur, mais vous n'oubliez pas nos conventions. L'homme au bras cassé se souvient bien de vous, il rêve du moment où il vous aura pour son propre compte. Vous avez raconté notre rencontre à Fonseca ?

— Oui. Vous vous êtes fait un mauvais ennemi. Fonseca vous hait. Il soutient la thèse selon laquelle nous n'avons pas besoin de bourreaux d'exportation. C'est un grand professionnel. J'ai envie de vous poser une question. Je peux ?

— Allez-y.

— Pourquoi avez-vous rempli le réfrigérateur de cette maison de tant de boîtes de pêches au sirop ?

— Je ne suis pas responsable de l'intendance.

— Et, en plus, c'est de la pêche au sirop de deuxième choix.

— Je le regrette. Je protesterai par la voie hiérarchique. Nous nous reverrons.

Carvalho prit une décision rapide et bouscula l'homme-rat qui lui défonçait les reins.

— Qu'est-ce que vous touchez, sale pédé ? Ce cochon-là était en train de me tripoter !

Il prit le petit homme par les revers, sous le regard du petit cercle de badauds qui venait de se former.

— Bon Dieu ! Et qu'a donc ce beau jeune homme contre les pédés ? dit une voix que le public accueillit dans un éclat de rire général.

L'homme-rat se laissait secouer par Carvalho sans qu'un seul muscle de son visage ne bouge, ses petits yeux noirs et froids plantés tels des poinçons dans les yeux brillants du détective.

— Appelez les pompiers ! demandait Carvalho congestionné, les veines des tempes dilatées comme des couleuvres.

— Lâchez-le, allez ! En voilà des prétentions, jeune homme ! redit la voix efféminée.

La foule s'écarta et laissa apparaître le garçon en tricorne, foulard de soie blanche et cape marron, qui faisait des moulinets avec sa langue et une petite canne incrustée de nacre. L'homme-rat profita du détournement d'attention pour mâchonner quelques mots à hauteur du nez de Carvalho.

— Encore une minute de ce cirque et je te fais sauter les intestins.

Une des mains enfoncées dans les poches profondes du pardessus poussait le museau d'un pistolet contre le bas ventre du détective. Celui-ci le repoussa avec dégoût.

— File, sale pédale.

L'homme-rat remit de l'ordre dans sa tenue, lança un regard calme à ses concurrents et s'en alla sans se presser. Carvalho n'eut pas le temps de contempler sa retraite car le garçon en tricorne fondit sur lui, il appelait son attention en lui envoyant des petits coups de canne sur le bras.

— Ça n'est pas possible d'être aussi macho. Mais dans quel pays tu crois vivre, monsieur Univers ? Cet homme t'a touché avec respect ; en revanche, toi, tu l'as insulté comme un mac dégoûtant, voilà ce que tu es.

— Tire-toi de là, pantin.

— Grossier personnage, tu es un grossier personnage.

— Ça suffit la pagaille !

Le gardien de la librairie poussa doucement le défenseur courroucé des pédés.

— Vous, si vous avez une réclamation à faire, allez voir la direction, mais ne semez pas la panique.

— Qu'est-ce qu'il peut réclamer ? On lui a brisé l'hymen ? demanda l'homme au chapeau, les nerfs tendus comme les cordes d'un violon.

— Ferme-la, salope !

Le gardien avait appuyé la paume de ses mains sur la poitrine du jeune homme et sortit presque sans transition, l'autre se cogna les reins contre un rayonnage plein de livres de cuisine. Il se brisa comme une statue sous une avalanche de durs volumes fondant sur lui. Carvalho vit ses mollets blancs et fluets qui s'enfonçaient sans la transition des chaussettes dans deux mocassins à la semelle usée par les sols les plus durs et nocturnes de Madrid ; il n'eut pas le courage de continuer à regarder ce visage couvert de larmes qui émergeait du tas de livres avec la dignité vieillotte d'un condamné au pilori.

Le mouvement consiste non pas à bouger mais à être bougé. Où m'emmène-t-on ? Une angoisse de Gethsémani le poussa, désorienté, sur le trottoir. J'attendrai ici que l'on m'envoie le bouc émissaire. C'est lui. Non, c'est l'autre. Il marcha en direction de *la Moncloa* d'un pas volontairement lent pour permettre que le rattrapent ou le suivent tous ceux qui devaient fatalement le rattraper ou le suivre. Qu'est-ce que tu attends pour te montrer, gros ? Il ne s'est pas montré. Carvalho entra dans une cabine interurbaine et appela Biscuter. Rien de neuf ? Et Charo ? Dis à Charo… Non, ne lui dis rien. Comment vont les Ramblas ? Comment on mange à Madrid, chef ? N'abusez pas des gras-doubles. Pensez à votre foie. Les gras-doubles sont bons pour l'acide urique. Biscuter ne se laissait pas convaincre. Tu regardes les Ramblas en ce moment ? Il fait presque nuit, chef. Biscuter devait sentir le port, cette odeur spéciale des soirs d'automne qui remonte depuis le port de La Paz et rappelle aux Barcelonais leur fatalité marine ; elle leur renvoie leur propre image de contemplatifs étonnés de voir leurs pieds dans la cuvette méditerranéenne. Une dame a perdu sa fille, chef. C'est une contorsionniste. La dame ? Non, la fille. Elle a disparu à Marbella ou à Tunis. Vous la retrouverez, chef ? La femme est inconsolable. Une contorsionniste, ça peut se perdre n'importe où. Qu'est-ce que c'est une contorsionniste, chef ? Une personne qui peut se mettre un pied sur la nuque et l'autre dans sa poche. Ça ressemble à une blague de Forges, chef.

— Pour aujourd'hui, c'est fini. On peut aller chez toi ?

— Chez moi ? D'accord. Il n'y a pas d'obstacle. Mais il faut d'abord que je passe par le groupe, que je prenne le petit chez ma tante et que je m'engueule un peu avec mon mari.

Au café de Malasaña, il y a vingt anciens communistes anarchistes, vingt anciens anarchistes néo-libéralisés et deux serveurs qui ont l'air de jouer au Monopoly le jour et à la lutte des classes la nuit. Mais ils ont tous l'air déguisés en fugueurs et fugueuses, en fuite de je ne sais où, et contraints à poser pour la *Malasaña way of life*.

— De mon temps, ça ne s'appelait pas Malasaña.

— Sous le franquisme, même les quartiers s'appelaient Espagne. Mais ici, ça a toujours été Malasaña.

— Et pourquoi c'est devenu à la mode ?

— Parce que c'est vieux sans être archéologique, et beaucoup de jeunes couples progressistes, ceux qui ont fait un bébé neuf mois après Mai 68, se sont installés ici.

— Je peux t'accompagner là où tu vas chercher ton fils et voir ton mari ?

— Tu peux.

— Je dois d'abord passer à mon hôtel prendre des sacs. Tu as de l'huile chez toi ?

— De l'huile et du beurre. Tout ce qu'il faut.

En arrivant à la porte de l'hôtel, Carmela laissa partir Carvalho d'un regard qui était à la fois question et réponse ; ensuite, lorsque celui-ci apparut, ses achats à la main, la jeune femme transforma son froncement de sourcils en plissement alpin.

— Qu'est-ce que c'est que ça ?

— Si tu n'y vois pas d'inconvénient, je t'invite à dîner chez toi et c'est moi qui fais la cuisine.

— Européens, vous, je t'en foutrai ; des Américains, oui, voilà ce que vous êtes, vous autres Catalans. Quel choc. On peut savoir le menu ?

— Je dois terminer de le mûrir. Ça dépend.

— Le local du groupe sent le boudin au riz parce que le gérant du bar est originaire d'Aragon et apparemment, là-bas, le boudin est au riz.

— Certains boudins, oui.

Carmela ne desserra pas les dents pendant tout le parcours bégayant dans le Madrid des heures de pointe, plein de savants agents de ville énervés par l'omniprésence des jeeps et des camions militaires, éponges kaki absorbant les noirceurs nocturnes piquées de lumières froides et tristes.

— Mademoiselle, vous n'avez pas vu l'orange ?

— Pour sûr que je l'ai vu, mais mal parce qu'il a disparu tout de suite.

— Vous croyez que nous jouons à cache-cache avec les feux ?

— Ne criez pas comme ça, monsieur est de Barcelone et il va penser que nous sommes en Afrique.

L'agent ne comprenait pas le rire de Carmela et était sur le point de doubler le PV qu'il griffonnait sur le carnet à souche. Une fois hors de portée du flic, Carmela se mit à rire par rafales, comme si elle se racontait une histoire digne de la plus totale hilarité.

— Si tu me la racontes, on en rit ensemble. Je croyais que tu étais en deuil.

— C'est à cause de l'huile.

— Et alors ?

— Je t'ai répondu que j'avais aussi du beurre !

Et le rire reprenait, voilant de larmes les yeux charbonneux de la fille.

— Tu veux entrer ? C'est un groupe très au point. Aujourd'hui, il y a un débat sur la politique des blocs, ça va être animé. Lorsqu'il y a ce genre de thème, la vieille garde se mobilise, ils viennent tous tanks dehors. Ils croient que l'eurocommunisme est responsable du chômage. Moi je ne reste pas, mais on peut aller écouter un moment.

Derrière la porte mécanique levée, une autre porte vitrée ouvrait sur un bar, apparemment conventionnel, si ce n'est qu'il arborait sur ses murs des photos de Marx, Lénine, Garrido, et des affiches de propagande pour la fête de *Mundo obrero*. Les gens se faufilaient dans un couloir jusqu'à la salle de réunion, tandis que les retardataires laissaient sur le comptoir le paiement de leurs consommations. Carmela allait et venait d'une oreille à l'autre, elle laissait ici et là un commentaire, une commission ou une remarque acérée, une blague urgente. Puis la fille revint, grave, vers Carvalho qui observait la liturgie de la communication entre base et direction. La direction à droite, soixante-quinze kilos, coupe Beatles avec dix ans de retard, jeune cadre, professionnel, belle voix, facilité pour construire syntaxiquement en s'aidant peut-être trop de « ... d'une certaine manière » ou de « au niveau de... ». A gauche, la base, cinquante ou soixante personnes, moyenne d'âge la cinquantaine grâce au bon équilibrage entre quarante et soixante ans, ouvriers de la ceinture industrielle pour la plupart, épouses fascinées par le rituel et ayant aussi le but de s'émanciper moyennant des questions pas forcément sur la condition féminine : « Toi, tu crois, camarade, que c'est juste ? » « Jusqu'à quand les travailleurs seront seuls à payer la crise économique ? »

— Cette réunion revêt une signification particulière... C'est la volonté de la direction que le meurtre de notre camarade, secrétaire général, Fernando Garrido, n'interfère pas avec le déroulement normal de nos activités. Toutes les séances programmées seront respectées. C'est la meilleure réponse que nous puissions donner aux provocateurs.

Le cadre trentenaire parlait d'un ton rhétorique de discours répété et donnait l'impression finale qu'il allait tenir lieu de fronton devant les revendications d'une base à qui l'on avait volé à jamais le rêve d'assaillir le palais d'Hiver :

— Ce n'est pas que nous soutenions une position équidistante entre les deux blocs ; un communiste doit savoir qu'un des blocs naît pour attaquer et l'autre pour se défendre. Mais tomber dans ce jeu-là comme si c'était la fatalité historique signifie paralyser la lutte émancipatrice de chaque village du monde dans l'attente d'une solution à l'affrontement entre les blocs ou d'une entrée dans une zone d'influence de l'un d'eux. N'oublions pas que nous, les Espagnols, sommes dans la zone d'influence du bloc capitaliste ; nous ne pouvons pas accepter ce fait objectif comme une fatalité, mais comme une vérité objective conditionnant notre stratégie. L'Histoire a démontré qu'il n'existe pas un modèle unique d'implantation du socialisme, et nous croyons que les libertés démocratiques sont des instruments pour arriver à un socialisme dans la pluralité, à un socialisme en liberté.

— Avant tout, je veux la liberté de pouvoir travailler et de pouvoir manger et de ne pas vivre comme une bête.

Telle fut la première intervention de la base. La seconde avait la voix féminine d'une mère abondante et décidée, comme Dieu sur le point de créer quelque chose.

— Dépasser la politique des blocs. Très bien. Je suis d'accord. Mais, comment ? Les blocs sont là et, un beau jour, les impérialistes se mettent à agresser les socialistes. Alors qu'est-ce qu'on fait ?

Le jeune cadre respire profondément, il bascule en

arrière à la rencontre du dossier de la chaise et pour assumer la question qu'on vient de lui servir sur un plateau.

— Ce jour-là, nous ferons ce que jamais nous n'avons mis en doute. Nous lutterons contre l'impérialisme.

Coups de coude complices parmi la base. Hochements de tête d'assentiment. Impression générale que l'eurocommunisme est sauf. Cependant Carmela prévient Carvalho qu'ils doivent partir ; elle ne comprend pas la résistance première de l'homme, pourquoi il grommelle et veut écouter une autre question qui s'annonce compliquée parce que le vieil interrogateur a commencé par raconter que, à lui, on lui a donné sa carte dans un bar de la rue Hortaleza en juin 1936.

— Ça avait l'air de te plaire.

— L'espace d'un instant, j'ai pensé que vingt-quatre ans de ma vie n'étaient pas passés et que la réunion d'aujourd'hui avait lieu le lendemain du jour où j'ai quitté le Parti.

— Ah ? Parce que tu y étais ?

— J'y ai été.

— Eh bien, on ne le dirait pas.

Le fils de Carmela est blond comme tous les enfants blonds de Madrid. La responsable de la garderie suggère à la jeune femme de venir le chercher plus tôt parce qu'elle a dû rester rien que pour lui. Le fils de Carmela raconte à sa mère que les poules ne volent pas beaucoup.

— Qui t'a dit ça, mon chéri ?

— La demoiselle. C'est pour ça qu'on n'a pas besoin de les mettre en cage comme les perruches.

Naturellement le petit montre Carvalho et demande : « Maman, qui c'est, lui ? » Et, devant la lenteur à répondre de l'intéressé, Carmela lui dit que c'est un monsieur de Barcelone, déclaration qui entraîne un sourire sceptique sur tout le visage d'un enfant incapable de croire que dans le monde il y ait autre chose que la perpendiculaire unissant Madrid au ciel. Carmela se gare en double file devant un local illuminé. Le vent agite une affiche bleue et rouge proclamant : *Eurocommunisme et lutte des classes.* Carmela prend l'enfant et entre dans le local, au bout d'un moment elle sort avec un homme qui tient le petit par la main, ils discutent d'un ton assez vif, mais elle s'éloigne en haussant les épaules.

— Il faut être cynique. C'est le premier jour de tout le mois que je lui dis de s'occuper du petit et il prétend qu'il ne peut pas. Sûr que je lui fiche un rancard en l'air. Eh bien, qu'il aille se faire...

— Vous ne vivez pas ensemble ?

— Je ne sais pas. Quand il n'a pas réunion du Parti, il a réunion comme membre de je ne sais quelle commission consultative du groupe parlementaire, et sinon comme membre conseil du groupe municipal. En plus, il fait des conférences par-ci par-là sur les tanks soviétiques : doivent-ils ou non rester en Afghanistan ou foncer jusqu'à la banlieue madrilène. Il n'est pas le seul à vivre comme ça, assailli par des centaines de responsabilités, mais moi, j'en ai jusque-là, parce qu'à l'heure de la vérité, il me faut travailler, militer, faire les courses, le ménage, m'occuper du petit — ce qui est le moins gênant. Et si tu te plains, il t'arrive encore quelques vieilles camarades qui viennent te raconter une vie à se flinguer. Quinze ans de fiançailles à se faire la cour derrière la grille, mais quelle grille, celle des prisons de Carabanchel ou de Burgos. Après quoi, un enfant à chaque période de liberté conditionnelle et, à soixante ans, l'amnistie, la légalité et prendre le soleil sur un banc dans les jardins du Retiro. Ça encore, je le comprends, parce qu'il fallait le faire et voilà. Mais maintenant. Ce que fait mon mari, ça n'est pas militer, c'est du vice, du vice pur et simple, et l'envie de ne pas affronter d'autres responsabilités que politiques. Mais toi, qu'est-ce que tu transportes dans ces sacs ?

— Tu as du vin ?

— Il doit y avoir quelques bouteilles qui traînent.

— Sans nom ni prénom.

— Tu as dû observer que nous n'appartenions pas à la fraction gastronome, même s'il y a tous les jours plus de gens de notre machin qui cuisinent pour oublier.

— Pour oublier quoi ?

— Eh bien qu'il n'y a pas eu rupture mais réforme, par exemple, et que du jour au lendemain on les a faits monarchistes ou qu'on les a fourrés dans la fête du petit drapeau. Il y a des gens à la sensibilité très délicate.

— Je suis atterré à l'idée que tu puisses avoir une bouteille de vin d'un litre. Elle est d'un litre ?

— Il me semble, oui.

— Alors, arrête-toi devant un bar dès que tu peux. Vu l'heure, seul un bar peut nous vendre du vin.

Carvalho supplia qu'on lui vende un vin qui ne soit ni du Rioja ni du Valdepeñas, peine perdue, et au quatrième bar il parvint à soutenir une conversation d'expert avec un monsieur de Simancas, partisan du Cigales. « Et à Barcelone, vous savez qu'il existe le vin de Cigales ? — Eh bien, voyez-vous, ici, il n'y a que les gens de Ségovie et du Nord qui m'en réclament. — Ça n'est pas qu'il soit meilleur que le Rioja, mais il est différent. — Vous l'avez dit, monsieur, vous l'avez dit. — Vous avez entendu ? Ça n'est pas qu'il soit meilleur que le Rioja, mais il est différent. — Eh bien, à León il y a de très bons vins. — A León même, non, à El Bierzo. Ce type-là est séparatiste d'El Bierzo. Je suis d'où je suis, comme toi et comme ce monsieur qui est de Barcelone ; mais ils sont spéciaux les gens de Barcelone. Très spéciaux. »

— Tu t'es arraché à la conversation ?

— Nous sommes passés du vin aux autonomies. C'est curieux, mais ça arrive. L'Espagne sera un de ces jours une fédération d'appellations contrôlées.

Un ascenseur de taille modérée correspondant à un édifice à loyer lui aussi modéré put accueillir Carvalho et ses paquets, Carmela et une quiquagénaire couronnée d'une puissante tête que meublait une coiffure-casque de cheveux argentés. La femme craignait que l'étroitesse de l'ascenseur ne mît en danger l'architecture métallique de sa permanente et elle levait les yeux le plus haut possible pour inspecter l'édifice. Elle quitta l'ascenseur sur un « bonne nuit » persifleur et triomphant parce que les envahisseurs n'étaient pas même arrivés à frôler les architraves de sa cathédrale capillaire ; elle examina Carmela d'un regard moralisateur qui lui récitait le couplet habituel.

— Je peux te servir de marmiton.

Carvalho déboucha dans la cuisine et remplit ses poumons d'un air qui sentait l'omelette nature. Il passa en revue les ustensiles et domina le découragement logique au souvenir de cette fameuse époque où il cuisinait en prison avec un écouvillon et une assiette de camping.

— J'observe que vous avez une alimentation saine. Œufs, viande grillée, boîte d'asperges. Elles sont très diurétiques.

— Parfois l'envie me prend de cuisiner, alors je cuisine. Nous déjeunons presque toujours dehors, et le soir, avec un bifteck et des frites, le petit est aux anges. Le menu ?

— Gras-doubles, pâté de tête, petits pois, artichauts et thon lardé.

— On en a jusqu'à minuit.

— Non, juste trois quarts d'heure.

— Ça, c'est ce que tu leur dis à toutes.

— Comme il est évident que tu ne possèdes pas un ustensile pour larder, et sans vouloir offenser tes talents de femme émancipée, tu aurais une aiguille à tricoter ?

Carmela prit l'air offensé, quitta la cuisine et revint avec trois jeux différents d'aiguilles.

— Ne te fais pas d'illusion. Elles sont à ma mère. Elle vient parfois garder le petit et elle tricote des pulls comme une folle.

Carvalho perça plusieurs galeries dans le morceau de thon et les remplit d'anchois. Il sala, poivra, enfarina la bête et la fit dorer à l'huile avec deux gousses d'ail. Il ajouta un peu d'eau et laissa cuire le filet de poisson à feu doux. Il effeuilla les artichauts jusqu'à l'apparition de leurs cœurs blancs. Il coupa les pointes et fendit chaque artichaut en quatre. Il mit à frire les seize morceaux, les réserva et, dans cette huile, fit revenir les gras-doubles, et le pâté de tête, ensuite il leur ajouta un roux de tomates et d'oignons. Lorsque roux et abats furent totalement amalgamés, il versa dessus un bouillon fait avec un Kub sorti de la kubithèque de Carmela, et rajouta les petits pois. Le thon du premier plat était prêt. Carvalho le réserva à son tour et travailla le jus jusqu'à l'obtention d'une sauce espagnole corrigée par un brin de fenouil. Il retira la sauce du feu et retourna aux gras-doubles pour leur adjoindre les artichauts préalablement frits et un hachis de noisettes, amandes, pignons, ail et pain grillé délayé dans un peu de bouillon. Il considéra son plat comme terminé et attendit que le thon soit froid pour le découper en tranches, le disposer sur un plat de service et le recouvrir de sauce chaude.

— Mais ça fait deux plats principaux.

— Il y avait trop longtemps que je ne cuisinais plus. Tout ce qui restera sera délicieux demain, surtout les gras-doubles.

Carmela répéta « gras-doubles » et se contenta d'une tranche de thon lardé aux anchois.

— Tu cuisines tous les jours comme ça ?

— Sherlock Holmes jouait du violon. Moi, je cuisine.

— Et pendant que tu t'affairais aux fourneaux, tu pensais à quoi ?

— A la culture. Au fait que vous, les marxistes, vous croyez en avoir assez en mettant en musique les paroles des conditions matérielles, et malgré tout vous êtes aussi esclaves de la culture que les autres. Même les pourcentages électoraux deviennent de la culture. En France, il y a 22 % de culture. En Italie, 30 %. Ici, elle est de 9 ou 10 %.

— C'est ça qui t'est venu à l'idée quand tu préparais les gras-doubles ou le thon ?

— Le meurtrier de Garrido est un autre thème culturel. C'est un traître ou un messie. Dans toute l'histoire du mouvement communiste, il n'y a qu'un seul meurtre au sommet provoqué par le besoin d'une hygiène d'urgence. Celui de Beria. Ça, je l'ai pensé au moment où je craignais que les petits pois congelés ne soient pas assez cuits pour qu'on puisse leur ajouter les artichauts. Tu ne bois pas de vin ?

— Ça me monte tout de suite à la tête.

— Il y a longtemps, lorsque j'avais votre langage dans le crâne, je te l'aurais peut-être mieux expliqué. Vous avez une conscience claire d'être le moteur de l'Histoire, que vous ayez 10 ou 30 % de l'électorat. Vous êtes arrivés à le faire croire même à vos ennemis, et ils vous craignent autant avec 10 qu'avec 30 %. Votre danger peut ne pas être quantitatif, mais ce sera toujours un danger qualitatif. On a tué Garrido pour faire de vous une bande d'assassins froids, calculateurs, culturels, qui ont besoin du protocole d'un comité central pour mettre en scène le sacrifice. Le meurtrier est l'un de vous et, à cette heure, il sait qu'il est condamné à mort, non pas par vous qui êtes en pleine opération d'insertion culturelle bilatérale, mais par ceux qui l'ont manœuvré pour qu'il commette ce crime.

— Pourquoi il ne se tire pas ?

— Après-demain, je pourrai te donner une réponse. Mais je pourrais presque l'anticiper. Parce qu'il est pris, complètement pris, et il doit jouer son rôle jusqu'au bout.

— Quelle barbe ! Nous baisserons d'un point aux prochaines élections.

— Peut-être pas. Maintenant, vous avez la chance de choisir un secrétaire général à la taille du marché. Mais vous ne le ferez pas. Votre culture vous en empêche. Vous vous verrez poussés vers un dilemme : choisir un chef historique et continuer à téter la mythologie, ou un homme d'appareil, assez malin pour en être arrivé là sans accrocs importants. L'heure de la vérité viendra dans quinze ou vingt ans lorsqu'il ne restera plus de héros de la lutte antifranquiste et que les bases seront devenues définitivement antiliturgiques. Peut-être que je ne vivrai pas pour le voir et il n'y a pas grand-chose qui m'intéresse, mais il sera très intéressant ce moment où aucun parti communiste européen ne disposera de martyrs, pas même d'un étudiant victime d'un procès en 1974.

— Ça me semble difficile. Il y a quinze jours, on nous poignardait encore un camarade à Malasaña.

Carmela avait envie de prolonger la conversation autour de la table et sur l'incommodité dialectique. Elle mit un disque de Joan Baez sur son tourne-disques portatif et offrit à Carvalho une armée de fonds de bouteilles : anis sec, cognac, Cointreau. Carvalho se versa de l'anis sec dans un verre à moutarde, et s'affala dans un sofa en plastique qui l'accueillit avec un bruit plaintif de ventouse. La femme écoutait la musique assise au bord d'un des fauteuils du salon, elle prenait ses genoux dans ses bras et ne s'arrachait au fourmillement de ses pensées que pour surveiller le recueillement de Carvalho.

— Il est très tard. Il y a des taxis dans le coin ?

— Reste dormir.

— Et ton mari, et ton fils ?

— Il a conduit le petit chez mes beaux-parents et lui, va savoir où il est. Je ne pense pas qu'il rentre dormir.

C'était une conversation neutre entre la patronne d'une pension et un client dubitatif. Carvalho essaya de se pencher de loin sur le décolleté de son éventuelle patronne, chauffeur ou compagne de voyage. C'est à cette fameuse session de la Marne, en août 1956, que Garrido a parlé du cul de la camarade, non pas du cul de la camarade *in abstracto,* mais du cul de la camarade concrète qu'il avait surprise dans le lit de Biel Ciurana, un étudiant en médecine qui était venu au stage en compagnie de la Pasionaria de la Pharmacie. Bien que les règles des réunions clandestines du Parti n'aient pas été écrites d'un point de vue philosophique, la division entre toilettes pour hommes et toilettes pour femmes se prolongeait dans les dortoirs, obstacle aussi imprévisible qu'inacceptable pour Roser Bertran, plus connue sous le nom de Pasionaria de la Pharmacie, prête à démontrer le côté inséparable de l'objectif de Marx, changer l'Histoire, et de celui de Rimbaud, changer la vie. C'est ainsi que, la nuit, Roser et Biel s'étreignirent ostensiblement sur l'un des lits métalliques de ce qui pouvait être école ou résidence d'été du parti communiste français. Surpris au premier halètement par un camarade vétéran ayant pris d'un cheveu l'avant-dernier ou le dernier bateau dans le port d'Alicante en 1939, Roser se borna à lui proposer, de sa position théorique puisque pratique de fille baisée par un Majorquin apprenti psychiatre (avec le temps lacanien) : « Tu pourrais éteindre la lumière, camarade ? » Le vétéran éteignit mais, une heure après, le couple se rendait à la convocation de Garrido en personne. Rendez-vous que le secrétaire général dédramatisa en leur offrant des cigarettes, sans distinction de sexe, et en s'excusant d'un puritanisme imposé par l'austérité de la clandestinité : « Pour en arriver ici, vous avez fait travailler non seulement une bonne partie de l'organisation du Parti en France, mais encore un imposant réseau de soutien du parti communiste français. Vous êtes venus pour clarifier la situation de notre pays et notre action future. Trois, quatre jours, une semaine. Il ne serait pas juste que tu répondes à cet effort organisé en te distrayant dans la contemplation du cul de la camarade. » Ledit cul sauta de la chaise et appuya une harangue féministe aussi pionnière que méritoire dans le contexte d'un stage où les femmes formaient un petit 15 %, selon les statistiques attendues qu'Helena Subirats avait commentées le premier jour de la retraite. Qu'est-ce qui serait pire ? Que Biel se dissipe en contemplant le cul de la camarade ou qu'elle, Roser Bertran, en fasse autant avec le cul du camarade ? Bien que ce fût plus de dix ans avant la publication par Germaine Greer de la *Femme eunuque*, et que cette dernière se laissât photographier le sexe dans *Shuck*, Garrido avait lu Kollontaï en pleine adolescence et il était conscient d'avoir commis un impair machiste. « Vous les femmes, vous avez une plus grande faculté de concentration », excuse si intégriste que la Pasionaria de la Pharmacie elle-même s'en trouva satisfaite. Elle s'en alla non seulement réconfortée mais convaincue qu'il ne fallait pas avoir trop confiance dans sa faculté privilégiée de concentration, que ce serait une démonstration de civilité que de pratiquer l'abstinence jusqu'à la fin du stage ; que ces vétérans de l'assaut à la contradiction principale n'aillent surtout pas croire que les nouvelles générations manquent de self-contrôle.

— A quoi penses-tu ?

— Au cul des camarades.

— Au mien, par exemple ?

— Non, pas au cul concret mais au cul généralisable.

— Bravo. Ça doit être un cul bien moche, maltraité par des heures et des heures de réunions.

— Tu fréquentes peu les réunions, ou alors le tien est d'excellente qualité.

— C'est une insinuation ?

Le cul de la camarade. Attention au cul de la camarade et enquête sur le meurtre de Garrido. Carvalho fit un effort pour avaler la pilule des tabous politiques qu'il avait en travers du gosier.

— Vous, les communistes, vous m'intimidez. Je soupçonne que vous n'avez qu'un sens épique ou éthique de la baise.

— Je ne sais pas de quoi tu parles. Peut-être que c'était comme ça pendant le siège de Stalingrad. Tu charries un peu.

— Je fais sans doute une fixation adolescente.

— De ton temps, on ne pratiquait pas l'amour libre ?

— Non. Et maintenant ?

— Non plus.

Carmela soupira, désenchantée.

— Mais pour l'épique et l'éthique, pas question. Tu peux en être convaincu.

Carvalho parvint à s'arracher au plastique bruyant et resta assis au bord du sofa, face à Carmela. J'affiche un sourire complice ou je vais droit au but ?

On entendit le bruit d'ouverture de la porte d'entrée.

— Voilà le moment où le mari arrive et poignarde l'amant de l'épouse infidèle. Ce sera une mort injuste.

Carmela regardait la porte d'un air perplexe et indigné.

— Si c'est lui, il va m'entendre.

Ce n'était pas lui. L'encadrement de la porte était presque insuffisant pour le gros souriant qui, de sa main armée, imposa le silence à Carvalho. L'homme envahit la pièce, derrière lui apparut un blond pâle descendant en ligne directe d'un fils illégitime jusqu'alors inconnu de Charles II l'Ensorcelé.

— Du calme, du calme. Vous, madame, n'ayez pas peur. Votre ami vous dira que je suis un homme pacifique.

— Qui c'est, ce tonton flingueur ?

— Vous l'avez dit, je suis le tonton de Pepe. N'est-ce pas, Pepe ?

— L'oncle d'Amérique ? L'oncle d'Union soviétique ?

— Ça continue ? Peu importe. Vous, qu'est-ce que ça peut vous faire ? Tu as entendu, Pérez ? Je ne vous ai pas présenté mon ami Pérez. Il a un nom, une vraie trouvaille.

Le gros riait, tout en rentrant son pistolet, sans toutefois lâcher Carvalho des yeux.

— Vous êtes de passage ou vous comptez rester ?

— En visite, madame, nous sommes en visite. Avant tout, monsieur Carvalho, je vous félicite pour votre numéro à la librairie. Vous êtes un peu suicidaire parce que ce garçon que vous avez fait remarquer ne l'oubliera pas facilement. De plus, on m'a dit que vous avez brisé le bras à un professionnel, et ça, ça n'est pas bien, même si ce professionnel est mon adversaire. Je reconnais que vous êtes un homme de ressources, et c'est pourquoi j'ai préféré vous rendre visite en terrain neutre. Ni l'hôtel ni la rue. Ici, chez une sympathique dame. Une vraie Madrilène.

— Merci beaucoup.

— Certains disent que les Espagnols les plus sympathiques sont les Andalous. Moi, j'ai un penchant pour les Madrilènes.

— Merci au nom du peuple de Madrid honoré.

Le blond reniflait plus qu'il n'observait la chambre. Le gros se moqua de lui en remuant son museau comme un lapin, puis il s'assit au bout du sofa où se tenait toujours Carvalho.

— On ne nous a pas présentés, dit Carmela en croisant les jambes tandis qu'elle s'abandonnait dans le sofa.

— Je suis un homme vulgaire qui se consacre à apprendre des choses, et Pérez est mon assistant.

— Je connais parfaitement les activités de cette

dame et cependant ça ne me dérange pas qu'elle assiste à notre conversation.

— Si tant est qu'il y ait conversation ; pour ma part, je n'ai rien à vous dire.

— N'allez pas trop vite. Je suis sûr que vous avez beaucoup à me dire. D'ici quelques heures, peu importe combien, vous serez surpris par le nombre de choses que vous m'aurez dites. Depuis notre dernière conversation, vous avez fait de très intéressantes rencontres. Fonseca, Santos Pacheco, Leveder, Sepulveda Civit. Il me semble qu'on approche de la fin.

— Racontez-la-moi. Vous et ceux qui sont sur le trottoir d'en face savez tout.

— Je vous donne ma parole d'honneur, je l'ignore. Écoutez bien ce que je vous dis. Moi, moi qui vous parle, je l'ignore. On m'a dit : demande à M. Carvalho de t'informer, j'obéis aux ordres. Madame, ne bougez pas.

La voix avait été coupante, impensable dans ce corps mou à demi étalé dans un coin du canapé, mais attentif à la fois à tout ce qui pouvait se passer dans la pièce.

— J'ai envie de faire pipi.

— Pérez, accompagne cette dame, examine les toilettes avant d'entrer, ensuite laisse-la y pénétrer en toute liberté.

Carmela sortit, suivie de Pérez.

— Enfin seuls. Mais ne croyez pas bénéficier d'un meilleur rapport de forces. Je suis beaucoup plus rapide que vous ne le soupçonnez, et vous avez intérêt à ce que Pérez ne s'énerve pas parce que c'est un dur, un vrai dur qui ne fait pas de différence entre les sexes. Un vrai sauvage. Revenons-en à notre sujet et finissons-en au plus vite. Quel est le cheval gagnant ? Faites votre pronostic.

— Vous me surestimez. J'ai juste commencé.

— Nous avons vu un Santos Pacheco très nerveux. Surtout lors de votre rencontre à la Cité universitaire. Sans doute craint-il le verdict, c'est compréhensible, quoi qu'il en soit, c'est lui le perdant. Je me mets à sa place. Pour un vieux communiste comme Santos Pacheco, ça doit être très dur, très très dur, de devoir encaisser ce genre de chose. Ne faites pas le malin. Ne croyez pas que ça va finir par nous retomber dessus.

— Qu'est-ce que vous me conseillez ? De professionnel à professionnel. Je vous passe d'abord l'information à vous ou aux autres ?

— Sans hésiter. A moi. Si je pouvais parler, je vous convaincrais facilement de la rentabilité de votre choix à mon égard.

— Nous n'avons pas parlé argent.

— Il y a bien des manières de payer.

— Par exemple ?

— La vie. La tranquillité, ça vous semble peu ? Ne nous égarons pas. La fin approche. Dites-moi les noms les plus suspects.

Carmela revint, suivie de Pérez.

— Quand je m'énerve, ça me donne envie de faire pipi.

On entendit à nouveau le bruit de la porte d'entrée, puis un coup de sifflet en guise de salut.

— Non ! cria Carmela.

Le gros se leva péniblement, et dans la main de Pérez apparut un Beretta. Lorsque les pas se rapprochèrent du seuil, Carvalho se laissa tomber de côté contre le gros qui s'écroula jambes en l'air sur le sofa tout en le renversant. Le pistolet de Pérez hésita entre Carvalho, Carmela et l'homme qui s'écriait énergiquement depuis la porte :

— Mais qu'est-ce qui se passe ici ?

Carmela se mit à fuir, mais Pérez la retint par un bras. Le nouvel arrivant avança sans hésiter vers le blond.

— Laissez ma femme !

Carvalho se jeta sur Pérez et le poussa contre le mur où il resta, tel Jésus-Christ.

— Et vous, qui vous êtes ?... eut le temps de dire le

mari de Carmela avant que Carvalho ne prenne la fille par la main en la tirant hors de la pièce.

— Carmela, où vas-tu, Carmela ?

— Viens vite, toi aussi !

— Mais qu'est-ce qui arrive, bordel !

Carvalho sortit sur le palier et dévala les escaliers sans lâcher la main de la fille.

— Vite, Paco, vite ! criait-elle, le visage tourné vers le haut.

Ils sortirent dans la rue. Carvalho se dissimula derrière une voiture et força Carmela à s'accroupir. Les yeux de la femme se retrouvèrent au niveau de la poche de veste du détective et virent dépasser un pistolet noir, lourd, qui sentait la graisse et le renfermé.

— Qu'est-ce qui a bien pu arriver à mon Paco ?

— Il est un peu lent, le gars.

— J'aurais bien aimé te voir à sa place. Moi, je m'en vais le chercher.

— Ils ne lui feront rien. Reste tranquille.

De la porte soudain éclairée sortirent le gros et son assistant. Ils marchaient calmement, discutant d'un sujet qui ne les préoccupait que modérément. Ils ne prenaient aucune précaution. Ils suivirent le trottoir, tournèrent au coin de la rue, leurs corps et leurs voix disparurent. Carvalho fit signe à Carmela de rester accroupie ; lui, il se cacha derrière les voitures pour suivre parallèlement le parcours des deux hommes. En arrivant au coin, il les vit s'engouffrer dans un véhicule garé là. Il attendit leur démarrage et la disparition des feux de position au bout de la nuit profonde, ensuite il retourna là où il avait laissé Carmela. Elle n'y était plus. Il traversa la rue, grimpa les marches deux à deux. La porte de l'appartement était fermée.

— C'est moi, Pepe.

Carmela ouvrit. Elle avait les yeux pleins de larmes.

— Les sauvages. Ce qu'ils ont fait à mon Paco.

Carvalho l'écarta et gagna la salle de séjour en deux enjambées. L'homme était appuyé contre un fauteuil, une rouge fleur sanglante sur les lèvres fendues et un bras pendant, inhibé, brisé, près d'un corps gémissant par tous ses pores. Le regard jugea Carvalho d'un air critique, puis il se tourna vers Carmela en quête d'explications.

— C'est un ami.

— Il peut marcher ?

L'homme fit signe que oui de la tête.

— Il faut le conduire à un dispensaire ou à un service d'urgence, surtout pour le bras.

Les yeux de l'homme installé sur le siège arrière de la voiture regardaient tantôt la nuque de Carvalho tantôt celle de Carmela, cherchant en silence la logique des événements.

— Dis-leur que c'était une rixe. Qu'on voulait vous voler. Invente deux ou trois types. Si nous leur disions la vérité, ils nous garderaient toute la nuit et ils iraient jusqu'à faire lever le ministre de l'Intérieur.

La voiture pénétra dans le tunnel des urgences. Tandis que Carmela donnait les renseignements à la personne chargée de remplir le dossier d'admission, un assistant emportait Paco sur un fauteuil roulant dans le saint des saints.

— La famille ne peut pas entrer. D'ici à une demi-heure, nous vous informerons. Vous pouvez aller dans la salle d'attente.

Un distributeur automatique de café et un autre, non moins automatique, de boissons fraîches, Coca-Cola et orangeade. Parents de motards écrasés contre la nuit, femmes de victimes anonymes, filles mûres de mères assaillies par l'hémiplégie, peu, très peu, après ce si riche dîner composé de choux, pommes de terre et merlan en colère, un chauffeur de taxi qui avait démoli un vieillard rue Arturo Soria, le mari maigre d'une grosse femme enceinte qui s'était fait frire la main dans la même huile où avaient bouilloté des calmars à la romaine. Carvalho quitta la salle pour allumer un cigare, et s'amusa à contempler les ambulances qui arrivaient et repartaient abandonnant leur chargement désarticulé de victimes de la nuit. « Quand la nuit vient répandre les ténèbres, peu d'animaux ferment les paupières et la douleur s'accroît chez les dolents », avait écrit Ausias March. Carvalho se le traduisit avec la volonté déterminée d'estropier les vers. De l'horizon nocturne apparut un vieil homme clopinant qui se pressait le bas-ventre d'une main, tandis que de l'autre il frappait son petit corps pour l'encourager à avancer.

— C'est vous le médecin ?

— Non. J'arrive en marchant depuis Lavapies. L'autre nuit on m'a mis une sonde dans l'urine et j'ai des spasmes.

Une barbe d'un jour, une petite tête décharnée de poussin sous le béret, des mains nerveuses déboutonnant la braguette et montrant à Carvalho un sexe bandé d'où sortait un tube de plastique en direction d'une poche pleine d'urine appuyée sur une cuisse de poulet maigre, pleine de veines et de peaux inhabitées.

— Vous allez prendre froid.

— Ça me fait tellement mal.

Carvalho le prit par un bras et l'aida à entrer dans le bureau d'admission. La secrétaire hocha la tête d'un air ennuyé.

— Encore vous ?

— Ça me fait tellement mal.

— Et vous êtes revenu à pied, hein ? Allez. Entrez.

Le vieux entra dans le temple. La femme continua à hocher la tête et adressa un commentaire à Carvalho :

— Il attend une place pour qu'on l'opère de la prostate et il arrive ici comme ça, des fois à quatre ou cinq heures du matin. Il vient toujours à pied et seul.

Le jour se levait lorsque le taxi laissa Carvalho à l'hôtel *Opéra*. Dans l'ascenseur, il arma son revolver, prêt à se défaire de tout obstacle l'empêchant de prendre une douche chaude et de se relaxer un moment entre des draps propres. Il ouvrit la porte de la chambre d'un coup, il fit de même avec celle de la salle de bains. Il tira le verrou et se doucha longuement, goulûment. Dans le lit, il se masturba pour se tranquilliser, et chercha d'abord sur le plafond, puis dans la caverne des draps, au-dessus de sa tête, un motif pour s'endormir. Il ne le trouva pas. Il se leva, s'habilla, parcourut un horizon ennuyeux de beignets et cafés crème sur les comptoirs des matinales cafétérias du quartier jusqu'à en trouver une où, sans qu'on soit prêt à lui préparer du pain à la tomate et au jambon, on ne le chassa pas à l'écoute de cette prétention abusive et manifestement catalane, et on en vint à lui cuisiner une tranche de filet de porc panée et son inévitable saveur d'iguane ou de crocodile-chapon, tellement madrilène.

Marcos Ordoñez Laguardia était un fervent pratiquant de la vieille culture du Parti, une culture avant tout symbolisée par le sens de la ponctualité. « Si un camarade a cinq minutes de retard, c'est mauvais signe. Il est sûrement en difficulté. C'est ce qui nous a appris le sens de la ponctualité », précisa Marcos Ordoñez à Carvalho lorsqu'il lui fit remarquer la coïncidence mathématique entre les neuf coups de neuf heures et l'apparition du vieux communiste à la porte de la « Fondation José Diaz ». Les autres employés arrivèrent en jet continu, accueillis par le sourire tolérant d'Ordoñez et une petite phrase par-ci par-là sur la douce chaleur du lit. « C'est que toi, tu es d'avant la guerre, Marcos. Tu es en acier. Un gros komsomol, voilà ce que tu es, Marcos. » Une brune arborant des bas avec couture et un grain de beauté près de la bouche se mit à rire. Marcos souriait, satisfait de son triomphe matinal quotidiennement répété, ça le stimulait même de commencer ses journées sous le signe d'un succès petit, mais sûr. Il ressemblait à un ancien mandarin, bien élevé, soigné, d'une amabilité presque japonaise.

— Je ne veux pas vous tromper. Santos m'a prévenu que vous vouliez me parler. Il a voulu me préparer au pire. La sincérité est une vertu communiste. Voilà ce que je lui ai répondu.

Qui avait tué Garrido ? Personne ? Tous ? Non, lui, il se reconnaissait incapable d'isoler un visage, un bras meurtrier, un motif. Pourquoi ? Dans quel but ?

— Le « dans quel but » est clair. Pour discréditer le Parti. Le « pourquoi », c'est bien là le mystère. Pourquoi un camarade a-t-il assumé le meurtre ? Je sais pourquoi vous m'interrogez, moi. J'ai eu une histoire malheureuse, mais on a beaucoup exagéré. L'accouchement n'existe pas sans douleur. L'Histoire n'existe pas sans douleur. Au moment même où j'étais écarté de la direction et où je me mettais à travailler dans une usine en Tchécoslovaquie, des milliers de Grecs étaient massacrés par la contre-révolution capitaliste, des milliers d'Asiatiques et d'Africains étaient victimes de persécutions pour leurs idées anti-impérialistes. Combien ont été torturés et sont morts ? Qui pense à ça ? En revanche, on pense toujours aux erreurs, grandes ou petites, sans aucun doute inhumaines, commises par le mouvement communiste. Moi, je pourrais me plaindre, et je ne me plains pas. J'ai appris, j'ai beaucoup appris, ça oui. J'ai souffert, beaucoup, ça aussi c'est vrai, mais je savais que ma souffrance avait une finalité historique, qu'elle transcendait ma péripétie individuelle.

— Vous pensiez ça lorsque vous crachiez sur le Parti et sur Garrido ?

— Je ne vous dirai pas que je n'ai pas craché sur eux et sur bien d'autres choses encore. Nous avons tous détesté ce que nous aimons le plus. La haine disparaît, l'amour reste.

— Garrido s'est justifié devant vous ?

— Pas directement. C'était une autre époque. On luttait contre le stalinisme avec parfois des procédés staliniens et du vivant de Staline. De fait, la tendance ou le courant d'opinion auquel j'appartenais était beaucoup plus stalinien que celui de Garrido. L'Histoire lui a donné raison.

— Qu'avez-vous ressenti en voyant Garrido assassiné ?

Une paralysie soudaine a transformé le vieux visage en un masque, mais lentement le mouvement musculaire reprend, et les lèvres murmurent :

— De la perplexité.

— Vous avez fait la guerre sur le front de Madrid, pas dans l'arrière-garde, sur le front. Vous êtes un homme qui sait se battre. Plus tard, vous avez combattu en Catalogne.

— Je savais manier la machette, si c'est ce à quoi vous pensez. C'est certain. Convenablement entraîné, il est possible que j'aie encore la force de pouvoir la réutiliser, ne serait-ce qu'une fois. Je suis peut-être déjà un vieillard artériosclérotique, et je ne raisonne plus comme avant. De tout cela, vous pouvez déduire que j'ai poignardé Garrido, même s'il m'avait réhabilité et donné un poste de direction. Vous savez comment on nous appelle, nous, les dirigeants du Parti ? Le « Front des Jeunesses », car plus ou moins, nous avons tous trente ans dans chaque jambe. Mais ne cherchez pas parmi les vieux. Nous appartenons à la vieille culture. Nous sommes tous des Boukharine. Nous aurions tous préféré la mort plutôt que de faire objectivement du tort au Parti. Les jeunes sont différents. Vous leur demandez s'ils seraient capables de se sacrifier pour la marche de l'Histoire, ils vous répondront que la marche ne leur convient pas. Il ont vécu d'autres circonstances. J'aimerais les voir affrontés à une guerre civile ou à la clandestinité des années quarante et cinquante. Mais l'expérience des autres ne sert pas.

Le discours se poursuivit, ressuscitant de vieux exemples de culture marxiste du sacrifice. London lui-même. Vous connaissez l'affaire London ? London lui-même n'a parlé que lorsque son exemple pouvait servir aux nouvelles orientations du communisme, au socialisme à visage humain. Les yeux de Carvalho se fermaient tout seuls.

— Vous avez sommeil ?

— J'ai dormi à peine.

— Il faut dormir suffisamment. Les excès, ça se paie.

Lecumberri Aranaz était coincé dans un petit bureau de la « Fondation José Diaz », il manipulait un ancien modèle de calculatrice à rouleau de papier.

— Les comptes ne tombent jamais juste. Excusez-moi un moment.

Carvalho en profita pour faire un petit somme, qui se transforma en un court sommeil profond dont il sortit la bouche baveuse et les yeux papillotant sous le regard moqueur que lui adressait Lecumberri de l'autre côté de la table.

— Ça ne serait pas mieux pour vous d'en piquer un ?

— Depuis mon arrivée à Madrid, je n'ai pas pu dormir tranquillement une seule nuit. Lorsqu'on ne me tape pas dessus, on me menace au pistolet.

— Contre Franco, nous étions mieux.

Ce n'était pas une plaisanterie basque. Ça ressemblait plutôt à une plaisanterie méditerranéenne du type paradoxal et malgré tout esthétique. Carvalho haussa les épaules.

— Vous avez eu une vie très intéressante. Je crois que vous avez été activiste de l'ETA.

— Oui, mais l'ETA d'alors n'était pas comme aujourd'hui. Il y avait moins d'activité. Comparez vous-même les statistiques des attentats de mon temps et maintenant. Il n'y a pas de comparaison.

Il était tellement basque qu'il ne lui manquait que le béret sur la tête et un plat de poivrons farcis sur la table présentement occupée par la comptabilité de la « Fondation José Diaz ».

— Que fait un Basque comme vous dans une ville comme celle-là ?

— Parfois je me le demande.

— En tant qu'activiste de l'ETA, vous avez dû recevoir une formation spéciale, un entraînement pour la lutte armée ?

— Figurez-vous. Quatre bricoles et un peu de tir. Je vous le répète, les temps ont changé. Nous étions tous volontaristes. Maintenant, c'est différent. On parle même de camp d'entraînement dans les Émirats arabes ou en Libye. Avant, nous allions dans la montagne en Pays basque français, quatre machins, après quoi on allait exciter les franquistes. C'était tout.

— Pourquoi êtes-vous devenu communiste ?

— Parce que j'ai considéré que le rôle historique de l'ETA était terminé. Même si je continue à penser que le parti communiste n'a jamais compris correctement le problème national basque et que ça continue. Je croyais aussi que des incorporations comme la mienne pourraient aider à « basquiser » le PC en Euzkadi. Aujourd'hui, je ne sais plus que vous dire. Ces murs m'écrasent. Je comprends que mon travail est utile. Mais j'étouffe entre ces quatre murs.

— Vous avez été arrêté par la police comme membre de l'ETA.

— Oui.

— Torturé, je suppose.

— C'est une bonne supposition.

— Mais vous n'avez pas eu une condamnation trop élevée.

— Les types du procès de Burgos sont tombés et ils se sont acharnés sur eux. D'autre part, ils n'avaient pas trouvé grand-chose me concernant.

— La police n'a pas recommencé à vous faire des ennuis ?

— Quelques escarmouches.

— J'ai appris que vous avez demandé à être relevé pour l'instant de votre poste de permanent.

— Vous avez su ça par la télé ? Je ne savais pas que j'étais si populaire.

— Pourquoi ?

— Je ne suis pas à la hauteur des circonstances. Un dirigeant du Parti continue à ne pas avoir de vie privée. Avant, c'était à cause de la clandestinité. A présent, c'est la faute au manque de cadres et à la nécessité d'agir sur tous les fronts démocratiques. Ma famille fait pression. J'ai presque quarante ans et j'ai à peine vécu. J'aimerais faire le tour du monde, par exemple, ou faire ce qui me plaît le week-end. Me promener sur les plages de San Sebastian. Voir jouer les gamins sur le sable. Voir mes enfants grandir. Écouter ce dont ils parlent. J'ai un métier, je ne suis pas qu'activiste, je suis fatigué. Je ne suis pas un révolutionnaire, je suis tout bonnement un antifasciste. C'est là une des découvertes que beaucoup ont fait depuis la mort de Franco, et nous ne nous le sommes pas suffisamment dit. Mauvais quand le militantisme devient routinier. Je me sens sec. Sans vie. Sans imagination. Je veux rentrer chez moi ! Dès que nous nous serons débarrassés du cadavre de Garrido, je rentre chez moi.

Bouche crispée, yeux noirs et brillants, obstination musclée dans un corps petit, mots crachés par la passion : « Ils ont tué mon père, pour moi Fernando était une sorte de père, plus que mon propre père, comme Santos, depuis le biberon, je les vénère. » Esparza Julve, grossiste en fruits exotiques, lychees, kiwis, mangues, papayes, fruits de la passion, ananas tropicaux.

— A combien les galiciens ?

— Cent pesetas de moins.

— De quels galiciens vous parlez ?

— Il y a les kiwis néozélandais et les kiwis galiciens, cultivés en serre. Comparez-les. Ceux d'Océanie sont plus jolis. Les galiciens sont plus frustes, même s'ils ont bon goût, un peu plus acides peut-être. Dis, toi ! Traite mes caisses comme si c'était ta mère ! Et même mieux !

Il abîme tout et après, ça arrive comme ça arrive. Il y a eu une époque où nous nous voyions tout le temps. Quand mon père est mort en prison, je suis parti en France et j'ai vécu chez Santos. Bon, Santos allait et venait, il n'y a pas grand-monde à savoir qu'il a passé plus de temps à l'intérieur, ici, qu'à l'extérieur, toujours sur un coup. Santos, tel que vous le voyez, si aimable, si bien élevé, si diplomate, il a des couilles comme ça. J'ai encore recours à lui quand j'ai un problème, quel qu'il soit. Il a l'air de ne connaître que la politique, mais c'est un cerveau, un cerveau pour tout. Et Fernando, pour Fernando j'aurais fait n'importe quoi, enfin, ce qu'il m'aurait demandé de faire. Lorsque j'ai décidé de ne plus être permanent, vous croyez qu'ils m'ont censuré ? Eh bien non, monsieur, ils m'ont encouragé parce qu'ils savaient que je faisais mon travail, avec ou sans plaisir, et même à contrecœur. Cette vie-là n'était pas faite pour moi. Des centaines d'heures de réunion par semaine. J'ai toujours été un homme inquiet, et j'ai eu besoin de développer mes initiatives. Maintenant, je suis au comité central, j'y représente les petites entreprises, les toutes petites, mais je suis aussi utile au Parti. Esparza, un petit aval par ici, Esparza, cinquante mille pesetas par là. Et Esparza, paf, il crache, parce qu'on peut aider le Parti de différentes façons. Il y en a qui lui consacrent toute leur vie. Il y en a qui lui donnent leur intelligence. D'autres qui lui offrent leur bonne volonté ou leur argent. C'est ça qui est beau dans un parti ouvert et moderne, un parti de type nouveau, comme le disait Fernando. Moi je préférais le Parti des cellules, hein ? Pourquoi le nier. Il me semblait, je ne sais pas, plus communiste ; mais là aussi, ou on se renouvelle ou on est fichu, parce que, ce qui me fait chier chez les conservateurs, c'est que parfois ces mecs-là se présentent comme les plus chouettes des progressistes et, en y regardant bien, ce qu'ils proposent, ça date de Mathusalem. Léninistes ou pas. C'est à voir. Qu'est-ce qu'il aurait fait Lénine, en Espagne, en 1975 ? Se jeter contre les baïonnettes ? Eh bien non, parce que ce n'était pas un imbécile et, ce genre de bêtise, il n'y a que les imbéciles pour les faire. Moi, je n'ai jamais beaucoup aimé les théories. Mon père avait été mineur, et je me destinais à être paysan avant de devenir permanent ; ensuite, le petit commerce, comme celui-ci. Mais bien que je ne sois pas un théoricien, je sais écouter, et j'ai eu la chance d'écouter des gens qui savaient ce qui est bon pour la classe ouvrière. Parce qu'un bon communiste, ce n'est pas seulement celui qui se donne du mal à lutter contre la bourgeoisie tout en se gargarisant des mots « dictature du prolétariat », mais celui qui a une vision d'ensemble de ce qui se passe et de ce qui devrait se passer au bénéfice de la classe ouvrière. Vous voulez goûter un fruit de la passion ?

Couille obscène de vieillard remplie d'un peu de pulpe acide.

— Il faut s'habituer au goût. Dans certains restaurants, ils en font des glaces. On ne sait plus que manger. Si un paysan invente un melon ayant le goût du thon à l'escabèche, il s'enrichit.

— Vous qui aviez des relations très familières avec Garrido, il ne vous a jamais dit quelque chose pouvant être un signe avant-coureur de ce qui est arrivé ?

— Garrido était un homme très modéré, il n'avait pas les jetons pour rien. Je l'ai vu précisément un peu avant qu'il entre dans la salle, le jour de sa mort. Un groupe de camarades de la Manche l'attendait pour lui rendre hommage, il m'a vu parmi eux et il a posé son bras sur mon épaule. « Comment ça va, Julvito ? » Je ne sais pas pourquoi, mais on m'a toujours appelé Julvito. Santos a commencé, et tous les vieux ont continué. Quand j'étais gamin, j'avais passé des vacances en Crimée ou en Roumanie, avec les enfants de Santos ou de Garrido. Que de souvenirs. Que d'espoirs.

— Garrido était calme le jour du crime ?

— Comme moi ou vous maintenant. J'étais à côté de

lui ce fameux jour où il a quitté les Cortes, un groupe de femmes de Fuerza Nueva a commencé à le traiter d'assassin et à lui dire de retourner à Moscou. Garrido est allé vers elles, et il leur a dit : « Je préfère être un prisonnier en Espagne qu'un homme libre à Moscou. » Les bonnes femmes en sont restées bouche bée, elles auraient pu faire tenir la Bible en vers dans leurs bouches ouvertes. Modéré. Modéré. Le jour du meurtre, nous avons échangé quelques mots. Je l'ai interrogé sur le problème syndical, ces socialistes fourrent leur nez partout. Il m'a dit : « C'est normal, ils font leur politique comme nous, mais nous nous rencontrerons au bout du chemin. — Le jour du Jugement dernier, je lui ai dit, parce que avec lui je parle en toute confiance et je suis très blagueur. — Pas si tard, Julvito, pas si tard. » C'est que parfois, ça coûte, d'avoir de la patience, parce que, les camarades socialistes, ils sont pas mal dans leur genre, entre nous. Je ne sais pas qui l'a déjà dit : nous sommes sortis de prison, mais il y en a qui sont sortis de dessous les pierres. C'est très bon. C'est très bon aussi ce machin-là : PSOE, cent ans d'histoire... et quarante de vacances. Il ne faut pas être sectaire, mais parfois ils ne rendent pas les choses faciles. Ils n'ont pas confiance en nous, ou plutôt, ça les intéresse de faire voir qu'ils n'ont pas confiance en nous, pour nous disqualifier aux yeux de la bourgeoisie. Bien sûr, dans le passé, on leur a fait des saloperies, mais eux aussi, et on était bien au coude à coude pendant la guerre. Moi, dans le fond, je continue à rester fidèle à moi-même, mais il serait temps que je me repose, parce que j'ai beaucoup bossé pendant des années et des années ; de fait, je voulais tout quitter, mais Santos m'a convaincu : « Encore quelques années Julvito, pour donner l'exemple, pour que les jeunes vivent avec vous, pour qu'ils sachent en quoi consiste le patrimoine moral des communistes. » Mais ça n'est plus pour moi, moi je continerai à travailler avec la base, à aider à n'importe quoi, mais le comité central, c'est pour d'autres, c'est pour ceux qui ont l'Histoire devant eux et non derrière eux, comme moi. J'avais déjà tout envoyé promener lorsque j'avais trente ans et des poussières, deux enfants, rien devant, rien derrière. Je suis parti, j'ai émigré. J'ai émigré pour travailler de mes deux mains en Allemagne, et là-bas ça a recommencé, l'organisation du Parti dans l'émigration. « Où en sommes-nous ? me demandait Santos chaque fois qu'il venait nous voir ; tu quittes l'Espagne pour nous perdre de vue, et ici tu reprends le contact. » C'est plus fort que moi, je l'ai tété, je l'ai tété. Et maintenant plus que jamais, en ce moment plus que jamais, pour démontrer aux assassins qu'ils ne nous détruiront pas, que si le franquisme n'est pas arrivé à bout de nous, cette mafia n'y arrivera pas non plus.

— Garrido a été assassiné par la mafia ?

— Non. Je me réfère à la Trilatérale. Qui d'autre, sinon ? Garrido et l'eurocommunisme étaient gênants pour eux. Cette image d'un communisme civilisé, comme il faut, n'est-ce pas, désarme beaucoup d'anticommunistes ; et ça, ça les rendait malades, les gens de la Trilatérale.

— La Trilatérale peut tuer un homme sans lui ôter la vie. Elle peut monter contre lui une campagne de discrédit écrasante.

— C'est eux qui ont fait le coup. N'allez pas chercher ailleurs. Ils voulaient briser une image, rendre impossible le projet eurocommuniste. Voyez un peu le malheur et le scandale. Pour quoi va-t-on passer devant l'opinion du monde entier ? Et ça, ça compte, parce que, Garrido le disait déjà, nous ne pouvons pas vivre isolés, nous devons avoir une vision d'ensemble de tout et de tous ceux qui composent notre Parti, et de la place qu'occupe notre parti dans la société espagnole.

— Vous le savez par cœur.

— Quand on a un Garrido, il vaut mieux en profiter. C'est quarante ans de communisme espagnol qu'ils ont essayé de massacrer.

Il s'obstina à vouloir lui faire goûter un kiwi galicien et un kiwi d'Océanie.

— N'est-ce pas qu'ils se ressemblent ? Aujourd'hui, on peut cultiver du tabac au pôle Nord ; on crée des conditions atmosphériques artificielles, et tout pousse. Moi, j'ai commencé dans les affaires comme associé dans une société qui cultivait des endives, ces salades blanches et belges. A ce moment-là, ça a été un désastre, mais maintenant elles se sont bien imposées. Chaque chose en son temps, ce qui arrive avant l'heure a toute chance d'être ruiné. Vous voyez comment sont les choses. L'Histoire n'a ni cœur ni cerveau.

« La gestion démocratique des municipalités », stage du 15 au 30 octobre, sous le patronage des services culturels de la municipalité de Madrid : « Politique municipale et moyens de communication ». Participants : Ana Segura et Ferran Cortes ; excursion à Chinchon, visite des ateliers du *Bulletin officiel* de l'État, table ronde sur « sémiologie urbaine » ; deux cent dix maires, conseillers détachés aux Affaires culturelles, visages bicolores, têtes privées de bérets, mains rugueuses, avocats dans leur moulin à paroles, anciens curés conseillers, Escapa Azancot ? Je ne sais pas s'il est venu, le type au pipeau ? Escapa Azancot ! Présentez-vous au bureau de presse ! Il marchait de côté, le soleil plein le visage, une économie de gestes paysanne, dur de l'oreille gauche avec inclinaison compensatoire de tour de Pise. « Excusez-moi mais ça m'est complètement sorti de la tête en prenant des notes. »

— Ici, on vous connaît en tant que type au pipeau.

— J'en joue.

— Qu'est-ce que c'est ?

— C'est un instrument à vent, comme le chalumeau, mais en plus court. On en joue dans la Manche, depuis toujours, même si on dit que c'est d'origine française. Mon grand-père en jouait, mon père et un de mes oncles les font. Tout ça était presque à l'abandon avant la démocratie. Mais comme à présent tout le monde sort des pièces d'identité même de dessous les pierres, eh bien nous, nous avons le pipeau ; qu'est-ce que vous en pensez ?

— Le Parti appuie la revendication du pipeau ?

— Eh bien, il n'a pas dit non. Et chaque fois que les gens de la direction passent par mon village, concert d'une heure, impossible d'y échapper.

— Vous prenez votre pipeau aux réunions du comité central ?

— Escapa. Ceux qui parlent aujourd'hui sont aussi de ton parti ?

— Parce que tu crois qu'ils pourraient être du tien, vous qui n'avez personne sachant quoi que ce soit. Lui, il est socialiste. Il sont furieux parce que jusqu'à présent tous les rapporteurs sont communistes et ils se plaignent parce que le maire de Madrid est socialiste. Ça sert ce qu'ils disent ou non ? C'est ça qu'il faut demander, et non pas se mettre à discuter pour savoir si ce sont des lévriers ou des épagneuls.

— Je crois que vous avez rendu hommage à Garrido le jour de l'attentat.

— On avait préparé un concert de pipeau à la Casa de Campo, mais Fernando ne pouvait pas venir ; alors nous avons pris les pipeaux et nous sommes allés à l'hôtel *Continental.* Pas grand-chose. Une chanson et c'est tout parce qu'il était en retard et que les camarades du comité central l'attendaient. Nous lui avons remis de force le pipeau d'honneur, et c'est tout. Il a dit qu'il avait une très mauvaise oreille et que, si c'était lui qui en jouait, ce serait encore pire.

— Qu'est-ce que c'est le pipeau d'honneur ?

— Un insigne pour la boutonnière. C'est un petit pipeau. Nous le lui avons fait rouge pour qu'il ne se plaigne pas.

— Garrido se l'est mis ?

— C'est moi qui le lui ai mis, et j'ai prononcé quatre mots.

— Vous avez attribué de nombreux insignes du même genre ?

— Comme celui-ci, aucun. En général, ils sont dorés ou argentés. Nous avons décidé que pour Garrido il serait rouge, n'est-ce pas ?

— C'est vous qui avez commandé un insigne spécial pour Garrido ?

— Non, ça n'est pas moi. En fait, ce n'est pas nous qui y avons pensé. Mais un jour un camarade du comité central est venu expliquer ce dont on avait parlé pendant la réunion. Bien que, moi aussi, je sois du CC, je préfère que ce soit un autre camarade qui vienne au local du village expliquer comment ça s'est passé. Un camarade est donc venu, et comme d'habitude on a fini par parler du pipeau. Il faudrait que Garrido entende ça. Pour nous, ça n'est pas un problème. Et ce serait joli que vous le fassiez membre d'honneur, pour que les gens voient que le Parti stimule la culture populaire. Allons-y pour le membre d'honneur. Vous lui remettez le pipeau d'honneur. Et voilà. C'est comme ça qu'on s'est chauffé, le camarade est rentré à Madrid avec un modèle d'insigne pour en commander un spécial pour Garrido.

Carvalho avait l'estomac plein d'un vide glacé. Il était à la porte du mystère et essayait de compliquer les intentions du maire paysan, comme s'il ne croyait pas à la simplicité de la vérité, à la facilité de son accès. Et lorsqu'il posa la question concluant des heures et des heures de vol de bourdons ou de libellules, d'oiseaux de proie ou de poulailler, sa propre voix lui parut étrange.

— Qui est le camarade qui a lancé l'idée et s'est chargé de négocier l'insigne spécial ?

— Esparza.

— Esparza Julve ?

— Oui, Julvito. Il s'en est fallu de peu que tout

tombe à l'eau, parce que l'insigne n'était toujours pas là jusqu'au moment même de sa remise dans le hall de l'hôtel *Continental*. Ce détail m'était sorti de la tête, à cause de tout ce qui s'est passé ensuite. « Chaque fois que j'irai dans la Manche, je le mettrai, a dit Garrido. — Ça n'a aucun mérite, lui a dit quelqu'un ; le pipeau, il faut le porter à la capitale. » Et c'est tout. Il a continué à avancer vers la salle de réunion, mes compatriotes sont restés commenter la blague, Esparza et moi nous avons emboîté le pas de Garrido pour ne pas retarder la réunion. Qui pouvait penser que Garrido allait mourir en portant le pipeau ? J'écriai un article pour *Mundo obrero*. Mes compatriotes ne vont pas le croire.

— Dans l'inventaire des objets trouvés sur le corps de Garrido, l'insigne ne figure pas.

— C'est une si petite chose. Il a dû passer inaperçu.

— Ils ont inventorié jusqu'aux brins de tabac blond qu'il y avait au fond des poches de la veste.

— Alors, je ne comprends pas. Si ça se trouve, il est tombé quand nous avons bougé le corps. Il y a eu trois minutes de confusion jusqu'à ce que les deux médecins membres du CC aient dit qu'il n'y avait rien à faire. Quel est le rôle du pipeau dans tout ça ?

— Il faut considérer tous les détails.

— La discussion va commencer, et je ne veux pas la rater. Le stage vaut les yeux de la tête, et je ne suis pas né maire, vous comprenez ? Ce qu'on ne sait pas, il faut bien l'apprendre.

Carvalho laissa derrière lui le ronron des stagiaires, et s'arrêta à une croisée de chemins que lui seul connaissait : Fonseca ? Santos Pacheco ? Revoir Esparza ? Faire joujou avec les tueurs qui avaient dû l'attendre aux portes de la mairie ?

— Puerta del Sol.

— Mais c'est à deux pas.

— Je me suis levé fatigué.

— Eh bien, le plaisir va vous coûter deux cents pesetas.

— Il y a des plaisirs plus coûteux.

— Après ça, on dira qu'il y a la crise.

— Vous me laissez à la porte même de la direction générale de la Sécurité.

Le taxi ne le quitta pas des yeux dans le rétroviseur. Il le salua gravement en voyant que le pourboire frisait les trente pesetas. Carvalho sauta du taxi et franchit la plus courte distance entre le trottoir et le policier armé qui montait la garde.

— M. Pérez Hinestrilla de la Montesa.

— Vous voulez sans doute dire Pérez Montesa de la Hinestrilla.

— Un type qui porte un gilet.

— C'est parler pour ne rien dire.

Canard ou dindon ? Il faudrait le décider après un examen plus approfondi permettant de voir si la qualification définitive provenait du long cou parcouru par une pomme d'Adam spectaculaire ou de la petitesse de la tête ; une tête tout en lèvres et peu de menton, terminée par des cheveux coupés sous la double influence de cultures diamétralement opposées : la brosse prussienne et le modelé *punk*. Pérez Montesa de la Hinestrilla essaya de pactiser.

— Vous comprendrez que je ne puisse pas vous révéler d'informations secrètes sans connaître votre objectif et votre finalité. Vous me demandez les renseignements hyper-confidentiels que nous avons sur les membres du comité central du PCE. Très bien. Moi, je vous les donne, et c'est une preuve de confiance ; mais en échange, vous devez me donner une autre preuve susceptible de me justifier devant mes supérieurs.

— Vous voulez que je vous livre le principal suspect ?

— Ce serait juste.

— Vous me garantissez qu'il ne mourra pas un quart d'heure après que je vous aie révélé son nom ?

— Qu'est-ce que vous insinuez ?

— C'est si difficile à comprendre ?

— Vous parlez à un fonctionnaire public, au serviteur d'un gouvernement démocratique, à un vieux démocrate. J'ai été actionnaire du journal *Cuadernos para el dialogo.*

— Vous avez l'air d'être un bon garçon, mais êtes-vous en condition de me garantir ce que je vous demande ? Vous voulez assumer la responsabilité de lâcher le nom d'un homme pour qu'on me le troue comme une passoire ?

C'était de la colère, ou peut-être une lutte interne. Il soupira et s'envoya un coup punitif contre le dossier de sa haute chaise en bois sculpté.

— Pourquoi me mettez-vous dans une telle situation ?

C'est vrai. Pourquoi le mettait-il devant un dilemme moral qui pouvait lui coûter sa carrière, une brillante carrière, qui sait, bientôt directeur général, délégué du gouvernement dans une quelconque entité autonome, ministre à 40-45 ans, et uniquement parce qu'il avait des traits de prince faible, ce détective cynique utilisait un chantage moral qu'il n'aurait pas utilisé avec un autre, pourquoi avec moi ?

— Vous avez été membre du parti communiste.

— Un enfantillage. Juste quelques mois. Je ne savais même pas ce qu'était le parti communiste. J'ai cru que c'était une tentative pour reconstruire le syndicat étudiant. Quel universitaire de mon âge n'a pas eu des idées marxistes à un moment de sa vie ? Tous, presque tous, ça nous a vaccinés. Mais je ne dois rien au Parti.

— Cette affaire ne relève plus des partis ou des intermédiaires plus ou moins puissants. Il y a des gangsters dans l'histoire, d'authentiques professionnels du crime politique, et ils veulent finir leur travail.

— Et moi, qu'est-ce que ça peut me faire ? Au bout

du compte, c'est un assassin, nous sommes en train de jouer la vie d'un assassin.

Carvalho haussa les épaules, on aurait dit qu'il s'abandonnait avec plaisir au confort du fauteuil Oxford, il ferma les paupières pour imaginer ou dormir. L'homme au gilet parlait à haute voix, pour lui, pour Carvalho, pour le passé, le futur, l'Humanité.

— Vous serez le premier à le raconter au Parti.

— Je vous donne ma parole que le Parti ne saura pas le rôle que vous avez eu dans tout ça.

— Je n'ai jamais eu de rôle et je ne pense pas en avoir. Il faut que j'en réfère à mes supérieurs, et en tout cas au commissaire Fonseca.

Carvalho sourit avec toute la tristesse que put accumuler son visage.

— Je dois le dire au moins au ministre.

Carvalho hocha la tête, comme si une livre entière de tristesse s'était ajoutée à celle qui faisait déjà de lui un homme vaincu par l'incompréhension et le manque de solidarité.

— Au chef du gouvernement. Vous n'avez pas non plus confiance dans le chef du gouvernement ?

— Vous croyez que le chef du gouvernement va garder le secret d'un pacte entre lui, vous et moi ?

— Laissez-moi une issue. Je ne peux pas assumer toute la responsabilité.

— Je veux que le chef du gouvernement s'engage à ce que tout reste entre nous trois.

— C'est une folie, mais je vais essayer.

Il tira un agenda de sa poche. Il fit trois numéros sur le cadran d'un téléphone intérieur qui avait l'air de dépendre d'un autre poste branché sur un petit central.

— Ligne dix...

La pomme d'Adam était devenue folle d'enthousiasme, décidée à battre le record de montées et descentes le long d'un cou humain.

— Salut, président ; oui, c'est encore moi.

Il ferma les yeux de bonheur en constatant le respect

avec lequel le détective appréciait une si parfaite franchise.

— Écoute. Il y a une possibilité d'accélérer la chose et j'ai besoin de ta permission pour donner accès à des informations confidentielles. Il faut que tout reste entre toi, moi et lui. Non, pas lui, non. Non plus. Je sais que c'est difficile, mais il n'y a pas d'autre alternative. Merci de ta confiance.

Il ouvrit un tiroir et en ressortit une main pleine de Kleenex qu'il utilisa à éponger une sueur imaginaire. Il fit signe à Carvalho de le suivre jusqu'à une pièce latérale, juste la place de poser les pieds entre de hautes armoires marron cachant tous les murs. Il sortit un trousseau de clefs de sa poche, manipula une serrure articulée. Des tiroirs de zinc avec des clairs-obscurs de rouille et de vieillesse apparurent sous le regard du détective. Le sous-directeur général choisit une boîte, il la glissa sous un bras maigre perdu dans la manche de sa veste, il retourna dans le bureau, plaça la boîte au bord d'une table devant Carvalho. Le détective la prit, retourna sur le canapé, croisa les jambes de façon à ce que la boîte soit dissimulée aux regards de l'homme au gilet, sur le lutrin improvisé de ses jambes croisées. Il ouvrit la boîte. Chercha une fiche. « Fils de Emerenciano et Leonor. Le père mineur, militant au parti communiste d'Espagne depuis 1932. La mère, manutentionnaire dans le bassin minier jusqu'à son arrestation en octobre 1934. Amnistiée par le Front populaire en février 36. Mariage sur le front de l'Ebre en février 38. Exil en 1939. Felix Esparza Julve naît à Toulon en janvier 40. Activités du père pendant la Résistance française. Mère déportée avec l'enfant vers le Massif central. Les travaux domestiques chez un haut officier allemand les sauvent d'une déportation dans les camps de concentration. A la fin de la guerre, le père rentre en Espagne clandestinement avec le maquis. Arrêté dans les environs de Villafranca del Bierzo en 1947. Il meurt tuberculeux dans la prison pénale d'El Dueso en 1951.

Études du fils au collège Marcel Cachin à Paris financées par le PCF. Camps d'été en URSS et en Roumanie. Membre de la délégation espagnole au Festival de la Jeunesse à Moscou en 1958. Études d'ingénieur agricole à l'université Humboldt en Allemagne de l'Est. Rapide ascension dans le Parti. Première mission en Espagne, travail subversif, grève des Asturies en 1962. Arrêté sous un faux nom à Madrid en 1965. Séjour de huit mois dans la prison de Carabanchel. Non-lieu. Nouvelle arrestation, chute des responsables du Parti à Ciudad Real, 1965. Condamné à quatre ans de détention dans la prison de Cáceres. Application de la liberté conditionnelle en 1967. Il quitte apparemment l'appareil du Parti et monte une société agricole de produits de luxe. Il se marie en 1968 avec la fille de l'un de ses associés. Voyages d'affaires en Belgique et Hollande, principalement. Irrégularités de conduite en 1969. Première séparation matrimoniale. Faillite frauduleuse et départ pour l'Allemagne. Contact à Francfort. Non-lieu, faillite frauduleuse et retour en Espagne. Consulter la clef « Maguncia ». Nouvelle affaire de commercialisation de produits tropicaux. Irrégularités de conduite. Séparation matrimoniale définitive. Clef « Fieltro ». Nouvelle liaison avec le Parti sous le patronage de Santos Pacheco. Clef « Doblon ». Formation ST 68, Services Tournesol. Sortie. Parapluies. »

C'est-à-dire, se résuma Carvalho, formation d'élite, services très spécialisés, protection tous azimuts. Et tandis qu'il se résumait tout ça, il surprit un coup d'œil fuyant de Pérez Montesa de la Hinestrilla vers le plafond, vers un coin précis de la pièce. Carvalho cacha précipitamment le dossier au milieu des autres et fit le geste de se lever.

— Calmez-vous. Ça ne marche pas toujours. Vous savez comment ça se passe en Espagne. Parfois on surveille, et parfois pas.

Carvalho chercha l'œil caché du circuit fermé de

télévision. Il lui sembla le voir sous l'aile d'un angelot à la Murillo qui volait vers le zénith du trompe-l'œil.

— Moi-même, je ne sais pas quand il marche.

— Mais vous saviez que parfois il marche.

— Presque jamais. Je vous le promets, je vous le jure.

Toc-toc formel contre la grande porte. Ensuite, son ouverture sans grande résistance et Fonseca entra, la main tendue vers le détective, suivi d'un Sanchez Ariño, tête baissée mais souriant, les mains dans les poches.

— On m'a dit que vous étiez par ici, alors j'ai pensé : « Je vais aller saluer monsieur Carvalho. » Si Mahomet ne va pas à la montagne, c'est la montagne qui va à Mahomet.

Fonseca afficha la plus critique des surprises en voyant le fichier métallique sur les genoux de Carvalho. Ses sourcils se levèrent pour interroger Pérez Montesa de la Hinestrilla. Le visage du directeur général se réduisit plus qu'à l'accoutumée, à la recherche de la consistance métaphysique de l'autorité. Ce visage-là repoussait la question et le doute suspendus aux sourcils du policier. Carvalho les voyait interpréter leurs rôles de contremaître méfiant et d'administrateur résolu, sans lâcher Sanchez Ariño des yeux, un Sanchez Ariño perplexe devant le mystère de ses propres ongles, abîmé, eût-on dit, dans un autre monde suggéré à partir de la surface striée de ses puissantes griffes. Si parfois il détournait son regard d'une aussi magique sollicitation, c'était pour cracher son indifférence et son ennui sur les autres acteurs.

— Il me semble que..., dirent les lèvres de Fonseca.

— Quoi qu'il vous semble, c'est votre affaire, coupa le sous-directeur.

Mais Fonseca avait décidé qu'à part le roi, rien, et il

montrait du doigt la boîte placée sur les genoux de Carvalho. Le sous-directeur monta sur des talons postiches pour élever sa propre voix et émettre un retentissant :

— Ça suffit !

Fonseca haussa les épaules et fit un clin d'œil à Carvalho.

— Le patron, c'est le patron. Pour moi, vous pouvez photocopier tout ce que vous voulez et le distribuer à vos comparses.

— Je ne crois pas que ça en vaille la peine. Les informations écrites n'ont jamais été votre fort. Vous avez toujours préféré la communication orale.

— Très fin. Très intelligent. Il y a cinq ans, j'aurais aimé vous voir ici. Alors j'aurais vu où vous mettiez votre finesse et votre intelligence. Je sais très bien où vous les auriez mises l'une après l'autre.

Mais il souriait, avec l'évidente volonté de faire contre mauvaise fortune bon cœur.

— Si vous savez quelque chose et que vous ne le communiquez pas aux représentants légitimes du gouvernement, vous savez ce que vous risquez.

— Je lui ai dit la même chose, appuya Pérez Montesa de la Hinestrilla.

— Ceci n'est pas un film d'espionnage. Il y a des salauds qui rôdent dans le coin, vous en avez déjà fait l'expérience.

— Et même pour votre propre sécurité, ajouta le gilet, pour se rallier les deux autres.

— Pour votre sécurité, bien sûr. C'est là le principal.

Fonseca était enthousiaste devant le nouvel argument mis en évidence.

— C'est votre sécurité qui prime.

— Oui, qui compte.

Carvalho se leva, passa devant Fonseca et reçut une menace énergique, comme si la violence contenue chez Fonseca tentait de l'électrocuter, puis il laissa sur la table de l'homme au gilet le fichier en zinc.

— Vous m'avez convaincu. Je ne veux rien apprendre. Voici la boîte.

— Il rigole. Il a appris tout ce qu'il a voulu et maintenant il veut se moquer de nous.

— Monsieur Carvalho, je veux vous avertir pour la dernière fois que vous prenez une grave responsabilité devant le pays, le gouvernement et votre propre conscience.

Le bref discours du sous-directeur général avait été fortement scandé par les hochements de tête de Fonseca. Le détective fut très impressionné et haussa les épaules sans révolte, comprenant que tout ce qu'on lui disait était pour son bien, mais il était victime d'une logique personnelle et professionnelle qui, à l'évidence, pouvait le conduire au désastre. Peut-être le haussement d'épaules ne fut-il pas assez éloquent ; quoi qu'il en soit, Sanchez Ariño s'opposa à son mutisme en lui posant la paume de la main sur la poitrine. Une paume violente qui était sortie avec force à la rencontre de ladite poitrine.

— Cette porte est à vous ?

Sanchez Ariño fronça une joue en guise de sourire.

— Je suis arrêté ? Le moment est-il venu de dire : je ne parlerai qu'en présence de mon avocat ?

— Laissez-le sortir. Mais, monsieur Carvalho, je vous parle très sérieusement, je le répète. Vous avez pris une grave responsabilité devant le pays, le gouvernement et votre propre conscience.

— Ne le répétez pas. Ça a déjà dû être enregistré et filmé.

Carvalho indiqua l'orifice du plafond. La main de Dillinger s'écarta de sa poitrine. Il quitta la pièce, laissant derrière lui les acteurs souffler derrière le rideau tombé. « Ça, ça n'est pas jouer mais être joué », se répétait-il tout en gagnant les portes, couloirs, pièces, vers la sortie du bâtiment et, une fois dans la rue, il hésita entre deux tactiques : effacer ses propres traces ou les rendre ostensibles. Parler avec Santos, mais aussi parler avec d'autres, mettre un adjectif historique au meurtre. Encore un chauffeur de taxi déçu par la police, le maire, la ville, le taxi, la vie. Profesor Waksman ? Vous saviez qui c'était ? Un chercheur d'or ? Qu'est-ce que vous dites ! Celui qui a inventé la streptomycine, ce machin qui est venu après la pénicilline. Et après, qu'est-ce qu'il y a ? Des médicaments, beaucoup de médicaments, mais en réalité, rien. Le portier arbore aujourd'hui une tenue rigoureusement ajustée. Il ne se gratte pas les couilles sous la livrée, il accompagne Carvalho vers l'ascenseur avec la soumission d'un assistant de faculté dans les années cinquante. Il arrive à l'appartement de James Wonderful, *alias* Jaime Siurell, il laisse la porte derrière lui, monte quelques marches en direction de l'étage supérieur, puis il attend. Le portier a dû l'informer par l'interphone, ils doivent guetter, quatre, cinq minutes, ils vont s'énerver, la porte va s'ouvrir. La porte s'ouvre, l'homme d'Europe centrale, celui de la nuit avec Gladys, montre son nez, il s'assure qu'il n'y a personne et dit de la porte :

— Il n'est pas là.

— Tu as bien regardé ?

C'est la voix de Wonderful. Le blond ressort d'un air indolent, mais il ne retire pas sa main de la poche de la veste. Il s'aventure jusqu'à l'escalier donnant accès au palier, puis il se dirige vers l'étage supérieur où l'attendent les semelles de Carvalho qui lui tombent sur les yeux, réduisant son univers en poussière d'étoiles tandis que l'odeur du sang, le sien, lui brûle le nez. Carvalho le frappe près de l'oreille et sur le cou. Il le laisse s'écrouler lentement, comme si le corps avait peur de rencontrer le parquet et cherchait une chute confortable. Le détective l'enjambe. D'une main il s'empare de l'encadrement de la porte ouverte, de l'autre il brandit un pistolet qui le précède dans l'appartement. La porte de communication entre l'entrée et le living est ouverte et, au fond, il voit

Wonderful debout, attentif, clignant des yeux pour préciser l'image qui s'avance vers lui.

— Shuster ? Que se passe-t-il ?

Devant Wonderful, en guise de parapet, le fauteuil roulant sur lequel le vieillard laisse tomber ses mains, victime du découragement qu'implique la présence de Carvalho.

— Qu'est-ce que tu cherches ici ? Tu es idiot, complètement idiot, tu n'as rien appris.

Il parle avec plus d'aisance que lors de la précédente rencontre, on dirait même que ses yeux ont retrouvé leurs orbites, mais des larmes d'yeux invalides coulent de ses paupières meurtries. Il ôte les mains du fauteuil, laisse tomber les bras ; Carvalho s'approche de lui et, soudain, Wonderful se baisse, concentre toute la force qui lui reste dans les bras, et pousse le fauteuil tel un projectile contre son visiteur. Le détective a choisi de contempler ce visage rageur, plein de veines, rougeurs, eaux sales, rides mauves, et reçoit l'impact de la chaise dans les genoux et le ventre. Il s'effondre, respire profondément, laisse Wonderful retrouver l'agilité nécessaire pour avancer vers un meuble-bar ; et lorsque les mains tremblantes du vieux sont prêtes à atteindre la cachette de l'arme, la voix neutre de Carvalho le paralyse.

— Vous n'aurez jamais ce pistolet. En revanche, moi j'en ai un. Soyez raisonnable.

— Imbécile. Tu es un imbécile. Qu'est-ce que tu es venu chercher ici ?

— Il me manque quelques renseignements.

— Qui va te les fournir ? Moi ?

Un espoir défroissait le visage ridé du vieillard. Carvalho fit demi-tour rapidement et tira avant le Latino-Américain et son bras en écharpe. L'homme tomba sur son membre brisé et dévoila la présence d'une ombre qui cherchait refuge dans l'escalier. Carvalho se jeta sur Wonderful, l'agrippa par le col de son peignoir et le fit avancer devant lui. Le Latino-

Américain, de sa main valide, épongeait le sang qui sortait de sa poitrine. Le détective n'eut rien à dire. Wonderful lui ouvrit la voie en criant :

— Attention à ce que vous faites, je suis devant.

Deux hommes en colère contemplèrent comment Wonderful et Carvalho prenaient l'ascenseur collés l'un à l'autre. L'un d'eux était le blond impassible. Carvalho eut l'impression qu'il souriait.

En passant devant le portier, Wonderful exagéra sa difficulté à marcher. Ce ne fut pas suffisant pour empêcher le serviable cerbère d'ouvrir les yeux jusqu'à l'éclatement devant le miracle d'un invalide en train de marcher. Cette surprise fondamentale ne lui permit pas d'apprécier la rigidité du bras de Carvalho sur les épaules de Wonderful, et même s'il fut étonné de voir le détective abandonner soudain le vieux vacillant sur le trottoir, uniquement pour sauter dans un taxi, et non pour le prendre simplement, avec le nombre de taxis qu'il y a dans ce coin, l'étrangeté fondamentale continuait à être la soudaine station debout du vieil homme. Wonderful suivit un instant la trace de la voiture emportant le détective. Ensuite, il se laissa accompagner et interroger.

— Depuis un certain temps, je peux faire quelques pas. Mon neveu avait très envie que je l'accompagne jusqu'à la porte. Il y a des choses plus stimulantes que le meilleur médicament. Ça faisait tellement longtemps que je ne le voyais pas. C'est le fils de ma petite sœur, ma préférée.

Carvalho se retourna pour contempler à son tour le départ du vieux monsieur, sa soumission au portier qui le reconduisait chez lui. « Imbécile. Tu es un imbécile. Tu n'as rien compris. Et en plus, tu tires sur les gens, tu leur casses les bras ; plus tes ennemis sont puissants, plus ton comportement est téméraire, tu ne feras pas de vieux os et tu ne rajeuniras pas non plus. C'était évident. Imbécile. Tu n'as rien compris. Qu'est-ce que ça peut te faire, à toi, les adjectifs ? Laisse les adjectifs aux politiciens. Assassin : Untel et c'est tout. » Il prit d'assaut une cabine téléphonique, interposant son corps entre elle et une femme rouge de chaleur qui l'avait sans doute repérée la première. Tandis qu'il appelait Santos, il écoutait le monologue indigné que lui dédiait la femme appuyée contre les vitres, telle une femelle orang-outang en colère.

— Excusez-moi, mais c'était un cas d'urgence. Je cherchais un médecin.

— Ça peut se dire avant ; en parlant, on se comprend.

Carvalho, cependant, ne prêta aucune attention à la tentative de discours moral et regagna le taxi.

— Où allons-nous ?

— Faites un tour.

— Un tour ? Dans Madrid ? Vous n'êtes pas d'ici ?

— Non.

— Ça se voit. Un tour dans Madrid en taxi !

Mais il obtempéra, d'embouteillage en embouteillage.

— On dit qu'à l'heure du déjeuner, ça circule bien. Vous voyez comment c'est.

L'heure du déjeuner. Pour la première fois depuis de nombreuses années, le rendez-vous avec la table ne le tentait pas.

— Laissez-moi devant le *Ritz*.

Le chauffeur chantonna :

Ah ! quel plaisir
De danser un fox-trot
Avec un zazou
Qui nous parle d'amour !
Même à cent ans
Je n'oublierai pas les soirées du Ritz.

Julio était appuyé sur un coin de façade de l'hôtel, il lisait un journal sportif.

— Montez le trottoir jusqu'au second pâté de maisons. Carmela vous y attend. Elle n'a pas la voiture habituelle. Elle a une Talbot bleue.

Carvalho saisit ces quelques mots au passage. Il se retourna deux fois pour vérifier s'il était suivi. Carmela lui ouvrit la portière de l'intérieur.

— Mari sain et sauf ?

— Le pauvre. On me l'a laissé tout estropié. Il fait grise mine. Les hommes, vous ne savez pas être malades ; si vous aviez accouché rien qu'une fois... Et tout ce qui s'ensuit. Les maux de tête, l'estomac sens dessus dessous. Je te trouve bizarre. Tu as encore rencontré ces sales types ?

— D'autres sales types.

— Santos t'attend.

Elle arrêta sa voiture sur la Gran Via, au coin de la place d'Espagne. Elle lui proposa l'escalade anodine de la tour de Madrid à la conquête d'un joli ciel de soir vaincu. Au 17e étage.

— C'est un étage privé. Demande Pino Betancort, l'étage est à son nom.

Il traversa la place derrière les deux bêtas : Don Quichotte et Sancho Pança. Personne ne lui demanda où il allait, jusqu'à ce qu'il se trouve devant une femme brune aux grands yeux, longue jupe imprimée découvrant à peine de hautes bottes noires. La femme brune prit son sac, le salua de la tête et s'en fut. Carvalho se laissa choir près de Santos et lui parla du pipeau, de l'insigne spécial, du signal de la mort, des kiwis galiciens et néozélandais, d'Esparza Julve, de Julvito, oui, de Julvito, de l'entrevue avec Pérez Montesa de la Hinestrilla, l'homme au gilet, l'homme au gilet ? L'homme au gilet, avec Fonseca. Santos se leva, on eût dit qu'il levait quatre corps plus le sien. Il sortit sur le balcon pour contempler le panorama du vieux Madrid qui recouvrait une nuit tombante, au-delà de l'agonie automnale de la place d'Espagne, entre le décor du Palacio Real et celui de la *ville lumière* de la Gran Via. Dix-sept étages entre la réalité et le désir, pensa

Carvalho, sans savoir pourquoi et sans quitter le sofa. La blanche tête de Pacheco brillait au soleil couchant. Dans cette tête-là, ne passaient désormais plus les ombres du doute, mais les souvenirs, une, deux, trois biographies liées à Esparza Julve, à Julvito. Le détective avait vu dans les yeux de Santos la formation progressive d'une prière, pas ça. Santos revenait de la terrasse pour dire :

— Pour de l'argent ? Par haine ?

— Ça, lui seul le sait. Mais d'après les renseignements, sans doute pour de l'argent. Écarts de conduite. Faillite frauduleuse. Vous étiez un peu au courant ?

— Un peu.

— Quel genre d'écarts ?

— Après son mariage et son éloignement du Parti. Il avait vécu la dure vie d'un orphelin du Parti, d'un combattant communiste, et soudain il se retrouvait un homme libre, avec de l'argent dans les poches. Personne ne pouvait l'aider. J'ai eu des informations sur ce qui se passait, mais je ne pouvais pas l'aider sur un plan économique. Jamais je n'ai pensé que ça pouvait être si dramatique, que ça le mènerait jusque-là.

— Tout coïncide. L'époque. Le voyage en Allemagne. Sans doute trouverions-nous qu'il n'a travaillé dans aucune usine, qu'il a reçu un entraînement spécial.

— Tant de malice. Je n'arrive pas à comprendre.

— On peut haïr ce que l'on aime, et surtout si cela a conditionné une vie faite d'exceptions.

— Ça doit être ça. Nous l'avons tous entouré du culte de son père. Nous voulions, nous, qu'il nous ressemble. Nous voulons toujours que les nouveaux cadres nous ressemblent. Qu'ils pensent comme nous. Ça ne vous ferait rien de partir ?

Il regagna la terrasse. Le soleil avait bougé juste assez pour que sa tête ne brille plus, pâle, opaque, abandonnée au milieu des épaules, vaincue au-dessus du vide.

— Mon travail est terminé, dit Carvalho sans se risquer à rentrer.

— S'il vous plaît. Laissez-moi quelques heures. Je le retrouverai avant la nuit. Demain, nous en terminerons ensemble, et vous pourrez partir.

Les mots sortaient de cette tête immobile, ça ne faisait aucun doute.

— Je ne m'explique pas que les gens de la direction générale de la Sécurité n'aient rien remarqué.

— A demain.

Il allait lui dire : « Carmela, je n'en peux plus, tu sais, toi, où je peux manger de bons gras-doubles à cette heure-ci ? » lorsqu'il remarqua que son regard figé était dû à une présence étrangère dans la voiture ; du siège arrière émergeait l'homme qu'il avait offensé à la librairie en le traitant de pédé collant. Il fouilla Carvalho d'une main experte, tandis qu'il gardait l'autre cachée.

— Reste tranquille ; toi, tu sais déjà ce que tu dois faire.

Carmela le savait. Elle chercha à sortir vers la rue Princesa par-derrière l'édifice España, puis elle descendit en direction de Puerta de Hierro. Ils prirent la route de La Corogne.

— Madrid est un mouchoir de poche. Nous nous sommes retrouvés tout près de la librairie, et maintenant vous m'emmenez dans des lieux connus.

— Vous nous emmenez, précisa Carmela.

L'homme ne répondit pas. Il s'était installé à équidistance de Carmela et Carvalho.

— Lorsque tu verras indiqué le *Meson del Cojo*, ralentis. Je n'ai rien mangé. Je suis à jeun.

— A jeun, toi ? Tu vas mourir. Mais je ne crois pas que ce monsieur te laisse prendre un sandwich.

— Où allons-nous ? Il y a un dîner prévu ?

L'autre ferma les yeux et fronça le nez. Ils l'ennuyaient.

— Je vais emporter un mauvais souvenir de Madrid. J'ai très peu dormi, presque pas du tout. C'est une ville où il n'y a ni portes ni intimité. On t'emmène où on veut. Je n'ai pas pu aller dans les restaurants à la mode.

— Moi, j'ai fait ce que j'ai pu. Envoie une réclamation par écrit.

Carmela avait la voix d'une étudiante sur le point de passer un oral.

— Le *Meson del Cojo,* dit l'autre.

Carmela freina.

— La prochaine à droite.

Ils prirent une route bordée de grilles et de haies.

— A gauche.

— Ensuite ?

— A droite. Doucement.

L'homme se penchait vers eux, pistolet au poing, il visait la tête de Carmela.

— Bordel ! Ne me fais pas peur ! cria Carmela, hystérique.

— Du calme, Carmela. Ça finira bien, tout ça, commenta Carvalho.

— Arrête-toi devant la verte palissade.

Verte palissade. « Quel vocabulaire ! » pensa Carvalho. La voiture s'arrêta. L'homme se pencha pour retirer la clef de contact et la fourrer dans sa poche. Il poussa doucement Carmela pour la faire sortir, puis il sortit à son tour et, du trottoir, il ordonna à Carvalho d'en faire autant. Ils traversèrent tous trois le jardin au milieu des acacias et arrivèrent devant une porte ornée de ferronneries andalouses, derrière laquelle on apercevait le reflet de l'éclairage intérieur.

La porte s'ouvrit. Un homme chauve, petit, maigre, se frottait les mains comme s'il avait froid. Peut-être le froid était-il entre les murs fissurés, émaillés de taches d'humidité et d'érosions abstraites. Pas un meuble. C'est sans doute pour cette raison que le volume du gros homme lui parut confortable, un volume souriant qui vint à sa rencontre en compagnie du visiteur nocturne de chez Carmela.

— Quel bonheur de vous voir ! Tranquilles. Tous les deux. Tranquilles. Vous êtes mes hôtes. Ma nièce et mon neveu. Je regrette que cette maison soit si mal décorée. Elle est froide. Inhospitalière. Plus vite nous en aurons fini, mieux ça vaudra. Il n'y a pas même de quoi s'asseoir.

— J'ai besoin de m'asseoir.

— Ça se voit, monsieur Carvalho. Vous n'avez pas bonne mine. Vous êtes trop fougueux. Vous semblez être d'une autre époque. On dirait que vous avez appris votre métier dans les romans de Klotz. Raner bouge beaucoup, il est violent, agressif. Ça ne se fait plus. Regardez les personnages de Le Carré. Voilà le modèle. Du bureau, beaucoup de bureau. Des archives, beaucoup d'archives. Des ordinateurs. Tout se déshumanise. Smiley utilise sa tête, pas ses poings. Excusez-moi si je vous parle toujours de Smiley, mais c'est un personnage qui me fascine.

— Je suis à jeun.

— Pas le moindre croûton dans toute la maison. Voilà une raison supplémentaire pour en terminer au plus tôt. Il me semble que vous êtes allé jusqu'au bout. Ça nous intéresse de savoir qui a été l'élu.

— Vous le savez déjà.

— Je ne comprends pas.

— Je peux m'appuyer contre le mur ?

— Non.

C'était un non qui le condamnait à poursuivre la station debout, comme Carmela, comme les autres qui avaient formé un cercle autour des deux visages pâles. Carvalho rejeta sa tête en arrière pour libérer son dos d'une douloureuse tension d'acier. Le plafond était couvert de stucs floraux cassés allant à la rencontre d'une lampe à pendeloques baladeuses.

— Un nom suffit.

Un nom suffit. Un condamné à mort. Quelques heures gagnées pour que Santos Pacheco puisse préparer une stratégie enveloppante. Ça, c'était ce qui lui importait le moins. Au bout du compte, ce n'étaient pas eux les clients.

— Comprenez-le. Je me dois à mes clients. Pour vous aussi, il existe le secret professionnel.

— Le nom.

Carvalho fit « non » de la tête. Le gros bougea à peine le bras. L'homme chauve, petit, maigre, frileux, s'approcha de Carmela et la gifla sur les deux joues jusqu'à la faire vaciller. Le gros et Carvalho se regardèrent. Les yeux du tueur étaient d'acier.

— Le nom.

Carvalho regarda Carmela. La fille avait enfoui sa tête dans ses deux mains, elle ne pleurait ni ne se plaignait.

— Je dois consulter mon associée. C'est elle qui a le plus mauvais rôle.

— Ne leur dis rien à ces salauds ! cria Carmela d'une voix postiche de baryton rauque.

L'homme chauve essaya de répéter l'opération, et devant la barrière des mains de la fille, il lui envoya un coup de poing dans l'estomac qui la fit s'asseoir jambes écartées, stupéfaite.

— Vous voyez. Le nom.

« Non », dit la tête de Carvalho. Le bourreau se pencha vers Carmela, l'agrippa par les cheveux et la fit se remettre debout. La main libre partit à la recherche du corps de la fille, ce fut Carmela qui vint à la rencontre de l'homme et lui balança un pied dans le tibia. Les mains de la jeune femme s'étaient emparées de la tête du petit tueur, les ongles déchiraient les paupières et labouraient les joues en y causant des sillons sanglants de peau déchirée. Le petit homme lâcha les cheveux pour se protéger le visage, et Carmela se jeta sur lui à corps perdu. Les deux autres allèrent vers eux, négligeant un ordre muet et tardif du gros.

Carvalho se précipita sur l'homme cubique, malgré la présence de l'œil du pistolet dans sa main. Le coup de pied dans la braguette du gros prouva qu'il était sensible à certaines agressions de la réalité. Carvalho reçut deux corps humains qui n'étaient pas d'accord sur la méthode : l'immobiliser ou l'écraser à coups de poing. Il respirait précipitamment, et criait tout aussi précipitamment à Carmela de partir.

— Elle s'en va ! dit quelqu'un ; et le détective se retrouva à la merci d'un seul assaillant.

Il entendit le bruit de la porte qui se fermait. Il se releva et se mit à courir vers la sortie. Il ne savait pas qui le frappait. Qui le prenait par les jambes et le jetait par terre. Qui l'embarquait sur ses épaules. Sur l'horizon de soubassements décolorés que ses yeux parcouraient, pas de trace des jambes de Carmela. Ils le mirent debout et le poussèrent contre le mur. Le gros dans un coin, les mains sur les couilles, le chauve couvert de sang, le sien et celui qui coulait du nez du détective. Le compagnon nocturne et rubicond du gros, pistolet au poing. Il ne manquait que Carmela et l'homme impassible.

— Vous n'êtes pas un professionnel ! Vous êtes un kamikaze !

Le gros marchait en demi-cercle autour de Carvalho. Les deux autres se tenaient là, l'artillerie à la main.

— Laisse-le-nous. Le baratin, ça suffit.

— Un kamikaze. Je hais les kamikazes. Je hais les gens irrationnels.

L'homme impassible revint. Il ferma la porte méticuleusement, il s'approcha du gros et lui glissa quelque chose à l'oreille. Le gros lui répondit en chuchotant. Les autres s'étaient tus, dans l'attente de nouvelles qui ne vinrent pas. L'homme impassible quitta la pièce par une porte latérale. Carvalho glissa le long du mur et s'assit par terre. Son nez saignait encore, et certains des coups reçus dans le dos le faisaient souffrir. Il voulait dormir. Il ferma les yeux et reçut un message de chaleur d'un point précis de son corps. Ses yeux lui faisaient mal à force d'être ouverts. Son dos goûtait l'appui du mur. Carmela n'était pas là. Il était heureux.

— Profitez des cinq minutes que mon ami mettra à faire une commission. Vous êtes perdu. Vous ne sortirez d'ici que les pieds devant. C'est de l'argent que vous voulez ? Dites-moi un prix pour l'information.

Carvalho comprit soudain que la différence entre les deux groupes de ses poursuivants était la suivante : les uns voulaient savoir ce qu'ils savaient déjà, et les autres voulaient savoir ce qu'ils ne savaient pas. Les premiers l'avaient marqué, battu, mais avec une étrange assurance ; ceux-ci, en revanche, ne savaient pas, c'était évident qu'ils ne savaient pas même qui pouvait être l'assassin.

— Une cigarette ?

Le gros lui tendait un paquet de Ducados spéciales.

— Je ne fume que des cigares.

— C'est pas de chance. Les Cubains ont eu deux très très mauvaises récoltes et les stocks de havanes semblent épuisés.

— Je fume des cigares canariens, en principe.

— Tant pis.

Le gros appuya son dos contre le mur et se laissa glisser pour s'asseoir en tas près du détective. La rencontre de ses fesses et du sol fit lever ses deux jambes et apparaître des chaussettes noires maintenues par des fixe-chaussettes. Épaule contre épaule, le gros lui offrit une longue méditation sur ce que nous sommes, d'où nous venons, où nous allons. L'important, c'est la vie. C'est intransmissible. Personnel et intransmissible. Carvalho ne sut pas à quel moment du discours il s'endormit. Il était conscient de dormir dans de mauvaises conditions, mais il s'accrochait au sommeil comme à un aliment dont dépendait sa vie. Il fut réveillé par les tentatives des deux autres pour remettre le gros sur ses pieds. Le mastodonte arrangea son pantalon et sa veste, et avança tout doucement vers la porte où se tenait l'homme impassible, tel un mannequin dans une vitrine proposant la mode d'automne. Ils chuchotèrent. Le gros retourna vers le milieu de la pièce. Son visage était une grimace souriante. Il se dirigea vers Carvalho. Il le contempla du haut de sa toute-puissance, tous azimuts. Il se pencha lentement vers lui. Posa ses mains sur les épaules du détective. Ensuite, il s'empara de ses bras, de ses coudes, le souleva et l'appuya contre la cloison, le visage jauni par la lumière de la lampe souffreteuse. Le gros s'éloigna, pour contempler son œuvre, semblait-il.

— Dommage que nous ne nous soyons pas rencontrés dans de meilleures conditions. Vous êtes un homme courageux. J'aurais aimé que vous soyez vraiment mon neveu.

Les autres parlaient à voix basse. On aurait dit que quelque chose allait se terminer bientôt. Leur tension n'était plus qu'intérieure, mais ils conservaient dans leurs mains leurs pistolets, charbons ardents moribonds.

— Ce sera peut-être ma dernière mission. Je vous ai dit que je veux me retirer. J'ai déjà tenu sept plans quinquennaux, sept.

Carvalho le vit venir. Il s'avoua sans force pour tenter quoi que ce soit, la fuite de Carmela lui semblait en quelque sorte sa propre libération. Le gros lui tendait une main. De l'autre, il l'obligea à la lui serrer.

— Il semble que nous n'avons plus besoin que vous nous disiez quelque chose. Vous pouvez partir.

« Vous pouvez partir. Je peux partir. » De la méfiance à l'acceptation de la situation. Carvalho agite son corps pour que ses os retrouvent leur place décharnée, se transforment en squelette d'animal fugitif.

— Vous avez sommeil. Ça se voit. Je regrette de ne même pas pouvoir vous offrir un lit.

Il laisse derrière lui l'amabilité du gros. Il marche vers la porte, il hésite à se mettre à courir ou à avancer à reculons, les yeux fixés sur un éventuel coup de feu. « Pourquoi tu ne cours pas ? » Il se répond : « Par goût de l'esthétique. » Il perd même quelques secondes à réfléchir au nombre de choses qu'il fait par goût de l'esthétique, par soumission à des modèles de conduite qu'il ne pourra plus envisager à nouveau. Sur ces pensées, il arrive à la rue, au froid de la nuit, à la nuit elle-même, la porte se referme derrière lui et la vie n'est plus qu'un sentier sous les acacias. Au milieu de ce sentier, il entend le claquement de la porte qui s'ouvre dans son dos, des pas, une proposition qu'il écoute, paralysé.

— Les clefs de la voiture. Votre copine a oublié les clefs de la voiture.

C'est l'homme impassible. Il lui tend les clefs.

— Mais elle, où est-elle ?

— C'est son problème.

Il fait demi-tour et regagne la maison. Le véhicule est à sa place. C'est un objet qui l'unit à Carmela, sans lequel il ne pourra pas la retrouver. Il s'appuie sur le capot, il attend. Carmela apparaît au coin d'une rue, d'abord hésitante, mais bien vite elle court vers la voiture et contemple Carvalho comme un ressuscité. Elle lui prend les mains. Elle pose sa joue blessée contre sa poitrine. Il l'incite à rentrer dans l'auto. Il prend le volant. La maison reste là, tel un poids lointain, un poids qui diminue à mesure que la voiture s'éloigne.

— Ne t'en fais pas. Il n'y avait pas d'autre moyen.

— Je ne leur ai pas dit le nom. Ils m'ont relâché parce que ça leur chantait. Ils ont l'air de le savoir, ou de ne plus vouloir le savoir. Et toi ? Comment tu as pu t'échapper ?

— Je n'ai échappé à personne. Personne ne m'a

suivie. D'abord il semblait que quelqu'un me suivait, mais il n'est même pas sorti dans le jardin. Moi je courais comme une folle, mais je me suis retournée pour voir si tu étais arrivé à te dégager.

— Ils avaient peut-être peur du scandale. Une poursuite dans les rues. Imagine-toi.

— Quel scandale ? Toutes ces maisons sont inhabitées. J'ai essayé de pénétrer dans certaines pour téléphoner et demander de l'aide au Parti, à Julio, je ne sais pas. Je ne voulais pas trop m'éloigner pour le cas où ils te feraient sortir. Ou si tu t'échappais.

— C'est tellement clair que je n'y comprends rien. Je veux dormir. Tiens, conduis. Tu t'en sens le courage ?

Carmela se mit au volant, ils ne parlèrent pas jusqu'à Madrid.

— Au diable le sommeil. Je n'ai rien mangé. Je suis à jeun !

— Si tu te présentes dans un restaurant avec ce que tu saignes, tu vas faire scandale.

— Toi, tu as les joues toutes rouges.

— Moi, je me maquille, et ni vu ni connu.

— On va dîner à *El Amparo ?* Nouvelle cuisine basque. Le nom ne te dit rien ?

— De la morue et tout ce genre de choses ?

— S'il te plaît, arrête. Si tu n'es pas décomposée, je te propose d'aller d'abord dîner, puis danser.

— Oh ! John ! Chéri. Ça peut être notre nuit !

— Pour l'instant, conduis-moi à l'hôtel. Je me douche. Je fais disparaître mes blessures et je me retrouve comme neuf.

— Ne sois pas trop long, lui dit Carmela au moment où il quittait la voiture.

Carvalho fit signe que non de la main, pour la tranquilliser. Il demanda sa clef de profil pour ne pas montrer les traces de sa bagarre, puis il se précipita vers l'ascenseur.

— Monsieur Carvalho, un instant, s'il vous plaît !

Le concierge lui tendait une enveloppe sur laquelle se

détachait la mention URGENT écrite d'une main nerveuse. Carvalho l'ouvrit en marchant :

Cher monsieur Carvalho

J'ai revu mentalement tout ce dont nous avions parlé et tout ce que nous avions vécu ces derniers jours, j'en suis arrivé à la conclusion suivante : le véritable responsable de tout ce qui est arrivé, c'est moi. Mon aveuglement devant les faits et les personnes qui ont eu un rôle dans cette affaire est la cause profonde de la mort de Fernando, des graves méfaits que cette mort peut causer à mon parti et dans le processus démocratique espagnol. J'assume la responsabilité de la confiance que nous avions accordée à X pour en arriver là où il en est arrivé et pour faire ce qu'il a fait. J'ai cru voir incarnées en lui les meilleures vertus d'un bon révolutionnaire, et c'est peut-être uniquement ma propre image que j'ai vue réfléchie dans un miroir propice.

Je suis passé par des moments personnels et collectifs très douloureux. Aucun n'a égalé celui-ci. Je me sens cerné par l'échec. Je suis moi-même cet échec. Je sens que j'ai parcouru un long chemin pour rien, et je veux que vous constatiez que cet échec m'appartient exclusivement, sans affecter le Parti ni sa politique. Presque cinquante ans de militantisme donnent plus de relief à mon angoisse devant ce qu'en ce moment j'ai entre les mains. Sans doute l'un de mes défauts est-il la toute-puissance, la confiance aveugle dans la logique des faits et leur analyse sans la distanciation suffisante, tombant ainsi dans une aliénation militante susceptible d'atrophier le sentiment de la réalité. Je choisis des mots ne ressemblant pas à ceux que je prononce toujours et je découvre la pauvreté de mon vocabulaire lorsque je veux sortir du langage « interne », je ne sais pas si je me fais comprendre et combien, en revanche, je voudrais me faire comprendre. L'Histoire nous a refusé la normalité et, en bien ou en mal, nous avons toujours été exceptionnels. Nous sommes nés comme une alternative au révisionnisme social-démocrate, nous avons dû affronter immédiatement la lutte contre le fascisme, nous sommes devenus un mouvement occulte férocement poursuivi et conditionné par la répression nationaliste et par la bipolarisation de la politique mondiale, nous sommes arrivés à la légalité en proclamant la liberté instrument révolutionnaire, mais nous étions lestés par une histoire d'exceptions et de survivances. Peut-être faudrait-il faire table rase et donner son sens au futur du mouvement communiste au-delà des alibis des promotions éduquées dans la résistance et l'autorépression qui ne sont pas prêtes à assumer un processus de construction du socialisme en liberté grâce aux armes des libertés et de l'énergie historique des masses. Les dieux sont morts, mais nous, les prêtres, nous sommes restés. Nous répondons en prêtres au sacerdoce agressif d'une contre-révolution défensive, et ce n'est peut-être pas là une réponse, et peut-être la seule réponse suppose-t-elle que nous perdions notre sacerdoce, que nous laissions en évidence les sacerdoces d'autrui. Je regarde autour de moi et je me rends compte, avec angoisse, que nous n'avons non seulement pas pris ce chemin, mais encore que nous nous sommes appliqués à nous reproduire sacerdotalement dans nos héritiers, des héritiers sans alibi épique ni éthique, qui finiront par croire que le socialisme est le fruit de huit heures par jour de travail bien fait et mal payé ; et ce mal payé devient à son tour alibi tant que l'on n'a pas le pouvoir, un alibi qui a disparu chez les prêtres des pays socialistes où le pouvoir comprend des privilèges matériels. Par chance, le socialisme reste une démarche et un objectif émancipateurs pour les hommes, et les erreurs des partis comme le nôtre ne sont qu'instrumentales, elles n'invalident pas le sens progressif de l'Histoire, le sens progressif de l'émancipation humaine contre toutes les limitations. Ce sens-là est sauf chez tout militant anonyme capable de comprendre la signification collective de la lutte, de la longue marche, et de sacrifier une partie de sa liberté personnelle, et s'il le faut en sacrifiant sa vie, pour une Histoire plus juste. Il faut purifier l'égoïsme pour comprendre, pour être conscient des malheurs dérivés de l'égoïsme primaire, bestial, ou de l'égoïsme rationalisé de la culture et de la civilisation capitalistes.

Devant la clarté de l'objectif, l'évidence du sujet, qu'est-ce qui nous empêche de reconsidérer la méthode et l'instrument? Une culture, une fausse conscience du nous collectif, une fausse conscience conservatrice, sur un plan méthodologique et instrumental. Comme je vous le dis, ce n'est pas le fruit de la dépression totale qui m'accable, mais celui de nombreuses réflexions et conversations, parfois soutenues avec Garrido lui-même, conscient comme moi du fait que nous bougions poussés par le glacier de nos accumulations historiques, et cependant incapables, lui aussi bien que moi, de provoquer le scandale d'une révolution culturelle interne commencée par la destruction des statues et la mise au feu des reliques.

A présent, je me retrouve face à face avec le cadavre de Fernando, assassiné par mon filleul, et je me sens un vieillard stupide, vide, raté, à qui il ne reste plus qu'à permettre l'embaumement du cadavre et le raccommodage du Parti pour sauver les idoles. Je ne veux pas être maître d'un tel choix, de ce faux choix, je voudrais donner un sens exemplaire à l'acte de mon autodestruction. Je vous dois cette explication parce que au bout du compte nous avons eu recours à vous pour que vous nous donniez l'absolution, et moi j'assume : cette absolution-là est impossible. De plus, dans l'utilisation que la contre-révolution a fait et fera de tout ce qui est arrivé, on profite de notre propre dramaturgie; j'espère que mon mutisme, au moins, provoquera un silence respectueux.

Salutations.

Jose Santos Pacheco

Madrid, 12 octobre 1980.

Carvalho mit la lettre dans sa poche. Il se surprit soudain à marcher vers l'ascenseur, puis vers la porte de la rue, à nouveau vers l'ascenseur. Il relut un fragment de la lettre au hasard : « *Il faut purifier l'égoïsme pour comprendre, pour être conscient des malheurs dérivés de l'égoïsme primaire, bestial, ou de l'égoïsme rationalisé de la culture et de la civilisation capitalistes.* » Excellente phrase, difficile à prononcer pour un moribond, aussi bien pourvu en poumons soit-il. Carvalho lutta contre une incrédulité défensive. Il se retrouva sur le trottoir, il vit Carmela dans la voiture, lui faisant signe, marquant sa surprise devant son indécision. Il marcha vers la voiture en automate. Qui je suis, moi, pour lui refuser son rôle de bouc émissaire ?

— Où habite Santos ?

— Sa famille habite rue Legazpi. Mais il a toujours son appartement personnel.

— Où ?

— C'est un secret. Très peu de gens le savent.

— Toi, tu le sais.

— Oui.

— On y va.

— Je n'en ai pas l'autorisation.

Carvalho fit le tour du véhicule et s'assit près de Carmela. Il lui tendit la lettre et lui indiqua deux ou trois passages. Carmela démarra. Elle commença à sangloter en arrivant au troisième feu.

— Pour y être, il y est.

La concierge n'avait pas abandonné l'air normalement soupçonneux avec lequel elle avait accueilli l'étrange couple pressé qui lui demanda si M. Santos était chez lui. La femme fit signe que oui et ne les laissa monter que lorsque Carmela lui eut montré sa carte du Parti.

— Il y a tellement de fachos qui rôdent.

Carvalho et Carmela mirent presque le feu à la sonnette, personne ne leur répondit. Ils étaient à nouveau devant la concierge récalcitrante, méfiante devant une telle incongruité.

— Pour y être, il y est.

— Alors, s'il y est et qu'il ne nous répond pas, c'est qu'il est arrivé quelque chose. Vous avez les clefs ?

La femme étudia les visages de Carmela et Carvalho. Elle avait l'air convaincu par celui de la fille mais pas par celui du détective.

— Vous aussi, vous êtes du Parti ?

— Ce monsieur est très important, il est venu de loin pour rencontrer Santos.

Elle ouvrit de grands yeux, soupira, soumise, elle pénétra dans sa loge et revint une poignée de clefs à la main. Tandis qu'ils grimpaient les marches recouvertes de parquet, la femme cherchait la clef de l'appartement de Santos et disait comme pour elle-même :

— Ça fait trente ans que je le connais, un fameux bail, et jamais il n'est arrivé une chose pareille. Ventura, moi je continue à l'appeler Ventura, a toujours le même caractère, qu'il pleuve ou qu'il vente. Et ça, c'est difficile, surtout chez un homme parce que, les hommes, tous des lunatiques, et je n'exagère pas.

La concierge atteignit le palier, elle évalua toutes les composantes de la porte et appuya sur la sonnette avec la netteté, l'assurance et la familiarité d'une experte, au demeurant de la tribu. Elle contemplait Carvalho et Carmela avec l'air de leur dire : « A moi, oui, il me répond. » Mais il ne lui répondit pas non plus. Elle se carra devant la porte, énervée par un soupçon soudain, elle frôla le trou de la serrure en y faisant pénétrer adroitement le passe et, devant les trois expéditionnaires, apparut une entrée ne les invitant pas à entrer et un couloir plus assombri qu'éclairé par une ampoule nue allumée.

— Monsieur Ventura, vous êtes ici ? (Pour moi,

pendant vingt-cinq ans il a été Ventura, et Ventura il reste.) Monsieur Ventura, vous êtes ici ?

Il était là. A demi endormi dans un fauteuil d'osier, sur un fond de rayonnages en pin non verni pleins de livres.

— Il s'est endormi.

Carvalho poussa la concierge pour rejoindre Santos au plus vite, il lui prit le pouls, lui ouvrit les paupières.

— Du café. Fais-en le plus possible, ou plutôt non, faites-le, vous. Toi, appelle un médecin du Parti et demande-lui de venir immédiatement, sinon appelle une ambulance.

La concierge refit les gestes du détective. Elle prit le pouls, souleva une paupière. Elle regardait l'homme et la femme, bouche bée.

— Une embolie ?

— Du café. Faites-lui du café ou il va mourir.

— Mon Dieu !

Elle prit la position du coureur noir américain recordman du cent mètres et sortit en montrant la semelle de caoutchouc de ses pantoufles pelucheuses. Carvalho rejeta la tête de Santos en arrière, il lui ouvrit la bouche, y enfonça deux doigts jusqu'à la glotte ; alors se produisit une réaction nerveuse chez le dormeur, une sorte de toux issue de l'estomac. Le détective insista, la main pleine de salive, et une première nausée se matérialisa en une sorte de bave épaisse et blanche qui coula sur le menton poivre et sel, mal rasé, de Santos. Elle projeta le corps vers l'avant. Les nausées se succédaient comme si un piston interne poussait jusqu'aux lèvres le mal obscur du rêve de la mort.

— Le café.

Il était trop chaud. Carvalho le refroidit en y ajoutant de l'eau, il arracha la couverture brochée d'un livre sur le théâtre de Maïakovski et en fit un entonnoir qu'il introduisit dans la bouche haletante de Santos.

— Tenez l'entonnoir !

La concierge tint l'entonnoir d'une main, tandis que

de l'autre elle caressait les cheveux blancs du dormeur. Carvalho laissa couler un jet de café, et la tête de Santos commença à dire « non », comme pour refuser le breuvage, mais Carvalho insistait, et Pacheco se renversa vers l'avant en crachant du café et un lait blanc qu'il expulsait entre deux étouffements dans un bruit de canalisation obstruée.

— Le pauvre. On dirait un supplice chinois.

La concierge accusait Carvalho de cruauté parce que celui-ci remettait l'entonnoir dans la bouche d'un Santos convulsé, sanglotant, balbutiant, bavant ; à nouveau, le vomissement se transforma en une tentative de cassure du corps. Plus tard, les yeux fatigués du détective se voilèrent devant un jeune médecin s'occupant de Santos, et accueillirent avec ennui les efforts que déployait Carmela pour rationaliser la situation. Prévenir le Parti. Pour quoi faire ? Prévenir la famille. Pour quoi faire ?

— Comment pour quoi faire, pour quoi faire ?

— Cet homme a tenté de se suicider sans en demander la permission au Parti ou à sa famille. Ne le transforme pas en un thème d'ordre du jour au prochain comité central ou en reproche de veuve présumée. En plus, tous les journaux seraient au courant.

L'argument des journaux fut convaincant. Carmela obtempéra et s'en retourna aux côtés du médecin.

— Moi, je n'assume pas la responsabilité si nous ne le conduisons pas dans un hôpital. Il réagit bien, mais il peut y avoir des complications.

— Nous ne pouvons pas assumer le scandale politique, rétorquait Carmela tandis que Carvalho regardait Santos.

« Qu'est-ce que ça peut te faire, à toi, maintenant, un scandale politique ? Ce serait injuste qu'on t'exhibe dans les pages de l'Histoire en caleçon. Il est préférable qu'on te montre dans ton costume de détenu, dans tes déguisements de conspirateur, dans ton armure de marbre. »

Les yeux de Santos étaient deux fentes larmoyantes. Son corps gisait sur un lit de métal tout écaillé, une chaise à la tête du lit, par terre des livres sur des feuilles de journaux, une fenêtre donnant sur une cour intérieure. Presque une cellule. Le reste n'était qu'un couloir conduisant vers le nord à une cuisine aux carreaux blancs ébréchés, avec un fourneau en fer : une de ces prétendues « cuisinières économiques » à boulets de charbon, blanches charbonnières aux mollets maculés pesant des tonnes de boulets. Et vers le sud, une salle de bains propre livrée à la conspiration de l'oxyde, oxyde sur le miroir, sur les gonds du couvercle des w.-c., sur la douche, sur le chauffe-eau électrique de la plus petite taille. Une salle à manger avec une table en pin au milieu, trois, quatre chaises en pin et paille, des rayonnages, des livres, Lénine, Lukács, Staline, *Histoire du parti communiste italien* de Paolo Spriano. *Écrits politiques* de Togliatti, *l'ABC du communisme* de Boukharine, *Écrits politiques* de Rosa Luxemburg. *Staline* d'Isaac Deutscher. *L'Anti-Dürhing, la Formation historique de la classe ouvrière* de Thompson. *Karl Marx* de Mehring. *Histoire de la pensée socialiste* de Cole, *Manuel d'économie* de l'Académie des sciences d'URSS, *l'Alternative communiste* de Berlinguer, *le Droit à la paresse* de Lafargue, *Théorie des quatre mouvements* de Fourier, *Rebelles primitifs* de Hobsbawn, *le Marxisme* de Lichstein, quatre ou cinq Lefebvre, trois ou quatre Garaudy, *l'Aveu* de London, des œuvres choisies de Mao, *Mémoires d'un révolutionnaire* de Serge, *Lettre aux communistes espagnols* d'Arrabal, *Autobiographie de Federico Sánchez* de Semprun, *Œuvres complètes* de Maïakovski, *Et l'acier fut trempé* d'Ostrovski, *Saggi sulle materialismo storico* de Labriola, *Connaître Lénine* de Fernandez Buey, *Histoire du Mouvement ouvrier en Europe* d'Abendroth, *Humanisme marxiste* de Fromm et d'autres, *Socialisme* de Ramsey MacDonald, *Œuvres choisies* de Gramsci, *la Révolution soviétique* de Carr, *Œuvres complètes* de

Balzac, *Critique du goût* de Galvano della Volpe, *la Mine* de Lopez Salinas, *Centrale électrique* de Lopez Pacheco, *Vingt Ans de poésie espagnole* de Jose Maria Castellet, *Écrits sur Heine* de Manuel Sacristan, *Rousseau et Marx* de Galvano della Volpe, *Études socialistes* de Jean Jaurès, *Socialisme et Culture* de Jean Kanapa, *la Crise du mouvement communiste* de Fernando Claudin, *Éros et Civilisation* de Marcuse, *Histoire du PCUS, Trotski* de Deutscher, *Correspondance secrète de Staline et Churchill, les Procès de Moscou* de Broué, *Ce qu'est le socialisme ?* de Noberto Bobbio, *l'Alternative* de Rudolph Bharo, *Enterre mon cœur à Wounded Knee, Enterre mon cœur à Wounded Knee, Enterre mon cœur à Wounded Knee...*

Le dernier chef de guerre des Oglalas Sioux devint ainsi un Indien de réserve, sans armes, sans cheval, sans aucune autorité sur son peuple, prisonnier de l'armée qui ne l'avait jamais vaincu au combat. Pourtant, il resta toujours un héros aux yeux de la jeune génération, et l'adulation de cette dernière lui valut quelque jalousie de la part des anciens chefs de la réserve. Cheval-Fou garda ses distances et s'enferma dans la solitude ; lui et ses partisans ne vivaient que dans l'attente du jour où Trois-Étoiles tiendrait sa promesse et leur donnerait une réserve dans le pays de Powder River.

A la fin de l'été, Cheval-Fou apprit que Trois-Étoiles désirait qu'il se rendît à Washington pour un conseil avec le Père-de-Tous. Cheval-Fou refusa de partir. Il ne voyait aucune raison de discuter à propos de la réserve qui lui avait été promise. Il avait vu ce qui s'était passé pour les chefs qui avaient répondu à l'invitation de la Maison-Blanche à Washington ; ils étaient revenus engraissés et amollis à force d'avoir mené la vie de l'homme blanc. Il avait pu constater le changement survenu en Nuage-Rouge et en Queue-Tachetée et c'est pourquoi ceux-ci ne l'aimaient pas, sachant qu'il n'était pas dupe.

En août, leur parvint la nouvelle que les Nez-Percés, qui vivaient au-delà des Shining Mountains, étaient en guerre avec les Tuniques bleues. Dans les districts, les chefs militaires commencèrent à recruter des guerriers pour leur servir d'éclaireurs dans la guerre contre les Nez-Percés. Cheval-Fou conseilla aux jeunes recrues de ne pas prendre le sentier de la guerre contre leurs frères indiens, mais certains ne l'écoutèrent pas et se laissèrent acheter. Le 31 août, lorsque ces anciens Sioux guerriers revêtirent l'uniforme bleu pour se mettre en marche, Cheval-Fou fut tellement révolté qu'il déclara qu'il retournerait avec son peuple vers le nord, au pays de Powder River.

Lorsque Trois-Étoiles apprit la nouvelle par ses espions, il commanda à huit compagnies de cavalerie de se mettre en route vers le camp de Cheval-Fou, établi à l'extérieur du fort Robinson, et d'arrêter le grand chef indien. Toutefois, Cheval-Fou fut mis en garde par ses amis et ne sachant quel était l'objectif des soldats il ordonna à son peuple de se disperser, puis il partit seul pour le district de Queue-Tachetée afin de chercher refuge auprès de son vieil ami Touche-les-Nuages.

Les soldats le rattrapèrent, le mirent aux arrêts et l'informèrent qu'ils le ramèneraient au fort Robinson pour une entrevue avec Trois-Étoiles. A l'arrivée au fort, Cheval-Fou fut avisé qu'il était trop tard pour voir Trois-Étoiles. Il fut remis au capitaine James Kennington et à un Indien chargé de la police du district; Cheval-Fou fixa ce dernier d'un regard incrédule. C'était Grand-Homme-Petit qui, il n'y avait pas si longtemps, avait mis les délégués au défi de venir voler Paha-Sapa, ce même Grand-Homme-Petit qui avait menacé de tuer le premier de ceux qui parleraient de vendre les Black Hills, le brave qui s'était récemment battu aux côtés de Cheval-Fou, sur les pentes verglacées des Wolf Mountains, contre Manteau-d'Ours Miles. Il s'était laissé acheter par les hommes blancs et jouait maintenant le rôle de gardien.

Tandis que Cheval-Fou marchait, laissant le capitaine et Grand-Homme-Petit le conduire Dieu sait où, il s'efforçait de se transporter dans son monde de rêve, d'échapper aux ténèbres d'un monde désespéré où tout était folie. Ils dépassèrent un soldat, baïonnette au canon, et s'arrêtèrent finalement devant l'entrée d'un bâtiment. Les fenêtres étaient munies de barreaux, et on apercevait, derrière les grilles, des hommes enchaînés. C'était une cage... Cheval-Fou se jeta en avant comme une bête traquée, mais Grand-Homme-Petit s'accrocha à son bras et le retint. La bousculade qui s'ensuivit ne dura que quelques secondes. Quelqu'un hurla un ordre, et le soldat de garde, William Gentles, brandit sa baïonnette et l'enfonça profondément dans le ventre de Cheval-Fou.

Il mourut la nuit même, le 5 septembre 1877, à l'âge de trente-cinq ans. Le lendemain à l'aube, les soldats livrèrent le mort à ses parents. Le vieux couple étendit le corps dans un cercueil, fixa celui-ci sur un traîneau tiré par des poneys et le transporta au district de Queue-Tachetée, où il fut exposé sur une estrade. Durant toute la lune de l'Herbe Sèche, des proches veillèrent Cheval-Fou. Puis, dans la lune des Feuilles Mortes, une nouvelle accablante se répandit : les Sioux de la réserve devaient quitter le Nebraska pour aller vivre dans la nouvelle réserve sur le Missouri.

A l'automne 1877, par un temps froid et sec, de longues files d'Indiens, encadrées par les soldats, se mirent en route vers le nord-est, à destination d'une terre aride. En cours de chemin, plusieurs groupes s'échappèrent des colonnes interminables pour prendre la direction du nord-ouest, bien décidés à s'enfuir au Canada et à rejoindre Taureau-Assis. Parmi eux se trouvaient les parents de Cheval-Fou, emportant avec eux le cœur et les ossements de leur fils. Dans un lieu connu d'eux seuls, ils enterrèrent sa dépouille, quelque part dans les parages de

Chankpe Opi Wakpala, la vallée nommée Wounded Knee.

— Qu'est-ce que tu lis ?

Carvalho ferma le livre et le tendit à Carmela.

— Une histoire d'Indiens. C'est le moment. Il s'est réveillé.

Santos remua la tête sur l'oreiller pour suivre l'arrivée de Carvalho.

— Que les autres s'en aillent.

Le détective s'assit au bord du lit tandis que les autres obéissaient au vieux.

— Je suis très fatigué.

— Moi aussi. J'ai passé trois jours à fuir. Depuis mon arrivée dans cette ville, je ne sais plus ce qu'est dormir ni repérer le nord ou le sud. Pour moi, cette affaire est terminée.

— Pour moi aussi. Je vous remercie de ce que vous avez fait. Je ne peux pas vous dire que je me réjouis.

— Dans quelques heures la réunion du comité central va commencer.

— J'enverrai un mot disant que je suis malade. Il faut qu'ils se mettent à fonctionner sans moi.

— Ils veulent vous proclamer secrétaire général.

— Je ne les laisserai pas faire.

— Je ne détrône ni ne couronne personne. C'est votre affaire. Il reste une petite chose : que faire du meurtrier ?

— J'ai déjà envoyé des instructions opportunes.

— Je ne veux pas louper le final. Je voudrais assister aux préparatifs de la réunion du CC.

— Allez voir Mir, il résoudra votre problème. C'est lui qui vous paiera.

Carvalho se leva. Il tendit une main plus prise que serrée par deux autres mains blanches, soudain toutes petites, celles d'un homme qui était tombé en quelques heures dans le puits de la vieillesse.

— La lettre que je vous ai envoyée.

— Oui ?

— Détruisez-la.

— C'est déjà fait. Je ne garde pas de correspondance et parfois je ne lis pas même les lettres que l'on m'écrit.

Santos ferma les yeux en souriant.

— Il me semble que chez vous subsiste la confusion entre l'exception et la règle.

— C'est bien connu. On lâche le marxisme et on finit par croire au zodiaque sans savoir distinguer le bien du mal.

— Celui qui abandonne le marxisme a déjà perdu le sens du bien.

— *Kyrie eleison.*

— Je suppose qu'aujourd'hui ils seront tous là.

La secrétaire fit un clin d'œil sceptique. Mir évalua approximativement le nombre de dossiers qui restaient encore au bord de la table couverte de nouvelles chemises proposant aux membres du comité central du parti communiste d'Espagne l'ordre du jour, le squelette du rapport politique élaboré par le comité exécutif en tant que collectif, et un projet de convocation du congrès extraordinaire pour début 1981, précisément les 2 et 6 janvier.

— Le 6 janvier ? Et les Rois Mages ?

Leveder demandait des explications à tous les membres du comité exécutif qu'il rencontrait dans les divers groupes.

— Comment veux-tu normaliser nos relations avec la société si nous ne pouvons pas partager avec nos enfants la joie de recevoir les jouets de leurs majestés les Rois Mages.

— Allez, ça va comme ça.

— Eh bien, il y en a plus d'un qui va se faire tirer l'oreille par sa bonne femme, c'est un comble de faire de la politique même le jour des Rois.

— Ma femme me demande si je suis marié avec elle ou avec le Parti.

Leveder provoquait ainsi de petites tempêtes dialectiques.

— Mir. J'ai une idée pour résoudre le problème de l'Épiphanie.

— Pour moi, il n'y a pas de problème.

— Et les enfants ? Il attendent émerveillés le cadeau des Rois.

— Les miens sont déjà grands. De plus, ils sont républicains depuis leur naissance.

Leveder s'en alla en riant et Mir adressa un clin d'œil à la secrétaire.

— Celui-là, il croit que je suis tombé de la dernière pluie.

— Il est toujours en train de blaguer.

— Non, il est très chouette, mais avant qu'il ait levé le pied je lui ai déjà vu la semelle.

Mis de bonne humeur par son succès dialectique sur Leveder, Mir distribua des sourires.

— J'ai appris que Santos était malade. Quelque chose de sérieux ? Qui préside ?

— Le secrétaire de l'organisation, répondit Mir à Sepulveda Civit.

Un groupe de gens riaient aux éclats d'un commentaire de Leveder.

— Mir. Viens, on parle de toi.

— Qu'est-ce qu'il a dit de moi cet euro-anarchiste ?

— Il propose que, le jour des Rois, nos enfants se rendent au siège du congrès et toi, tu leur donneras les cadeaux déguisé en roi mage.

— Excellente idée. En nègre. C'est bien ce que j'ai fait toute ma vie. En nègre. On le proposera à la fin. Qu'est-ce qu'il fait, celui-là, ici ? se demanda-t-il à haute voix en surprenant l'entrée de Carvalho guidé par un membre du service de l'ordre.

Le détective se dirigea vers Mir, il lut dans ses yeux que sa présence l'ennuyait.

— Santos m'a donné l'autorisation, il m'a dit que vous alliez résoudre mes problèmes.

— C'est mon métier. Quels problèmes ?

— Encaisser et voir ce qui se passe avant le début de la réunion.

— Encaisser, ça se passe là-bas. Sortez à droite et demandez Cespedes ; c'est le responsable des finances, il est prévenu. Pour le reste, il n'y a pas de problème, il est venu jusqu'ici.

— Esparza Julve est arrivé ?

Mir étudiait son visage.

— Et pourquoi ne viendrait-il pas ?

— Il a été convoqué normalement ?

— Comme tous les autres.

Il soutenait leurs regards.

— Je vais peut-être aller encaisser, pour le cas où.

Royo, le préposé aux finances, était un homme blanc, chauve, méfiant et aragonais. C'est à la proverbiale noblesse aragonaise que Carvalho attribua le commentaire initial.

— Vous emportez une bonne petite somme.

— Ça vous fait mal ?

— Moi, pourquoi ? Quand c'est payé, c'est payé. Ce qui me fait mal, c'est le peu de sérieux avec lequel le Parti considère les finances. Chaque fois que je présente un rapport, ils s'endorment ou ils vont pisser, après quoi c'est toujours Royo qui doit boucher les trous, et parfois je n'ai pas assez de mes deux mains tellement il y en a. On trouve encore des gens qui croient que, la révolution, ça se fait gratis. Je vous le barre ?

Carvalho approuva. Il fourra le chèque dans sa poche et regagna le grand hall. A peine entré, il eut l'impression que quelque chose avait substantiellement changé. Un silence pratiquement total figeait les groupes encore formés. Les corps assumaient une rigidité trahie par les têtes qui regardaient en tous sens sauf un, là même où

Esparza Julve était en train de prendre sa chemise ; il dialoguait conventionnellement avec la secrétaire sur un ton qui semblait monter, vu le silence alentour. Esparza Julve glissa le dossier sous son bras, il s'approcha d'un groupe de camarades, fit des commentaires auxquels il lui fut répondu par monosyllabes. Il tenta sa chance auprès d'un autre groupe. Puis d'un autre encore. Son pas s'était alourdi de fatigue. De sa place, Carvalho devina qu'Esparza essayait de s'approcher de la porte sans vouloir donner l'impression d'une fuite. Mais Mir était là, devant lui ; sans un regard il ordonna : « La réunion va commencer. » Esparza tenta de passer Mir, impossible. Celui-ci le prit par un bras et le poussa paisiblement vers la salle de réunion. Esparza avait un sourire pâle, il essayait de dire quelque chose d'amusant. Carvalho suivit les deux hommes jusqu'à leur entrée dans la salle, il resta sur le seuil à regarder les dos de Mir et d'Esparza jusqu'à leur arrivée au premier rang des tables. Mir abandonna Esparza ; celui-ci chercha sa place habituelle et l'occupa. Comme si c'était un signal, les membres du comité central du parti communiste d'Espagne au complet se levèrent, écartant bruyamment leurs chaises ; ils firent un cercle compact autour d'Esparza Julve, un cercle lointain, comme pour libérer une zone vide, d'air pur, autour d'un point pourri, cercle silencieux, yeux comme des clous, durs, en larmes pour certains, rouges, en colère, méprisants ; Esparza Julve se leva lentement, il prit son dossier, fit quelques pas, atteignit un point du cercle qui s'ouvrit, obéissant, semblait-il, à un ordre secret. C'est alors que quelqu'un cria d'une voix étranglée : « Ça se voit, ça se sent, Garrido est présent ! » Esparza Julve dépassa Mir sans le regarder. Carvalho dégagea la porte pour le laisser sortir, l'homme passa près de lui et lui jeta un coup d'œil en coin, il avait le museau en sueur et les yeux d'un animal qui a peur de mourir.

— Gardez votre peur pour dehors. Ici, ils ne vous

ont exécuté que mentalement. Dehors, tant que vous vivrez, un pistolet vous visera. Vous êtes le complice le plus gênant du monde.

— De quoi me parlez-vous ?

Mais il ne s'arrêta pas. On aurait dit qu'il fuyait en glissant dans un tunnel de sueur. La porte de la salle s'était refermée. La réunion du comité central commençait. Carvalho sortit derrière Esparza Julve. Il lui laissa prendre du champ. Descendre les marches de marbre avec l'agilité feinte de jambes qui lui faisaient aussi mal que son cœur. Carvalho s'arrêta, il ne voulait pas que son pistage pût être interprété comme une persécution. « Cours, cours, mon lapin. » Il laissa le lapin prendre trente mètres d'avance, l'ouverture automatique des portes en verre contribuant, semblait-il, à la mise en scène du drame et, au moment où elles se refermaient, une rafale de mitraillette les transforma en un ciel de toiles d'araignée sur lequel s'inscrivit la silhouette disloquée d'Esparza Julve tombant telle une outre de vin percée de mille morts. Carvalho se jeta par terre, et la réception de l'hôtel *Continental* se remplit de cris et de voix. Carvalho se releva et s'élança vers les portes, elles gardaient une consistance brisée. L'approche du détective mit en marche la cellule photoélectrique, elles commencèrent à s'ouvrir comme si de rien n'était, ensuite elles se décomposèrent en poussière de verre, découvrant ainsi le guignol sanglant sur les marches de sortie. Le détective passa près du cadavre d'Esparza Julve sans le regarder, comme s'il s'agissait là d'un costume vide. Carmela était parmi le public contenu par la police. Elle questionna Carvalho du regard. Celui-ci se fit accompagner jusqu'à la voiture, il y pénétra, en attendant que Carmela réagisse et prenne le volant.

— Qui c'était ?

— Le meurtrier de Garrido. On l'a tué.

— Ça venait d'une voiture. J'étais en train d'appeler la garderie dans une cabine, au coin. Il y avait une voiture en double file, comme beaucoup, et soudain ils ont commencé à tirer à la mitraillette tout en démarrant. Qui c'était ?

— Esparza Julve.

— Tu es fou ? Mais tu sais de qui tu parles ?

— C'était déjà un cadavre quand il est sorti de l'hôtel. Ils l'avaient tué de mépris.

Le pont aérien, côté madrilène, ressemble toujours à une tentative générale de rapatriement pour Catalans dans le contexte d'un film sur la guerre des étoiles. Carvalho mit sa carte bleue dans la poche supérieure de sa veste et, sans le vouloir, il essaya de convaincre Carmela de retourner à Madrid. Carmela ne lui disait ni oui, ni non, mais elle continuait à avancer à ses côtés, le long d'un stupide couloir allant d'un magasin d'affreux sandwichs au jambon jusqu'au néant, jusqu'au plus absolu des néants. Impossibles, les désirs, les mots aussi s'étaient tus et, peut-être pour cette raison, Carvalho proposa-t-il de prendre quelque chose, une bière par exemple, à une Carmela antialcoolique. *Une bière Águila toujours fraîche dans sa saveur naturelle,* chantonna-t-elle.

— Deux bières, deux, et un filet de porc !

— Il va être bon ce filet ?

— C'est un symbole. Un monument au filet de porc inconnu.

Il le mangea. Et comme il prenait ses aises pour mieux installer ses coudes, il s'excusa auprès de son voisin. Il était là, à quelques centimètres de son visage, cet oiseau triste de Cerdan, avec ses paupières tombantes, ses yeux tombants, sa lèvre tombante.

— Tant d'années sans se voir et voilà que maintenant on se rencontre un jour sur deux.

— C'est certain.

— Tu as fini ton travail à Madrid ?

— Totalement.

— Je vais à Barcelone.

— Je m'en doute.

— Il y a beaucoup à faire là-bas. Tu revois encore d'anciens camarades ?

— Non.

— Moi si. Ils sont presque tous désenchantés, c'est le résultat d'une politique révisionniste, réformiste. Je vais essayer de faire quelque chose. Il faut arriver à un minimum d'unité d'action et de là forcer les partis historiques à réagir, à jeter par-dessus bord une direction petite-bourgeoise.

— Je te souhaite beaucoup de succès dans ton travail.

— Nous sommes peu nombreux. Calomniés. Fatigués.

— Vous me rappelez une blague galicienne.

Cerdan soupira, résigné à assumer une fois encore l'incongruité rationaliste de Carvalho.

— Laquelle ?

— Celle des cinq mille Galiciens errant dans le musée du Prado et gémissant d'un ton plaintif : « On s'a perdu ! »

— La situation ne me fait pas rire. Elle me fait pleurer.

— Ça te regarde.

— Nous vivons encore des temps où il nous est impossible d'être aimables. Sur quoi se sont arrêtés les sourires du néo-capitalisme ? Le sourire eurocommuniste n'est-il pas une plaisanterie faite à la classe ouvrière, aux peuples opprimés du monde ?

Cerdan s'appliqua à mastiquer sans faim un horrible sandwich au jambon à la madrilène, pavé de pain, jambon plastifié et air de la montagne.

— Comment va la santé ?

— Elle n'est pas avec moi.

— Malgré la gymnastique et le rigorisme diététique ?

— Malgré tout cela.

— Tu as essayé le régime morue-champagne glacé et baiser comme un fou ?

— J'ai un modeste salaire d'assistant. Toi, en revanche, tu ne fais pas de politique, pas de carrière universitaire, ni rien du tout. Mais ça marche bien pour toi. Tu avais l'air timide, mais tu es un homme de ressources. Bien sûr...

— Quoi ?

— Rien. Je ne me souviens pas de ce que j'allais te dire. Laisse tomber.

— Mais si. Mais si, tu t'en souviens. L'autre jour, tu étais sur le point de me poser la question, après le machin de ton livre. C'est une question que tu as gardée enfouie comme un kyste. Tu veux que je la pose moi-même ?

— Pour voir.

— Qu'est-ce que tu faisais ce fameux jour, Via Layetana, dans la tanière de la police barcelonaise ? Que faisait un rouge comme toi à descendre tranquillement les escaliers de ce genre de maison ?

— Ce n'est pas tout à fait ma question, mais ça lui ressemblerait assez.

— J'ai la tentation de ne pas te répondre.

— Tu peux.

— Nous pourrions convenir d'un rendez-vous dans encore vingt-cinq ans. Dans cet aéroport. A une autre de tes escales d'une révolution différée et au terme de mes négoces ; alors je te le dirais.

— Moi, je ne vivrai pas vingt-cinq autres années.

— Tu me le jures ?

— Presque.

— Alors, je veux être miséricordieux et te révéler mon secret. Je t'avoue ma faute. Je suis presque galicien. Et il n'y a pas de Galicien qui n'ait pas une bonne, un garde civil ou un flic dans sa famille, parent plus ou moins proche ou lointain. Il faut l'assumer. Dès ma naissance, je savais que j'étais arrivé dans une famille de bonnes, gardes civils et rouges condamnés à mort en 1936 ou en 1939. Le prolétariat aussi est pluriculturel.

— Un parent.

— Un parent.

— Tu aurais pu le dire.

— J'étais un jeune esthète.

Cerdan abandonna définitivement la lutte avec le sandwich. Carmela lisait *el País*, étrangère à la conversation des deux hommes, Carvalho revoyait son cousin Celestino au fond de son verre, un petit jeune, celte, ignorant, gentil, les mains salies par le fascisme.

— Ça ne me plaît pas, Pepiño. Mais si je refuse, je suis fichu. Il faut passer par là. J'essaie de me faire le plus petit possible.

Ou les mains sales de terre, ou les mains sales de chair humaine.

— Nous allons embarquer bientôt.

— On dirait.

— Nous voyageons dans le même avion ?

— Je ne crois pas.

Cerdan considéra que c'était une réponse scientifique, bien que Carvalho ne prît pas la peine de comparer la couleur des cartes d'embarquement.

— Adieu.

Carmela leva les yeux de son journal.

— Ça n'a pas été une rencontre très aimable. Il est évident que tu ne peux pas le souffrir.

— Je dois à ce type 50 % de ce que j'ai été et absolument rien de ce que je suis.

— C'est un homme honnête.

Carvalho haussa les épaules. « Passagers en possession d'une carte bleue, préparez-vous à l'embarquement. » Carmela le prit par le bras et ils avancèrent comme un couple légitime vers la salle d'embarquement.

— Reviens un de ces jours. Lorsque tu auras résolu la contradiction entre le cul abstrait et le cul concret des camarades.

— Il te faut grossir de cinq kilos. Ma conscience m'interdit de coucher avec des femmes pesant moins de cinquante kilos.

— Mais j'en pèse cinquante-trois !

— Quel dommage. Pourquoi tu ne me l'as pas dit plus tôt ?

Carmela l'embrassa sur les lèvres de sa bouche petite et douce. Carvalho mit cent passagers entre lui et un Cerdan qui monta dans l'avion, et prit place sans tourner la tête.

Bien que Biscuter lui ait assuré que Charo allait bien et qu'il eût la tentation d'aller à son bureau pour y trouver un déjeuner à son goût, Carvalho opta pour le coup de téléphone à Charo et le voyage direct aéroport-maison de Vallvidrera. Dormir ou ne pas dormir, voilà la question après les nombreux ronflements et dodelinements de la tête qu'il avait offerts à la douzaine de cadres, animaux hybrides barcelolènes et madrinais qui avaient accueilli en souriant, en riant, et même en claquant la langue le sommeil désespéré, goulu de Carvalho.

— On se voit ce soir ?

— Je vais dormir toute la journée. Je t'attends à Vallvidrera.

— Je t'aime beaucoup, Pepe.

— Laisse tomber.

Elle laissa tomber. Un de ces jours, quand il n'aurait rien à faire, il allait fixer sur un calendrier la date de son prochain mariage avec Charo. Avant l'an 2000, sans aucun doute. Ou dans quinze jours. Il n'arriva pas à se souvenir où il avait laissé la voiture dans l'immense parking de l'aéroport, il dut la chercher comme on cherche un visage dans la foule. « Je suis là », l'interpella la bête abandonnée, couverte d'intempéries et d'oubli. C'était son premier contact avec une partie de sa tanière, sa tanière roulante, il salua la machine en lui demandant comment ça s'était passé pour elle. Il reçut une tardive réponse rebelle de démarrage, mais bien vite la voiture s'impatienta à plusieurs reprises jusqu'à l'asphyxie tandis qu'il attendait les formalités de paiement : il prit joyeusement la bretelle vers l'autoroute de Castelldefels. C'était une journée ensoleillée et les collines du Tibidabo et de Montjuich semblaient soutenues par une Méditerranée rassurante, une Méditerranée qui prolonge le sang des riverains jusqu'aux limites des quatre points cardinaux les plus accueillants du monde. Une foi méditerranéenne dans la vie s'empara de ses muscles fatigués et, en arrivant à la sortie du périphérique de Ronda, à la *traversera* de la Corts, il se trompa volontairement de voie pour atteindre la Diagonal, lieu d'un solide déjeuner, d'un vrai déjeuner de viandes grillées et de vrais vins. Après un bon repas, dormir serait un plaisir précis et contrôlé, pas une fuite, pas la fuite d'un chien puni, perdu, sans collier. Il pénétra dans *la Estancia vieja* comme qui va manger le monde, le manger et le boire.

— Un apéritif? lui proposa Juan Cané, le patron.

— Un pisco *sour*, pour nous deux.

Cané fit réserver une bonne *tapa de bifteck* pour Carvalho. « Non, pas de l'*entraña*, elle est dure aujourd'hui. » Après le second pisco *sour*, le détective décida que le monde était bien fait, et il se laissa guider par le propos tentateur de Cané : échantillonnage de pâtés, faux filet au gril, ris de veau, légumes, un peu de tout. Des *chinchulines ?* Carvalho ne savait plus ce qu'étaient les *chinchulines*. De l'intestin grêle tassé et cuit à la braise. Allons-y pour les *chinchulines*. Des ris grillés? Aussi. Du fromage frit aux herbes aromatiques? Pourquoi pas? Sans compter la *tapa de bifteck ?* Évidemment. Cané commençait à s'effrayer devant la dynamique qu'il avait lui-même déchaînée. Il s'assit à la table de Carvalho pour assister au spectacle d'un repas fou. Vin *paternina* réserve 59. « Et maintenant, dis-moi, explique-moi, même si c'est de l'argentin, que veulent dire ces merveilleuses paroles : grillade de *tira, tapa de bifteck, entraña, chimi-churi ?* » L'Argentin sortit un stylo de sa poche et commença à lui dessiner des animaux à quatre pattes, en morceaux, les différents découpages de viande : ceux d'une culture pauvre en viande comme la culture espagnole et ceux d'une culture où la viande est tout, la culture argentine.

— Vous, vous découpez les côtes de bœuf horizontalement et vous les mettez dans le bouillon. Chez nous, nous les découpons verticalement, ça donne la grillade *de tira*. Tout doucement. Le doigté dans la grillade vient de la lenteur. La *tapa de bifteck ? L'entraña ?* Ici, vous découpez l'entrecôte d'une seule façon. Mais dans ce que vous appelez entrecôte, il y a des viandes de différentes textures, de différentes saveurs et, selon le dépeçage de cette partie de la bête, on obtient des tranches différentes : *bifteck, entraña.* L'*entraña* est problématique car, si l'animal n'est pas tout jeune, tendre, bien fait, elle est dure. Quand elle est bien, c'est le meilleur morceau de la bête. Et le *chimi-churri*, cet océan de *chimi-churri* avec lequel, toi, Pepe Carvalho, tu as arrosé tes viandes, et ta planche à découper, c'est une sauce de grillade : ail, persil, *ajimoli,* oui, quelque chose qui ressemble au *chile* mexicain mais pas si brutal, herbes aromatiques, huile. Il te reste encore de l'appétit pour saucer ton pain dans le *chimi-churri ?*

— Ça n'est pas l'appétit, Juan, c'est le sommeil.

La seconde bouteille de *paternina* 59 fut le patrimoine exclusif de Carvalho. Cané mangeait tous les jours dans son restaurant, Pepe parfois ; s'il ne se contrôlait pas, il allait finir le foie dans la gorge. « D'où tu sors ? — De Madrid. — Comment ça marche là-bas ? Il va aussi falloir que je quitte l'Espagne mon restaurant sur le dos ? — Il ne se passera rien. — Qui est le gonflé qui s'est payé Garrido ? — Qu'est-ce que tu en pensais, toi, de Garrido ? »

— Ce qu'ils mangent là-bas, qu'est-ce que c'est ?

— Tu as encore envie de regarder dans les assiettes des autres ?

— Il faut toujours désirer les femmes et les assiettes des autres.

— C'est de la poitrine d'agneau grillée. Tu veux en goûter ?

« Un autre jour. Tu disais? Non, il ne va rien se passer. Tu ne seras pas obligé de t'en aller le restaurant sur le dos. Garrido ? On ne sait pas encore. Qu'est-ce que j'en pense ? Je ne sais pas. Ça mettra du temps avant qu'on sache. Ou un chef indien ou un révolutionnaire de transition entre l'assaut du palais d'Hiver et le socialisme, évident, gros comme une maison. Mais moi, je ne comprends rien à la politique. Je ne veux rien comprendre. Ça ne m'intéresse pas, la politique. Jamais je ne ferai le moindre effort pour apprendre ce qu'on appelle les *watusi ;* je ne ferai pas non plus le moindre effort pour apprendre la politique. Jusqu'à présent, je lisais les journaux, et maintenant même pas. »

Cané remarqua que Carvalho parlait sans quitter des yeux la table où l'on avait servi la poitrine d'agneau grillée ; il allait réitérer son offre, lorsqu'il se rendit compte que Pepe ne regardait pas l'assiette mais une femme châtain-roux, avec une jolie peau rose, une belle bouche, bien carrossée. Il lui semblait même que les yeux de la femme et ceux de Carvalho se rencontraient entre deux mots, deux bouchées, au-delà des trois hommes qui l'accompagnaient, au-delà même du patron du restaurant.

— Un dessert ?

— Des cafés.

— Combien ?

— Cinq.

— Mais tu ne voulais pas dormir ?

— J'ai tout l'après-midi devant moi.

Le regard de Carvalho était toujours fixé sur la table,

sur la fille ou sur la poitrine d'agneau, mangée lentement comme une friandise.

— Un cigare ?

— Un cigare.

— Un pousse-café ?

— Tu sais préparer un *bajativo ?*

— On a ça sur la carte. Ça n'est pas argentin, mais chilien. C'est un excellent digestif : cognac, crème de menthe.

Le garçon apporta le *bajativo* à Carvalho. Le détective prit le verre, examina par une transparence assombrie le vert topaze, il avança le verre comme pour l'offrir à quelqu'un, et en effet, Cané put voir qu'il levait son verre à l'intention de la femme rose ; elle, elle prenait en douce le sien, rempli de vin, et le levait à son tour pour Carvalho, tout en poursuivant la conversation avec ses compagnons de table.

— Une touche.

— Non. Je la connais. Elle s'appelle Gladys. Elle est chilienne. C'est elle qui m'a fait goûter le *bajativo* pour la première fois.

Si vous désirez être régulièrement tenu au courant de nos publications, merci de bien vouloir remplir ce questionnaire et nous le retourner :

Éditions 10/18
c/o 01 consultants
35, rue du Sergent Bauchat
75012 Paris

NOM : ____________________

PRENOM : ____________________

ADRESSE : ____________________

____

CODE POSTAL : __________

VILLE : ____________________

PAYS : ____________________

AGE : _________

PROFESSION : ____________________

TITRE de l'ouvrage dans lequel est insérée cette page :

MONTALBAN – Meurtre au comité central, n° 2197

____

Achevé d'imprimer par Elsnerdruck
à Berlin

Dépôt légal : juin 1991
N° d'éditeur : 2096
Nouveau tirage : novembre 1997
Imprimé en Allemagne